买房战争

长篇都市情感小说

翟之悦 著

当代世界出版社

图书在版编目（CIP）数据

买房战争/翟之悦著.——北京：当代世界出版社,2014.9
ISBN 978-7-5090-0980-2

Ⅰ.①买… Ⅱ.①翟… Ⅲ.①长篇小说－中国－当代
Ⅳ.①I247.5

中国版本图书馆CIP数据核字（2014）第152020号

书　　名：	买房战争
出版发行：	当代世界出版社
地　　址：	北京市复兴路4号（100860）
网　　址：	http://www.worldpress.org.cn
编务电话：	（010）83908456
发行电话：	（010）83908409
	（010）83908377
	（010）83908455
	（010）83908423（邮购）
	（010）83908410（传真）
经　　销：	全国新华书店
印　　刷：	北京画中画印刷有限公司
开　　本：	710毫米×1000毫米　1/16
印　　张：	14.5
字　　数：	190千字
版　　次：	2014年9月第1版
印　　次：	2014年9月第1次
书　　号：	ISBN 978-7-5090-0980-2
定　　价：	29.80元

如发现印装质量问题，请与承印厂联系调换。
版权所有，翻印必究，未经许可，不得转载！

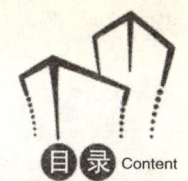

第一章 都是蜗居惹的祸 》001

正是盛夏时节,骄阳似火、蝉声嘶鸣。蓁城地处江南,它的潮湿闷热比高温更令人难以忍耐。今年的高温天气似乎缠绵得特别长久,折磨着四处看房的余征夫妇。

第二章 房奴进行时 》004

青春尚未消逝,她却感到心已衰老,似乎婚姻生活让她看清了人生黯淡艰辛的本质,曾经令她憧憬万分的家庭生活并不是这样的模式,但是具体应该如何她却无法描绘出切实的图景。努力工作、赚钱买房,她不过是亦步亦趋地遵循着普通人的生活轨迹,可是为何她感觉如此压抑?

第三章 理想很丰满,现实很骨感 》010

莎莎颇有自知之明。毕业包分配早已是上个世纪的童话,在社会上,类似她这样两年制的中专生多如蝼蚁。而她除了一副父母给的化好妆后勉强称得上花容月貌的外表和无敌的青春活力之外,在职场上实在没有任何竞争力可言。

第四章 还贷绵绵无绝期 》016

尽管老家亲戚曾经做过保证,他们接受了余征那么多恩惠,将来一定会全力支持余征买房,可是事到临头,余征发现,那些承诺,不过是空话而已。所有的亲戚仿佛说好了似的,众口一词向他叹苦经、唱穷戏。

第五章 人生总有些生离死别要面对 》019

回家的路很长,但余征不愿费钱打车,决定步行。走在路上,他激动的心情渐渐平复。生命如此脆弱,集万千宠爱于一身的储英姿也逃不过命运的魔掌,更何况像他这样的普通人。

第六章 三个男人和一个女人的对手戏 》023

平时虽然经常在公司见到关总监,但也仅是打个招呼而已,她对关总监实在知之甚少。面对林平治的殷殷垂询,她左支右绌,只恨自己埋首赚钱,竟对这些细节浑不留意。

第七章 爱情是个古老的传说 》》027

对于生长于乡野茅舍的她来说，初恋仿佛一丛墙边的草花，几分朴素、几分艳丽、几分羞涩、几分幻想，然而，生活永远宛若家乡的河流，风平浪静的表象下暗流汹涌、怪石嶙峋。爱情像那水面的浮光跃金，图有虚幻的光芒，随着时间的流逝逐渐变得淡薄。

第八章 娶个好老婆，少奋斗三十年 》》031

记得当年，他不过是个愣头愣脑的穷小子，大学毕业分配进入蓁城广告公司工作。尽管储英姿身材偏矮胖、皮肤微黑，还比他年长一岁，但是总监女儿的光环，令她在他眼中宛如仙女般遥不可及。

第九章 我要一夜成名 》》034

现场已人山人海，参赛者与亲友团排成长长的队伍，望不到尽头。尽管她顺利通过海选，但是为了一个预赛名额，竞争已如此激烈，这让莎莎忧心忡忡。况且，通过海选只是曙光初现，若想独占鳌头，还是关卡重重、任重道远。

第十章 喜欢上你也许是种罪 》》039

余忠义心中一动，自从认识阿沅开始，她一直都很忧郁，从未见她开怀笑过。他仔细欣赏阿沅，她年纪尚轻，身材纤细，长相秀美，干脆利落的动作充满青春气息。

第十一章 八卦周刊也疯狂 》》043

这些报道有组织、有章法地一一抛出，步步深入、接二连三地质疑陈莎莎的人品，对于舆情推波助澜，不管莎莎背后的团队如何辟谣、如何撇清，也无法将质疑的声音消减。

第十二章 半路杀出个富家女 》》048

这位无名美眉自称是大眼的富二代女友，她在视频中控诉大眼忘恩负义、朝秦暮楚，借她的财力进入决赛之后，又与某企业的女老总关系暧昧，她还展出了与大眼的亲密合照以及短信证明自己所言不虚。

第十三章 意外的美差 》051

以往余征认为，你走你的阳关道，我走我的独木桥。其实，抱着这种观念行走江湖真是寸步难行。如果这次不是厚着脸皮上门求助于余忠义，他不会结识林董，更无法把握住今天的机遇。或许，人与人就是在交往办事中熟悉，形成一个良性循环。

第十四章 别把溺爱当真爱 》057

奚宁一直在一边啼哭，听他一说，立刻止住哭声，问道："那你肯定有办法把奚杰救出来。谢天谢地，我就这么一个儿子。其实奚杰本质不错，都怪那些狐朋狗友把他带坏了。"

第十五章 业绩，职员的立身之本 》063

设计部与其他部门有所区别，没有真才实学根本混不下去。贺艳红依靠裙带关系进入公司，完全不懂设计，不是抄袭别人的作品，就是使用毫无特色的商业广告画来糊弄顾客。

第十六章 求人办事是门技术活 》070

阿沅急忙起身敬酒，同时觉得自己刚才太过敏感，差点儿得罪了人家，不禁有点儿后怕。嘻嘻哈哈互相敬一轮酒，桌上的气氛再次活跃起来。

第十七章 东风和西风的较量 》075

一直以来，她都向往成为那样一个女人，永远睥睨凡尘，不食人间烟火，可是，完美的形象是如此脆弱、如此虚伪，经不起粗鲁生活的小指头轻轻一戳，便已被打落原形。

第十八章 和女神的初次亲密接触 》080

回到沙发上躺下，沙发柔软舒适，他却翻来覆去难以入眠，各种乱七八糟的绮思杂念搅得他头昏脑涨、躁动难耐，直到天色将明，他才朦朦胧胧进入梦乡。

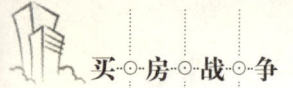

第十九章　大美女的小算盘　》087

她数出几张钞票，对临时演员说："今天多亏了你们，姐多给你们一人20块。我还要在这里待一个礼拜，你们天天都来帮忙行不？车子我也包了，费用等拍摄结束一起结账。"

第二十章　酒不是个好东西　》092

余征闭上双眼，试图让此起彼伏的欲念飘离而去，但是被阻滞的郁闷却绵绵不绝。酒精终于令他放弃了最后一丝犹豫，欲念即刻如脱缰的野马无法控制，借着黑夜的掩护在连绵不绝的绮梦中恣意驰骋。

第二十一章　妒火冲昏了头　》102

余征说："你从前是什么样的人，我很清楚；可是现在，我越来越看不懂你。也许，你认为余忠义处处比我优秀，如果你选择他，我也不会阻挠，但是现在，你还是我老婆，就必须要顾及我的脸面！"

第二十二章　美女，总在物欲中徘徊　》107

余征常常劝说莎莎，不必像公司里那些半老徐娘的女主持人那般每天擦上三寸厚的粉霜招摇过市。每出此言，他暗自脸红，可是没有办法，公司发的那仨瓜俩枣，还不够他自己养家糊口，又怎够为莎莎的华服美饰甚至化妆品买单？

第二十三章　点拨榆木脑瓜真费力　》111

他需要你比他聪明的时候，你要比他聪明；他需要你比他笨的时候，你要比他笨，他才会把生意给你做。至于怎么拍，谁来导演，那是接下来的事，明白吗？

第二十四章　代沟难以逾越　》115

余征与莎莎生于两个不同的年代，上个年代的传统与理想他有所继承却并不坚定，而莎莎这年轻一代纯粹追求物质和感官刺激的享乐主义，他又不能完全苟同。

第二十五章 到手的广告被抢 » 121

余忠义的口气和财务部那女人如出一辙,言辞之间更是滴水不漏,莎莎明知被他摆了一道,却理屈词穷、无从争辩。但是,如此之多的经费,一下子就打了水漂儿。她心痛难当……

第二十六章 失效的救命稻草 » 127

公司里到处都是耳目,只有自己的车里相对安全,莎莎躲进车中,才敢拨通林董的电话,抽抽噎噎地把情况细说了一遍。

第二十七章 流行性婚变 » 133

骨子里,余征是个老实人,根本藏不住秘密。阿沅从未怀疑余征会背叛家庭,但是近来他经常夜不归宿,电话也比以往繁多,其他种种鬼祟的行为无不昭示着他的异常。

第二十八章 妻子的遗言 » 141

病房里静悄悄的,只有监护仪滴答滴答的响声不紧不慢。余忠义忽然悲从中来:放眼望去,身边人都需要仰仗于他,再也无人能够支撑起他的世界,从此漫漫长路只能独自跋涉。

第二十九章 老友间的交易 » 144

苏文岳动容道:"看不出你老兄还算有情有义。不过,这件事我真的做不了主,那天吃饭你也看到了,马校长可不是个善茬,除非——"

第三十章 最后的王牌,打还是不打 » 148

只要林董支持余忠义,利用平岭商会的力量向上级集团施压,总监的位子还是有希望的。可是,林董凭什么要帮助他余忠义?他们并没有过硬的交情,而且人家家财万贯,自己能用什么作为利益交换的资本?

第三十一章 "大鳄"上钩了 》152

余忠义松了一口气,眼看林董快要醉倒,当然,真醉还是假醉不得而知。余忠义赶紧叫来服务员,协助莎莎送林董回去休息,他朝莎莎使了个眼色,意思是,接下来就看你的了。

第三十二章 聘请了前任岳父岳母 》156

莎莎惊讶地看着余征,认识他这么久,他对她的语气从未如此激烈,看来真的恼了。她赶紧换了一副嘴脸,温柔地说:"做人饮水思源是应该的,我当然支持你,我就是担心人家说三道四,影响你的前途。"

第三十三章 意外抱得美人归 》161

奚宁有35岁左右,但由于保养得当,显得比实际年龄年轻很多。奚宁不似阿沉那般冷艳,也不是莎莎那种绝色,而是温婉柔媚的家常的美丽,甚是惹人怜爱。

第三十四章 打倒无良开发商 》167

余征等人刚刚踩好点,将机位布置完毕,冷不防冲过来一群人,领头的几个男子打着横幅,上面写着"打倒无良开发商"之类的标语。这群人涌上前来,不由分说地打砸机器、推搡摄像,嘴里还含混不清地怒骂着什么。

第三十五章 彩旗飘飘总有代价 》171

他见阿沉提着一包蔬菜,开门吃力,赶紧右手抱着女儿,腾出左手帮她拎包。阿沉扭过头冲他一笑,霎时,两人都回忆起从前的时光,一阵默然。

第三十六章 儿子跟踪辣妈 》175

奚杰说:"你不用骗我了。我回来这几天,我妈总不在家,每天都打扮得花枝招展的,也不像去打牌。我跟踪了她好几次,发现她背着爸爸跟那个老家伙约会。爸爸一直很疼爱我,比亲爹还好,妈妈这么做太不仗义。"

第三十七章　老头子恋爱就像老房子着火　》177

余征吓得魂飞魄散，难怪人家说老头子恋爱像老房子着了火，何况岳父如此顽固。阿沅也算执拗，但比起陆元稹还真是小巫见大巫。

第三十八章　广告不等于虚假夸张　》180

余征严肃地说："莎莎，广告可以适当宣传，但是不可以夸大，这泳池、绿地估计很难不打折扣完工。而且，现在明知天地豪城的质量问题如此之多，我们怎么还能助纣为虐？"

第三十九章　儿子打了妈妈的"黑马王子"　》182

自己有错在先，不知悔过，却还迁怒于一个孩子，余征适才的同情之心一扫而空。他冷冷地说："你的伤不算重，而且奚杰还没成年，就算闹上法庭也会从轻发落。再说，这件事闹大了，对你也没有好处。"

第四十章　平衡是一门艺术　》186

最近，活动部主任兼副总监贾华铎正闹腾得欢。他眼见竞聘总监无望，便向上级集团提出，说是广告行业按业务类型分家已是大势所趋，建议蓁城广告分家。

第四十一章　大话西游里的唐僧再世　》190

莎莎见余征肯服软，有点儿欣喜，她暗想：本小姐要是连你都搞不定，真是白在江湖上混了那么多年。

第四十二章　离婚了，就别再来找我　》196

他知道若是早到，阿沅势必留他吃饭，他不忍心增加她的负担，无论是家务还是经济，这是在从前的婚姻生活中他从不会体谅到的细节。另外，他也想趁此机会，突然袭击，察看阿沅家里是否有别的男子生活的痕迹，尽管这样做未免有点儿小人之心。

 第四十三章 | 开发商卷款潜逃 》202

头条,房地产大亨卷款私逃。报道上说,平岭商会会长林平治董事长已消失多日,员工遍寻不见其踪影,疑似卷款逃跑。

 第四十四章 | 总监也吃回头草 》207

余忠义说了几句节哀顺变的套话,又问候了阿沅的健康状况,说话间,他不由自主地意欲搂抱阿沅,她一下子躲开了,问:"余总,谢谢您上门探视,如果没别的事,就请回吧。"

 第四十五章 | 黑锅凭什么让我背 》211

余征刚想开口,关总监摆摆手将他打断,继续说道:"余忠义才刚刚上台,如果为了这件事对他进行处理,那么上级集团无异于自打耳光,何况,他已经公开发表自我检讨,但是,此事总得有人负责——"

 第四十六章 | 你是我最熟悉的陌生人 》214

阿沅虽然认为余征的畏首畏尾很可笑,但她不再试图纠正他。她熟知他的个性,对他最隐秘的生活方式与日常习惯了若指掌,但是每当真正面对他时,思维方式与价值观的迥异令她时时感到憋闷和窒息。对于她来说,余征已是最熟悉的陌生人。

第四十七章 | 有多少爱可以重来 》217

尽管未来不可预知,但我追寻梦想的执着不会改变。阿沅,我请求你,请求你再给我一次机会,追梦的路上,希望你能再次与我同行。

第一章　都是蜗居惹的祸

正是盛夏时节，骄阳似火、蝉声嘶鸣。蓁城地处江南，它的潮湿闷热比高温更令人难以忍耐。今年的高温天气似乎缠绵得特别长久，折磨着四处看房的余征夫妇。

"谁能把太阳关掉！"陆加沅有气无力地说。从早晨到此刻，两人奔波劳碌、汗流浃背，早已疲惫不堪。

该死的余征，如此高温，却依然想不到买瓶水给老婆解渴，阿沅幽怨地看着丈夫。

余征高大威猛、虎背熊腰，心思和他的外貌一般粗线条，虽然年纪比她大了不少，却从不懂得嘘寒问暖、温柔体贴那一套。此时，他正站在大太阳底下思考着什么，不时舔舔干裂缺水的嘴唇。

陪同他俩看房的天地豪城售楼小姐冷眼旁观，揣测这两人不过是只看不买的主儿，态度越发生硬起来："先生，等你们想好买哪一套，再来售楼处找我吧，我还有事，先告辞了。"说罢，不等他们回答便想回售楼中心。

余征急忙赔着笑脸把她留住，扭头对阿沅说："阿沅，我看，你别挑来挑去了，就买这套。"他指指身边的新楼盘，征询道，"挑了几个月都没有结果，我都快被折腾死了。"

"你以为我想折腾，还不是钱闹的。"阿沅白了他一眼，顾忌外人，没再多说。她伸手在包里掏了半天，纸巾早已用完，她只得用衣袖擦汗。

几个月来，两人几乎跑遍了蓁城所有的房市，无论新房还是二手房，只要价格适中，均未错过。原本，两人倾向购买郊区的公寓，总价较低，房型也大，环境清幽。可问题是，如果没有私家车，每天将在上下班路上消耗3个多小时。

接着，市中心的天地豪城进入他俩的视野。天地豪城是平岭商人承

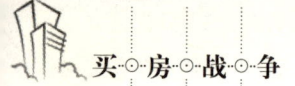

建的大型住宅区,前两期已经交付,第三期正在建设中。他们打算购买第二期的尾盘现房,天地豪城不但各种配套设施便捷,且房型周正,面积适中,只是价格贵得离谱,每平方米接近3万元。虽然交通很是拥堵,但好在公交线路完备,同区位房子的性价比似乎都比不上这两个楼盘。

阿沉考虑甚多,头脑仿佛炸裂,腰酸背痛一起袭来,她再也顾不上仪态,一下坐在新楼门口的台阶上,随即"啊"地尖叫一声,跳起身来。台阶早被烈日晒得滚烫,差点儿被烫去一层皮。

"怎么这么不小心!晒热的台阶如何能坐?这是3岁小孩都知道的常识。"余征挖苦道。

一旁的售楼小姐忍不住笑出声来。

阿沉又羞又怒,多日以来积压的情绪忽然爆发,她冲着余征吼道:"都怪你没出息!还要老婆出来抛头露面吃苦头。不挑,可以,今天你就定下,究竟买哪套?"

余征被阿沉一顿抢白,有点儿恼火,高声说:"天地豪城!"

阿沉说:"这里最小的户型80多平方米,总价200多万,钱呢?"

余征道:"那就买郊区的公寓!"

阿沉立刻回答:"郊区那套房型大,总价与这里差不多齐平。如果买下郊区那套,我们必须买车。如今养辆车比养个儿子还贵,你养得起吗?"

售楼小姐一见这两位的架势,压根儿就没买房的意思,随口敷衍了几句,转身就走。

在外人面前争吵真是丢脸!余征负气道:"那就不买!"

阿沉气不打一处来,指着余征的鼻子骂道:"我跟你东奔西跑几个月,你现在才说不买?你还是个男人吗?你有没有一点儿家庭责任感?有没有一点儿志气?反正,我再也忍受不了蜗居!"

余征怒气冲天,扭头便走。又是争吵,又是揭短,又是指责,一提到买房,双方的肝火都特别旺盛。这样的状态似乎还会延续,但是,余征明白，买房已迫在眉睫。

他未走多远，便停下脚步，躲在墙角，悄悄窥视妻子。刚才，他想发火、想反驳、想将妻子痛骂一顿，可是，当他看到妻子那被愤怒扭曲的憔悴面容，满腹怒火仿佛漏气的皮球，一下子无影无踪，所以，他只好回避。

余征和阿沅都在蓁城广告公司工作。余征是制作部的摄像师，阿沅是设计部的平面设计师。多年前，余征曾经享受过一次公司的福利分房，公司自建的公寓，员工都可以以低价购买。当时余征七拼八凑，凑够一笔钱买下了一套小户型。小区在市区，离公司不远。公寓每层四户，每家50多平方米。曾经，这片粉红的建筑让多少蓁城人羡慕不已，可是经过多年变迁，这片公寓早已显出陈旧落伍的痕迹。因为地段良好，房地产商在公寓北边新开发了一片别墅，愈发衬出旧小区的寒酸破败。

有一次，余征和阿沅打车回家，出租车司机肯定地指出余征夫妇住在南边公寓。余征问他何出此言？出租车司机笑道："第一，你们用普通话交流，一定不是本地居民；第二，你们需要打车，说明没钱买车；如此这般还能买下别墅，无异于天方夜谭。"

此事深深触动了余征，阿沅虽然没有表态，但显而易见，她的自尊受到不小的打击。

福利分房没有正规的物业，基本属于员工自治。小区从未安装监控设施，白天只留个把老人孩子留守，这就成了毛贼之流的乐园，偷盗案件频繁发生，虽已报案，苦于没有线索，无从查起，只好不了了之。近几年来，但凡混得有点名堂的员工都已乔迁新居，把旧房租给社会上的三教九流。于是，环境和治安变得更加复杂混乱。女儿小皮球已经懂事，万一在这种乌七八糟的环境中受到影响，那可真是得不偿失。古时便有孟母三迁，这房子非买不可！余征暗下决心。

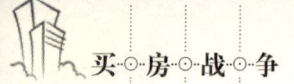

第二章 房奴进行时

阿沉依然呆呆地站在原地,余征早就不见踪影。她举起皮包遮挡毒辣的阳光,忽然意识到,在外人看来,她现在这个样子一定很蠢。蠢就蠢吧,反正不是第一回犯蠢。

遥想当初,海外求学归来的她,可谓追求者众多。可她偏偏看上了大她八岁的余征,义无反顾地嫁给了他,完全没有考虑过他的经济情况和家庭负担。今天的一切,就是她为当初的愚蠢付出的代价!如果今天余征一去不回,她马上离婚。她不相信,依靠自己的能力,购置不起区区一套新房。

正胡思乱想间,余征却突然出现在面前,阿沉一阵惊喜。余征掏出一包纸巾,递给阿沉,轻声说道:"傻瓜,站在这里不嫌热?进去吧,我决定当这里的业主。"

阿沉不再出声,顺从地跟着他走进售楼中心。售楼中心就在新楼外围,玻璃幕墙闪烁着金光,令人无法直视。每次两人来到此处,都畏畏缩缩仿佛做贼一般。也许因为今天下定了决心,底气不同以往,余征大喇喇地往前台的椅子上一坐,招呼上午陪同看房的售楼小姐道:"麻烦给我倒杯水,口渴。"

阿沉在他对面坐下,想了又想,才小心翼翼地说:"你准备买多大面积?"

余征说:"80多平方米,两个房间已经足够。"

阿沉说:"从长远来看,买房应该一步到位。女儿已经长大,需要有个单独的房间。所以,我建议购买100多平方米的户型。否则,万一你老家来了亲戚,难道住在客厅?"

余征说:"如果来了亲戚,女儿可以跟我们一起睡。再说,老家亲戚也不会常来。"

余征老家在偏远地区的农村,他是村里唯一留在大城市工作的大学生。正是因为如此，他的兄弟姐妹和牵丝绊藤的亲戚们经常找上门来。借钱的、打工的、看病的……仿佛余征家是村里人不花钱的客栈。

女儿的成长需要安静的环境，已懂人事的女孩经常跟父母同房休息，也不利于孩子的心理健康。阿沉委婉地表达了自己的想法。

余征烦躁地说："说来说去，你就是势利眼，看不上我乡下那些穷亲戚。"不等阿沉解释，他坚决地说，"就买80多平方米的。你也不掂量掂量，每月才赚多少。"

"我势利眼？"阿沉刚刚克制住的火气又升腾上来，"如果我是势利眼，就不会让你那些亲戚总来白吃白住白拿，当初我也不会嫁给你这个一文不名的穷光蛋！"

居然在众目睽睽之下说出这番言语，看来这才是她的真实想法。余征涨红了脸，吼道："当初你不是三岁小孩，我没有强迫你嫁给我，你现在后悔还来得及。我倒要看看，离开了我，你能攀多高的枝儿，住多大的房子！你要是能搬进别墅，我也为你高兴！"

"两位消消火。"售楼小姐赶紧打圆场，"买房而已，犯不着闹成这样，伤感情。"说罢，她放下手里的水杯，怯怯地问道，"这房，你们到底买还是不买？"

阿沉意识到自己语气太重，伤了余征，但在众人面前，她不想服软。听余征这个语气，似乎自己不配住上大房，似乎自己离开他就买不起房，今天她还非争这口气不可，否则，以后恐怕被他吃定了。想到这里，阿沉端起水杯一饮而尽，斩钉截铁地说："买！就买今天看的那套，103平方米的户型。"

余征憋了半天，补了一句："那就买13楼吧，那楼层便宜点儿。"

阿沉喝过洋墨水儿，却是标准的炎黄子孙，并不顾忌老外的忌讳，便没有反对。

交完定金，真真切切地签下合同，两人都感到轻松不少，这才发觉

暮色沉沉,售楼中心已过了下班时间。

余征饥肠辘辘:"要不在外面随便吃点儿?累了一天,没力气回去做饭。"

阿沉郁闷地说:"谁不想省力?谁不想吃香的喝辣的?可是,外面随便吃碗面条就得几十块。买了房子,我们全家都得节衣缩食,从牙缝里省钱。"

余征怏怏不快地嘀咕着:"再穷也不至于吃不起一顿饭吧。"

阿沉柳眉微蹙,叹道:"房子总价近300万,过一星期就得支付首付款。我们那点儿存款你还不清楚,还得再借几十万。贷款几十年,月供就得7000多元。另外装修还需要不少花销,这些钱从哪里来,你想过没有?"

余征当然想过,这就是他坚持购买小户型的原因。但事已至此,多说无益,可一想到自己已经成了房奴,今后沉重的经济压力,他不由地心生畏惧。

阿沉又说:"等房子装修好,就把孩子接回家来住,免得跟着那个小女人和她儿子学坏。"

家里房子小,条件差,他们常把女儿小皮球送到阿沉的父亲陆元稹家里暂住。陆元稹是蓁城广告公司的老牌编导,在行内颇有名气,退休之后,还经常被邀充当顾问、监制,经济条件尚可。

阿沉的母亲早年出国深造,继而定居在国外。每年暑假,父亲都会带着阿沉出境和母亲团聚。阿沉高中毕业便投奔了母亲,在国外读了个设计学位。母亲多次要求父亲移民无果,只得和父亲办理了离婚手续。阿沉顾虑老父膝下寂寞,毕业之后,含泪挥别母亲,回到了蓁城。

谁料,陆元稹快60岁之时爱上了不到30岁的离婚女人奚宁。奚宁娇嗲、妖艳,带着和前夫生下的幼子奚杰搬来与陆元稹同住。陆元稹很爱奚宁,爱屋及乌,对奚杰视如己出。如此一来,阿沉境遇尴尬,她已经和余征结婚生女,不再是当年那个来去自如的女孩,总不能拖家带口再次投奔母亲。

第二章 // 房奴进行时 //

陆元稹说，奚宁做过财务，她所在的企业倒闭，只得回家。但是，阿沉却听说这个女人挪用公款去赌博，所以被公司开除。尽管亲戚朋友都不看好，但父亲还是娶了奚宁。

奚宁婚后不事家务，依然好赌，搞得债主上门，扬言要她好看。父亲疼惜奚宁，卖了一套出租屋帮她还债。她大概有所触动，终于收手，没有料到奚杰在奚宁的娇惯下顽劣异常，还常与狐朋狗友一起鬼混，近来更是夜不归宿。

"奚杰不在，女儿在岳父家里比较安全。"听余征这么一说，阿沉立刻指责道："女儿跟你姓，你这个当爸的未免太不负责。现在还想继续拖累我的父亲，你脸皮真厚！"

余征自觉理亏，没有与她争论。阿沉说得没错，他的确心力交瘁、自顾不暇，只求有人分担。岳父待自己不薄，继续增加他的负担确实于心不忍。

一路上，阿沉还在喋喋不休地说着什么，他无心再听。两人在小区附近的菜场买了点菜，便打道回府。

回到家里，余征准备下点面条，煮点儿青菜鸡蛋把晚饭对付过去。阿沉则到阳台收了衣服，叠好放进衣柜。做了多年夫妻，在家务事上，两人早已配合默契。水刚刚烧开，只听阿沉在客厅一声尖叫，吓得余征三步并作两步冲出厨房："啥事儿？啥事儿？"

"又是这样！你自己看！"阿沉把衣服扔得老远，衣服上星星点点，不知道是浇花掉下的泥浆还是其他什么污物。

"我找他们讲理去！"余征一甩铲子，就准备上楼。

"算了。难道你还想碰钉子？"阿沉怔怔地望着那堆衣服。

前一阵子，楼上阳台总是往下滴水，将余家晾在阳台的衣服弄脏。问了几家，都不承认是自家干的。守株待兔了几次，余征终于发现了罪魁祸首。他上门理论，对方却气势汹汹、推推搡搡，颇有大打出手之意。有个

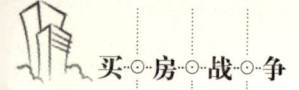

同事告诉余征,那家房主是公司采购员——后勤人员都是公司领导的亲戚。采购员搬走后,把房子租给了外来务工人员。打,你打不过人家;找房主,人家不会搭理你。你上哪里说理去,还是自认倒霉吧!

想起这茬,余征一扔铲刀,从牙缝里挤出几个字:"这地方,真是没法待了!"

阿沅哼了一声:"你不过是个摄像,学历不高、本事不大,留在这个公司还是人家看我爸爸的面子,你还能往哪里去?"

余征愤愤道:"我可以去剧组,我可以当自由职业者,专门拍片参加评奖,说不定哪天就出了名。我就不信,凭我的技术会饿死。"

还好,今天余征没有抬出几个当大导演的同学作比喻。

记得大学时代,虽然国外风气开放,但是阿沅却偏爱传统保守的中国男人。刚回国工作那年,有人给她介绍了同事余征。阿沅爱才,她认为专业技术出众的余征,一定会有大好前途,在别人眼中他木讷内向,在她看来却是成熟稳重。谁能料到,优点与缺点在不同的环境中会相互转化。婚后,余征两耳不闻窗外事,一门心思钻研技术。多年以来,除了完成本职工作,他既未建立人脉,也未拉到过广告。与他同期的同事早已在市场经济的潮头自由徜徉,而他却还在原地扑腾。

余征的平庸对家庭的影响,在阿沅的父亲陆元稹退休之前,并未明显地显现。父亲虽无一官半职,但好歹也是资深员工,公司上下无论如何都会卖他几分薄面,对余征夫妇诸多关照。直到父亲正式退休之后,阿沅才真切地感受到了全方位的落差。

阿沅的部门主任是个瘦小猥琐的中年女人,她并不亲自设计,却常常对设计师们的作品横挑鼻子竖挑眼。陆元稹还未退休之时,她对阿沅还算宽容,但是如今,阿沅的设计十有八九会被她打回票。开头,阿沅还常常据理力争,可是,这样做的结果往往是招来更多的挑剔甚至是全盘否定。公司规定,业绩与收入直接挂钩,这一否定不要紧,阿沅的收入可就大打折扣。

第二章 // 房奴进行时 //

后来，同事告诉阿沅，主任是公司上级集团某个董事的夫人，从前是个小学美术教师。设计部都是科班毕业的专业人士，主任害怕他们瞧出自己是外行，所以经常打击他们以显示自己的权威。主任最烦的就是阿沅这种海归，偏偏阿沅还经常不服管教，但碍于陆元稹的面子，主任也不好发作。如今陆元稹已经退休，余征又毫无作为，见阿沅无所依傍，主任再也无所顾忌。同事告诫阿沅夹紧尾巴做人，若是惹恼了主任，她大可以借考核之机将阿沅扫地出门。

反观余征，他的境况也并不见佳。余征是北方人，由岳父陆元稹引荐进了公司。在摄影风格上，他偏好唯美婉约的调调，这与广告"短、平、快"的基调实在不搭。上个月，公司让余征拍摄一个方便面广告，他自创了一个脚本，男女主人公以"面"为媒，以客栈为基地，方便面广告硬是被他拍成了一段古色古香的武侠传奇，气得部门主任暴跳如雷，立马安排重拍。余征也因此坐了近一个月的冷板凳。

平心而论，阿沅认为余征摄制的广告创意非凡，事实也证明，三两年后这类富有故事情节的软性广告成为了一种新潮流，但是，那都是后话了。在当年，余征这种做法无异于为职业生涯自掘坟墓。

只要余征不再争辩，阿沅便也缄口不语，否则任何话题都会成为吵架的导火索，尤其是有了孩子之后。青春尚未消逝，她却感到心已衰老，似乎婚姻生活让她看清了人生黯淡艰辛的本质，曾经令她憧憬万分的家庭生活并不是这样的模式，但是具体应该如何她却无法描绘出切实的图景。努力工作、赚钱买房，她不过是亦步亦趋地遵循着普通人的生活轨迹，可是为何她感觉如此压抑？

阿沅轻叹一声，说："一个人最可悲的是不知道自己的分量。你今年多大了？要是混成张艺谋那样的国际导演，我也认了。可是，你专业并不出众，钱也没赚到多少，居然还好意思向我大表决心、畅想未来？未来的大导演，你有这闲工夫，还不如先想想办法，凑齐首付再说。"

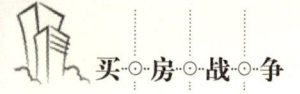

第三章　理想很丰满，现实很骨感

陈莎莎正在大富豪酒店应酬蓁城广告公司的总监关景朋。今天，关总监难得有雅兴，主动向莎莎示好，聊起公司实习生的各种工作走向。

关景朋执掌蓁城广告公司已经八年，里里外外早像蛋糕的包装纸——油透了。之前，每当莎莎找到机会跟他谈起自己的签约问题，他都直打哈哈："莎莎小姐这般花容月貌，怎么会愁出路？美女可以去外企，可以当公关，最不济也能在外资酒店谋个饭碗。蓁城广告公司底薪低、工作忙、风险大，像莎莎小姐这么娇怯怯的美女，进来估计没几年就折腾得花容失色，这又何必？你难道没听外面的人说，在我们公司，女人当男人用，男人当牲口使。"

关总监这么自嘲自贬一番，令莎莎无言以对。她不是不明白关总监话里话外的意思，总而言之，没戏！

只不过，最后一番话常说得莎莎牙痒痒，她恶狠狠地想：女人当男人用，男人当牲口使，这样不体恤下属的领导，岂不成了牲口？想归想，面上却一点不敢流露。

莎莎颇有自知之明。毕业包分配早已是上个世纪的童话，在社会上，类似她这样两年制的中专生多如蝼蚁。而她除了一副父母给的化好妆后勉强称得上花容月貌的外表和无敌的青春活力之外，在职场上实在没有任何竞争力可言。莎莎也清楚自己的家底，绝无可能像班上极少数同学那样，拥有一个"好爹"——预知后事如何，且听"好爹"分解。她的后事，只能自己分解。

当然，蓁城广告公司是莎莎的最高目标。她依靠副总监余忠义的关系进入公司实习一阵子，已经在蓁城拥有了小小的知名度。如今，在求职问题上，她重点捕鱼、四处撒网，再不济，谋个像平面模特、外企前台这类花瓶职位也并不难。然而，她深知，蓁城广告公司金字招牌的含金量是行内其他公司无法比拟的。她并不甘心成为与部门签约的临时工，

第三章 // 理想很丰满，现实很骨感 //

但是想要顺利成为正式工，必须要关总监点头。虽然开头薪水较低，但借此平台可以接触所谓达官显贵、社会名流、富商巨贾，可进可退、有名有利、左右逢源。

别怨现在的男孩女孩太过实际，生活常常教会他们比父辈更加理性的选择。

不过，尽管这些道理浅显易懂，若是无人点拨，莎莎也无从知晓。

临近毕业，各路人马风云际会、各显神通，纷纷约见关总监，虽说蓁城广告公司不是关总监一个人说了算，但是正式录用莎莎这样的小事料想对他来说只是小菜一碟。

这层意思，莎莎跟蓁城广告公司副总监余忠义透露过。余忠义还算仗义，努力为她创造机会，只要关总监出现的饭局，尽量安排莎莎参与。

今天，好不容易逮到与关总监交流的机会，她本想跟他多套套近乎，偏偏手机锲而不舍响个不停，原来是自家大哥不识趣，一个劲儿地打电话。

关总监倒是没说什么，他的助手却一伸懒腰，不怀好意地道："几号男朋友找你灭火？那么着急！"

莎莎不太情愿离开，却只得悻悻地道："那你们先忙，回聊。"毕竟，跟关总监还没熟到可以任性的份上。待她匆匆回电给大哥说好稍后联系，再回到包厢，关总监左右的位子早已被别人捷足"后"登。

不过，莎莎也算不虚此行，关总监放出一个利好消息，"蓁城广告之星"大赛即将拉开帷幕，参赛人员年龄性别不限，户籍不限，有能力者居上。

满腹怨气无处发泄，唯有向大哥开火，莎莎愠怒地冲着手机："大哥，到底什么事？大惊小怪。"

大哥对这个妹妹向来畏惧几分，听她发怒，马上变得讷讷："我……我跟姑父，不不，跟村长一起呢，商量着明天来看你。"

莎莎姓陈，原名陈丽芳。读了中专之后，她不顾家人的捶胸顿足，毅然决然地把那个土得掉渣的名字改了，换成洋味十足的"莎莎"。不过，

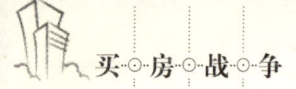

无论她如何抗议，家人和乡亲还是习惯叫她"丽芳"，这让她在自我感觉良好的同时常常不爽，仿佛华服美饰后面缀着一条尾巴，动辄给人揪一下。

莎莎见大哥用手机给自己打电话，便猜到大哥跟村长在一起。大哥有手机，若不是跟村长一起从来舍不得用。大哥的手机是莎莎买的，才用了没几天，大哥就惊呼养个手机太贵，尽管莎莎许诺报销话费，大哥还是把手机打入了冷宫。

莎莎明白村长无事不登三宝殿。自从她进入蓁城广告公司实习，不知是吹牛不打草稿的大哥的炫耀，还是村里人自己的想象，总以为她这灰姑娘摇身一变，成了穿上水晶鞋的公主，帮乡亲一个小忙那是易如反掌。上次回村遇到幼时玩伴，劈头就问莎莎："听说你现在发达了，天天跟有钱人到大富豪吃饭？"莎莎问是哪里听来的，对方说是她侄子说的。侄子那么丁点儿大的小屁孩也知道大富豪？

大富豪酒店是外商投资的五星级酒店，就算关总监也不可能每天随便进出。如果说关总监天天出入蓁城宾馆接待客人，还算比较符合实际。蓁城宾馆年代久矣，价格相对实惠，可是，连蓁城宾馆莎莎也不能经常涉足，更遑论大富豪酒店了。

大哥和村长明天就来，一定有事相求。能不能成事另当别论，食宿必须得安排，不然大哥的面子下不来，也显得自己毫无办法。

唉，都怪大哥吹牛过了头。乡亲们都以为莎莎锦衣玉食、享尽富贵荣华，实际上她那些熠熠闪闪的行头都是向蓁城广告公司借的，一过午夜十二点，公主就会打回原形。灰姑娘至少还有辆南瓜车，自己连个遮风避雨的地方都不会有。

这样看来，大哥的炫耀也不无道理。要么就别离开村庄，像同村姐妹那样早早嫁人，带孩子种地。既然出来打拼，就得混出个样子，否则，不仅自己受罪，家人也会抬不起头。

在莎莎长大的村子里，"陈"是个外姓，虽说姑丈是村长，可是村长一样瞧不上他们老陈家，因此她家受人欺负那是家常便饭。为了这个，她跟村里人不知打过多少次架——大哥软弱无能，出头露面的事自小就由她来做。自从她读了中专，村里人出于对读书人的敬畏，这种是可忍孰不可忍的事情就自动偃旗息鼓。

现在，莎莎那自卑又自大的哥哥放出风来：丽芳现在是蓁城的明星，经常上电视的，大老板见到她也要给三分薄面。以后等丽芳嫁个好人家，老陈家就翻身了。所以，如果哪一天，莎莎找不到工作卷铺盖回家，感受到愚弄的乡亲们喷出的唾沫星子就会把她全家淹死。

当然，莎莎不会无处可去，正如余总监所说：美女不愁出路。前路是曲折的，但也是光明的。除了蓁城广告公司之外，莎莎还有多重选择。前台、秘书这些工作自不必说，她打算放到最后考虑。房地产公司的林董已向莎莎摇动橄榄枝，聘请她做公关。林董是蓁城平岭商会会长，他的房地产公司后台硬、经费充足，应该说是不错的考虑，只是平台太小，且是到处求人的工作，这些因素让莎莎裹足不前。

接着是《蓁城快讯》杂志社，这家八卦杂志在本地发行量尚可，主要收入来自广告。社长看中莎莎的美貌与灵活，有意将其收入麾下。能进蓁城广告公司固然最好，万一失利，在杂志社工作也足以堵住乡亲们的悠悠之口。可是这份工作没有底薪，收入以广告提成为主，要不只能充当传说中的"狗仔队"成员，四处爆料。无论是挖掘娱乐新闻还是拉广告，不外乎拼人脉、拼酒量、拼时间，莎莎自忖优势不大，因此犹豫不决。

莎莎明白：理想很丰满，现实很骨感，中间总有差距。她逼着自己多多考虑其他工作的优势，但是到底缺少发自内心的热情。就好比男女相亲，介绍人将对方吹得天花乱坠，自己也觉得可以将就，可是终归没有激情，总是别别扭扭，感觉浑不到位。

第二天，莎莎对制作部副主任袁弘诺说自己老家来人，求他安排食宿。袁弘诺很爽快，马上打电话订了个标间，还表态说，餐费让莎莎先垫上，回来凭发票报销。这让莎莎有些感动。

在制作部，袁弘诺是出了名的铁公鸡，私下里一毛不拔不说，平时员工们加班要吃个工作餐，他都要唧歪半天。

大家只道袁弘诺抠门，却不知他是巧妇难为无米之炊。不当家不知道柴米油盐贵。蓁城广告公司虽说是企业，却严禁私设小金库。可是，部门里总有一些不足为外人道的开销：逢年过节，得给每个员工派个红包，否则平时谁肯卖命；蓁城是地级市，部门每到年底都需四处活动一番，这个费用公司固然补贴一部分，但多数还是由制作部自掏腰包……

对于莎莎，虽然她只是个实习生，但袁弘诺总是另眼相看、有求必应。这一点在制作部甚至在公司都是公开的秘密。

袁弘诺刚安排好，大哥的大嗓门夹杂着踢踢踏踏的脚步声就已经在办公室门口响起。

制作部实行集中办公，十几号人待在同一办公室，用三夹板格成方块，袁弘诺也在其中。大哥一路走进办公室，见人就点头哈腰、满脸堆笑。大哥走到莎莎和袁弘诺跟前，刚一张嘴，想开口喊"丽芳"，就被莎莎打断："哥，这是我们头儿，袁主任。"

大哥的脸一下子涨得通红，扎煞着手不知往何处放。莎莎有点儿尴尬，她知道在淳朴的大哥眼里，蓁城广告公司里都是红眉毛绿眼睛高不可攀的人物，这主任更是人物中的人物。回去之后，够他吹嘘好一阵子了。

莎莎问他，村长在哪里？大哥说村长在楼下，保安不让进。莎莎问他怎么进来的。大哥这才掏出一张单子，说他自称是这里主持人的哥哥，保安才半信半疑地放他进来，但是需要受访人在出入单上签字。

莎莎这才释然：她原以为村长拿捏个架子不肯上楼，刚还在心中骂他，上门求人还装腔作势。也难怪，在她的童年记忆中，村长总是高高在上。不曾想，在村里不可一世的村长，到了城里，连个广告公司的小保安都不把他放在眼里。难得有机会下下村长的威风，就让他多等会儿好了。

莎莎把大哥领进隔壁会议室，给他倒了杯水，问他为什么来。

大哥说："咱妹大学毕业想来蓁城工作，姑丈，哦不，村长叫你帮着想想法子。"

大哥只有小学毕业，夹七夹八说不清楚，但莎莎还是听懂了个大概。她不耐烦地说："嫁出去的女儿泼出去的水，咱姑是他老婆，他家的人，她女儿找工作关你啥事，要你咸吃萝卜淡操心。"

不知为什么，面对大哥，莎莎把读书之后修炼出的涵养忘得一干二净，她不由自主地还原成从前那个真实的陈丽芳——粗鲁、直接、脏话连篇。

大哥在会议室的转椅上端端正正坐了一会儿，觉得不自在，把脚从鞋里释放出来，没地方搁，用手捧着，正好随手抠抠："你一走好多年，现在村里还是跟过去一样，一年地里刨不出几个钱，村长知道你路子粗。"

"你忘了他以前那副嘴脸，现在还有脸来求我？"莎莎想起前尘往事，不由一阵心酸。

"就说你年轻不懂事，咋都是自己亲戚，不帮忙不怕被人戳脊梁骨？"说到这里，他不由挺了挺胸，"大家说到你，说你现在发达了，给咱妹找个工作容易。"大哥斜眼觑着莎莎的脸，阴沉地快滴出水来了，赶紧住嘴。

莎莎明白，大哥打出娘胎，第一次被人如此礼遇，高帽子一戴，忘乎所以，才接下这个烫手的山芋。她不忍责怪大哥，算了，兵来将挡，水来土掩，先会会村长，看他怎么说再做打算。

两人下楼来到公司大厅，村长和司机正坐在角落的等待区抽烟。已是初春，外面很冷，广告公司却暖气充足，四季如春。穿着丝袜短裙的莎莎和身着厚重棉袄的村长站到一起，何止隔了一个季节。不过，看着村长被暖气烘出的油汗、满脸的皱纹和谢顶的脑门，莎莎忽然有点儿不忍，毕竟都是亲戚，砸断骨头连着筋。

一起出门的时候，保安用狐疑的眼光打量着这一行四人。莎莎知道，明天广告公司上下都会知道她有这些个上不了台面的亲戚。

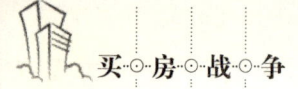

第四章　还贷绵绵无绝期

尽管老家亲戚曾经做过保证,他们接受了余征那么多恩惠,将来一定会全力支持余征买房,可是事到临头,余征发现,那些承诺,不过是空话而已。所有的亲戚仿佛说好了似的,众口一词向他叹苦经、唱穷戏。最后,还是他的母亲抠抠搜搜地掏出两万多棺材本给了余征。余征自责不已,不但不要这钱,反而还给家里留下几千块,虽然明知回家不好交代。

余征回到家里,正在发愁如何跟阿沅开口,阿沅却哭诉家中出事。余征顿时呆若木鸡,害怕女儿有事,待缓过神来细细询问,原来是奚杰惹祸,似乎牵连到了岳父。

阿沅说:"我不想见到那个女人,你代我跑一趟,看看情况如何。若是问题难以解决,就顺便接回女儿,以免影响到她。"

余征十分乐意前去探望岳父。当初福利分房,岳父没少出钱帮衬他俩,现在买房遇到困难,余征早就打算去找岳父想想办法。

来到岳父家里,余征并未看出有何异样。女儿跑出她的卧室喊了声"爸爸",便乖乖地回去做作业。

陆元稹把余征领进书房,跟他细说奚杰事件,余征这才了解到事态严重。

岳母奚宁溺爱奚杰,只要奚杰问她要钱总是有求必应。奚杰拿着这些钱与社会上的小混混搅在一起吃喝嫖赌、惹是生非。最近,奚杰打伤了一个设赌局骗他钱的家伙,对方要奚杰赔钱,否则就去报警。奚杰一看事情闹大了,这才想起向奚宁求救。

余征心里一紧:"要赔多少?"

陆元稹说:"对方有验伤报告,还要求精神赔偿,大概需要10万。我想问问,你和阿沅手头是否方便?"

余征有点儿窘迫,却又大为惊诧:"您退休这几年,东奔西跑、四

第四章 // 还贷绵绵无绝期 //

处兼职,怎么连 10 万元都拿不出来?"

陆元稹苦着脸说:"奚宁好赌,赔掉了一栋房子,每月的租金收入就没有了。她年轻,好吃好打扮,又没工作,我赚的钱加上退休工资还不够补贴家用啊。"

进书房这么久,岳父都没舍得开空调,余征热得汗流浃背,心里还怪岳父抠门儿。现在细看,发觉岳父身上的汗衫还是好多年前买的,洗了又洗早就千疮百孔。看来,岳父是真的山穷水尽了。余征只得断了借钱的念头。

"奚杰现在在哪里?"余征问道。

"那小子知道闯了祸,躲了起来,只跟他妈联系。奚宁不肯告诉我他的去向,怕我报警。"

岳母一直都没露面,不过余征知道她一定在家,或许正在偷听他和岳父的对话。

看到岳父花白的头发,余征难免心酸。家家都有本难念的经,外人以为岳父娶了年轻漂亮的妻子快活似神仙,谁知却有这么多难言之苦。

陆元稹见余征沉吟不语,赶紧表示:"如果你们有困难,我自己想办法。我是长辈,不能帮衬儿女,还要拖累你们,真是惭愧。"

岳父一向都很好强,居然说出这番话,可见实在是无能为力。

"爸爸,你千万别这么说。我们是一家人,您对待我就像对待亲生儿子。现在您遇到困难,我肯定义不容辞。"大话一说出口,余征就开始后悔,自己房子的首付还是个问题,又如何能帮助岳父?

"是吗?"岳父又惊又喜,"你放心,这件事搞定之后,爸爸还会继续工作,尽快把钱还给你。"

"爸爸,看您说的,这钱就算我孝敬您的,不用您还。您早点儿休息,我先回去想想办法。"再三安慰了岳父一番,余征这才离开。

余征思来想去,只能向同事开口。说来惭愧,他和阿沅也算公司的资深员工，这些年忙于工作，似乎从没刻意与同事攀过交情，原本以为君子之交淡如水，事到临头才发现大错特错。这年头，非亲非故，谁肯借钱？亲戚如此，普通朋友更不必说。

走投无路间，余征打算去拜访公司广告部主任兼副总监余忠义。余忠义是他同村乡亲，曲里拐弯算是他没出五服的族兄。岳父一直以为女婿留在公司是自己的功劳，实际上，余忠义也出力不少。只是这几年，余征忙于业务，又不善于应酬，余忠义却步步高升，成为公司副总监。余征自惭形秽，因此从不主动与余忠义往来。

余征并不确定余忠义会卖他面子，但是，目前能解他燃眉之急的，也就只有余忠义了。当然，买房缺钱的事，余征暂时不会告诉岳父，多年以来，他没少劳烦岳父，在这个节骨眼上，何苦再给老人添堵。

第五章　人生总有些生离死别要面对

余征本想带上阿沅，夫妻同去拜访余忠义，这才显得郑重其事，但是想起阿沅对待自己的态度，余征的心凉了半截。看看时间已经不早，贸然上门并不合适，他决定先给余忠义打个电话再做打算。

拨通电话，余忠义那头似乎很安静，他压低声音说正在医院。余征大吃一惊，赶紧问对方是否身体不适。余忠义回答，他没事，是他老婆储英姿生病住院。

这么大的事，自己居然一无所知！余征受到不小的震荡。真是可笑，自己还一直以大师自居，认为自己是公司的中流砥柱。事实上，自己早已被公司边缘化，难怪连老婆都看不起自己。

余忠义是自己的族兄也是恩人，嫂子住院自己不去探望，无论如何都说不过去。余征不知内情，不敢多嘴，问清了哪家医院，便挂了电话。

公交车早已没了，只能打车前往。蓁城人民医院在城郊，路途遥远，余征盯着跳动的出租车计时器不免心惊肉跳。车子出了城，他才渐渐平静，自责道：真是改不了的小家子气，探病肯定得花本钱，再说是自己有求于人，正好趁此机会拉近关系。

虽然天色已晚，医院门口却丝毫不见冷清，各种水果鲜花店铺一字排开，不少顾客正在选购探病的礼品。余征买下一个果篮和一束鲜花，来到住院部，向咨询台打听储英姿的床位。年轻的护士查了查当天的记录，说没这个人，便不再理他。

余忠义明明说他老婆住在这里，怎么可能查无此人？余征急了，大喊让护士仔细复查。也许是见惯了像他这种摸不到门路的送礼人，护士斥责道："你喊什么？这里是医院！病人什么时候入院的？"

这个余征可不知道，只得反复要求护士再查一遍。值班医生提醒道："有可能住在贵宾楼。"护士只得打开电脑，又查了一遍，余忠义的妻

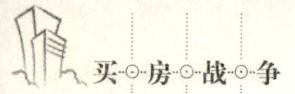

子储英姿果然住在贵宾楼,单间。

"乡巴佬!"余征一转身,便听到护士在背后轻声咕哝。

说是单间,其实是个套房,病房外连接着一个小小的客厅,摆满了各种鲜花和果篮。余征仔细瞅瞅,任何一件礼物都比他带来的东西豪华、讲究,不由有点瑟缩。

余忠义看出了余征的心思,赶紧接过他手里的礼品,热情地说:"哎呀,你能过来就好,还带什么礼物。心意我领啦,下次可不许这样。"

储英姿的父亲是蓁城广告公司前任总监,她是公司媒介部的主任,如今丈夫余忠义风头正劲,因此,前来探视她的人自不会少。储英姿本人一向低调,待人也算诚恳,平时并无骄矜之态。如今,她卧床不起,便也顾不得应有的礼仪。

余征偷眼望去,储英姿原本光洁饱满的脸颊深陷下去,头发也脱落了不少,看似病入膏肓。他虽然木讷,还不至于傻到实话实说,挑些吉祥话说了几句,便不知该说什么,只得坐着默默无语。过了一会儿,他忽然又说:"明天我让阿沉过来伺候嫂子,帮着擦擦身,护理护理。"

储英姿一听,眼圈一红,说:"命都保不住了,还真顾不上其他。不过,兄弟就是兄弟,你就是比别人贴心。"

余忠义接上话茬:"余征本来就是个实在人。我工作忙,这里没个自己人护理我也不放心。只要弟妹不嫌麻烦,就让她过来帮帮忙。"

看这架势,估计得了不治之症,余征笨嘴拙舌不敢多说,多做逗留也没意思,稍坐了坐就告辞出来。

余忠义送余征来到楼下,站着聊天:"你嫂子是癌症晚期,没几天了。"路灯下看不清楚余忠义的表情。

余征证实了自己的想法。人家摊上这种大事,自己居然浑然不知,可见消息闭塞到什么程度。可是,如此一来,借钱实在不好开口。余征沉默了半晌,不知是否应该说明来意。

第五章 // 人生总有些生离死别要面对 //

正犹豫间,余忠义说:"明天就让弟妹过来,如果公司请假不便,我提前打个招呼。对了,你今天找我有什么事?"

看来,余忠义真的把他当成自家兄弟,余征不由腰板一硬。作为外地人,余征时时处处觉得与这座城市格格不入,而此刻,他忽然觉得自己拥有了靠山,便鼓起勇气说出了自己的困境。

余忠义听罢,考虑了片刻,说:"钱的事好办,只要在50万之内,我都可以借给你。不过,最近大家在为蓁城广告之星大赛奔忙,等决赛结束你再来我家,来之前先打个电话。关于你岳父的事,我的意见是别急于赔钱,先把事情弄清楚再说。我回头给你找个律师,你们咨询一下,听了律师的意见,再做打算,不能让人牵着鼻子走。"

余征一听,喜出望外。到底是公司副总监,对自己来说的难题,在他眼中都不成问题。余征不知如何感谢余忠义,又觉得所有的感谢都显得轻飘单薄,罢了,来日方长,总有需要自己效力的时候,到时为他两肋插刀就是。目前,先让阿沉前来护理储英姿,就是最实际的感谢。

末了,余忠义又说:"自家兄弟,不要客气。人在他乡,彼此要多走动走动,有事大家也有个商量,有个照应。"

余征感动得想哭,握住余忠义的手,谢了又谢。看到余忠义着急回病房,余征才挥手作别。

回家的路很长,但余征不愿费钱打车,决定步行。走在路上,他激动的心情渐渐平复。生命如此脆弱,集万千宠爱于一身的储英姿也逃不过命运的魔掌,更何况像他这样的普通人。但储英姿是幸运的,她出身富贵,自身优秀,丈夫身居高位,她虽然命短,但享尽人间荣华富贵。如果得病的是余征,除了父母兄弟,又会有谁来探视,又会有谁为他掬一把同情泪?比起余忠义,自己是那么渺小,一无所有、微不足道,人活一世草木一秋,还有什么能比如今的自己更加卑微、更加失败?

回到家中,已是深夜,万籁俱寂,阿沉早已睡下。他并不希冀她会为他彻夜不眠。或许在阿沉眼中，他这个丈夫只是一颗尘埃。不过，桌上留给他的饭菜，令他感到一丝暖意。到底是自己的老婆，无论如何吵闹，依然关心他的饥寒冷暖。

第六章 三个男人和一个女人的对手戏

跟村长和大哥一起吃饭的时候，莎莎说："村长，托人办事，免不了要打点打点，这事要成了，您得出点儿血犒劳我，不成分文不要。"

大哥急忙问："有路子没有？"

莎莎不吭声，心想这老实巴交的哥哥就是沉不住气，在世故的村长手里还不是要圆就圆，要扁就扁。

村长眯起小眼睛，发现这个自己从小看大的漂亮女娃不像说笑："丽芳，姑父就指望你牵个线，回头我们自己去公关。"

莎莎拈起一片水果，小口小口地吃着，在蓁城广告公司别的本事没有学会，装模作样倒是学了个实打实。也是，连自己都撑不住场子，让别人怎么信你。寻思半天，没辙，得搬救兵。至于村长，先吊着他胃口。急死这个老狐狸！她恨恨地想。

莎莎的救兵就是房地产公司董事长林平治。

说起林平治，在蓁城也算个人物。无论经济环境如何变幻，他始终稳坐平岭商会会长宝座多年。商会从籍籍无名到声名远播，会员们的业绩从无到有并扶摇直上，在普遍不景气的大市场环境内可谓奇迹。

莎莎和林平治的相识说来话长。从饭局的偶然结识，到你来我往、斗智斗勇，这个过程充满了心机和盘算。平心而论，莎莎肚里那点九曲十八弯根本瞒不过老练成精的林平治。不过，双方其实也不乏相见恨晚的遗憾和热络，因此，任莎莎黠如狡兔、滑若泥鳅，林平治还是会适当给予一点儿甜头，他倒是不指望莎莎乖乖就范，只需令她翻不出五指山就行。

这种动态平衡保持了多年，却被一场事故意外打破。林平治工地上一名工人因劳累过度坠楼身亡，得知消息，林平治虽然外表波澜不惊，内心却掀起惊涛骇浪。公司拥有今日的声誉绝非易事，是其苦心经营多年的结果，他不能束手待毙，坐视经年的心血毁于一旦。赔钱倒不是问题，

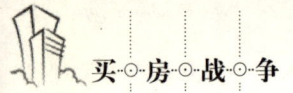

他还需要尽量减小消息扩散的范围,以免影响楼盘的销售。

当时,莎莎正在陪林董吃晚饭,她见状自告奋勇帮林董收拾残局。事实上,莎莎能有什么本事,最终还是求助于余忠义动用关系将负面影响封锁到最小范围。如此这般,林平治与莎莎之间动态平衡的天平就滑向了莎莎这端。

接到莎莎的电话,林平治很快就到了。"迟到、迟到,先自罚一杯。"估计是从上个饭局中途溜出,林平治一向一丝不苟的领带有点歪,仰头喝酒的时候,一股陈旧的酒气抢先溢出嘴巴。

莎莎与他耳语了几句,简单提了村长的要求。林平治不慌不忙地坐定,问道:"姑娘多大?什么学历?"

村长赶紧从皱巴巴的人造革包里摸出一份简历,殷勤地递过去:"您瞅瞅,都在这上面。"

林平治接过简历,并不打开,顺手放在一边:"现在城里不好混,大学生满地走,只有博士才能抖一抖。还是乡下机会多,据说每年都招大学生村官哪,哈哈哈!"一阵笑声地动天摇。

村长等人不知说啥附和,只得赔笑。不知所云地笑了半晌,村长才小心翼翼地回答:"娃儿到城里念了大学,在乡下呆不惯了。"

莎莎害怕村长出乖卖丑丢自己脸面,急忙打岔:"林董在蓁城人头儿熟、面子大,不要说我家小妹,就是我也得仰仗林董照拂,来,我先敬林董一杯。"

一阵恭维,一阵奉承,林平治"龙颜大悦",一边干杯一边豪迈地挥手道:"有事尽管来找我!"

莎莎乖巧地接上话头:"有事肯定找您啦!在蓁城地头上,就没有您林董搞不定的事。"

林平治一笑,叹息道:"都能搞定肯定是吹的。我们毕竟是外来户,强龙不压地头蛇,竞争不过本地企业,全靠广告宣传,一旦停了广告,哪

第六章 // 三个男人和一个女人的对手戏 //

里还有人来买房？可是广告费用大，拍摄就要不少钱，播出还得出一大笔，每年的营业额都贡献给广告了。"

大哥忽然接茬："我家丽——哦不，那个，莎莎有办法，她跟她公司主任熟。"

林平治一激灵："是吗？是不是制作部袁主任？听说他在广告界很吃得开？"

莎莎只有片刻的犹豫，立刻回答："那是，袁主任跟总监关系铁着呢！前几天带我一起吃饭，说起蓁城广告之星选拔赛的事儿。"说罢，莎莎觑了一眼林平治，接着道，"林董，我已经通过预赛，进入决赛还需要您大力支持呢！"

林平治顾左右而言他，没有接茬，问："总监是不是关景朋？听说他喜欢 K 歌？"

事实上，莎莎只跟关总监近距离接触过一次，那也是得益于余忠义的苦心安排。平时虽然经常在公司见到关总监，但也仅是打个招呼而已，她对关总监实在知之甚少。面对林平治的殷殷垂询，她左支右绌，只恨自己埋首赚钱，竟对这些细节浑不留意。虽然她并不愿意暴露和余忠义的关系，但是为了钓住林董这条大鱼，考虑了半晌，她终于期期艾艾地说："喜欢 K 歌的是副总监余忠义。"

林平治大喜过望，赶紧一番演说，将自己的社会关系一一历数之后，拍着莎莎的肩头："不管是关总监还是余总监，有机会帮我约他们出来喝喝酒！"

林平治手劲大，莎莎被拍得东倒西歪，也只得忍着附和道："一定有机会！"转念想起村长女儿工作的事，赶紧追问，"那我妹的工作？"

林平治已经喝得差不多了，终于坐回自己的位子："好说，先来我公司前台上班！"

莎莎瞥见村长一直紧锁的眉头舒展开来。大哥早已喝得不省人事，

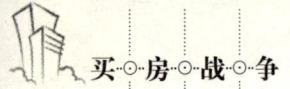

真是没用!她心中暗骂一声。

走出酒店,莎莎一边找车送村长和哥哥回去,一边寻思着如何帮林平治的忙。适才对于她参赛经费的事,林平治并未表态,这可以理解,利益交换,是商人的基本原则。之前,林平治欠她的人情,已借"安排工作"归还,如果不能继续帮助林平治,那么他又为什么要出钱出力助自己参赛呢?

第七章　爱情是个古老的传说

　　村长一行没有住宿，当晚就赶回去了。不过，袁弘诺定好的房间并未浪费。当然，这与爱情无关。

　　莎莎也曾相信过爱情。她的第一个恋人是自己的中专同学。对于生长于乡野茅舍的她来说，初恋仿佛一丛墙边的草花，几分朴素、几分艳丽、几分羞涩、几分幻想，然而，生活永远宛若家乡的河流，风平浪静的表象下暗流汹涌、怪石嶙峋。爱情像那水面的浮光跃金，徒有虚幻的光芒，随着时间的流逝逐渐变得淡薄。毕业之后不久，曾经海誓山盟的恋人便主动与她分道扬镳。很快，她机缘巧合遇到了蓁城广告公司副总余忠义，余忠义带她进入圈内，安排在公司实习。

　　实习不久，莎莎便发现，即使是实习生也分三六九等：富二代自不用说，这些公子小姐们的派头比资深员工还大几分，眼高手低、拈轻怕重；当然也不乏勤勉刻苦之辈，只是分母太大，淹没了极少数的分子；接着就是员工子弟，中国人流行靠山吃山、靠水吃水，家中只要有人在蓁城广告公司，除了屈指可数特别吃不开的几个异类，其他员工基本都能加塞几个进来实习；最末的一等，就是莎莎这种，外地来的草根，虽然只有打杂的份儿，却是实习生的主力军。

　　莎莎长得漂亮，一开始便在媒介部某时尚专栏帮忙。制片人是个半老徐娘的资深美女。说实话，这位徐娘本质不坏，从未干过欺负新人这类缺德事；但是，在她手下，莎莎需要兼做秘书——写文案，清洁工——打扫办公室，化妆师——帮出镜主持人化妆，搬运工——拍摄节目时搬道具，灯光师——拍摄时打灯光……总之，在制片人眼中莎莎就是个打杂的。至于主持，徐娘都是亲自上阵，不劳驾旁人。

　　对于这些，莎莎不是没有抱怨过，因此，余总监立刻以人手短缺为由，将莎莎调入制作部。制作部副主任袁弘诺是余忠义的人，余忠义

跟他打过招呼,说莎莎是他的远方亲戚。于是,袁弘诺便安排她跟着主持人李敏浩和摄像余征学习,希望她能有一技之长傍身。李敏浩一表人才,是公司公认的帅哥,尤其是他一双善于放电的大眼睛,少妇萝莉一网打尽,于是,被人起了个外号,叫做"大眼",大家叫得习惯了,李敏浩的本名反而很少有人提起。

制作部人少事多,莎莎加入之后,四人一组轮班,几组人员互相配合,人手不够便互相补充。说是学习,事实上,大眼从未教过莎莎任何专业技巧。无论是拍片还是主持,大眼都把资源藏着掖着,唯恐被莎莎分去一杯羹。这个当然是莎莎日后才得出的结论,当时的她对大眼言听计从,不敢违逆。每次出门拍摄,大眼的借口不外乎车子人满为患,让莎莎留在公司接拍直销广告;或者是日头太毒,女孩不宜出外景以免晒伤;要不就直截了当地告诉莎莎,他要和企业老总谈点儿广告的事,请她回避。

莎莎原本以为,她这个由副总监钦点的实习生,不说能享受什么特殊待遇,至少也能被前辈们另眼相看,但是为什么依然逃脱不了被呼来喝去、置之不理的处境?她不懂,像大眼这样一个口误百出连普通话都说不清楚的家伙如何能稳坐制作部第一主持人的宝座?难道只是因为他英俊的外表?更让她不解的是,摄像余征早已是公司的业务骨干,可是为什么除了赢得一声"大师"的尊称之外,毫无建树?……

对于莎莎来说,很难说在制作部的工作中学到什么知识和技能,她本身也并非好学之人,然而种种有形无形的收获却无所不在。现在,莎莎不敢说自己都已学习透彻,但至少不再是当初那个少不更事的傻大姐。

秦城广告公司能人辈出绝非虚言,至少在制作部这个地方,员工们各自为战,互不相扰。这种个体劳动充满智慧和心计,同时也充满赚钱的机遇。

制作部负责广告片的拍摄与后期制作,题材按类型划分,分配给各编导。外行人或许以为,制作任务的多寡与收入高低成正比,那就大错特错了。

最热门的是外企与上市公司等实力雄厚的客户,他们大都十分慷慨,为他们服务,种种有形无形的好处不计其数。

接着就是旅游景点、各大商厦,除此之外,盈利丰厚的医院、贵族学校在地级市的广告圈也是大受欢迎的。最不济的,便是锅碗瓢盆、美腿袜、减肥产品之类的直销广告。

如果没有制作部副主任袁弘诺在身边点拨,莎莎是懵懂而幼稚的,或许终有一天会恍然大悟,但机会已如狡兔般倏忽而过。

袁弘诺最能理解莎莎,曾经他所处的角色和处境与她的现状如出一辙:农村是他们共同的根据地和背景,城市是他们的伊甸园和猎物。他也曾努力过、挣扎过、迷惘过,幻想凭自己的实力出人头地;他也曾渴望过平等、真挚的爱情,为此,年轻的他对一位同班女生的秋波暗送视而不见。

可是,生活的真实和粗粝在于,现实将教会像他这样的草根子弟抛弃所有不切实际的幻想,即使是最不浪漫的幻想。

兜兜转转、头破血流之后,袁弘诺终于牵住了那位同班女生的手,准确地说,是牵住了女生父亲的手——他大手一挥,送当时的摄像小袁出去培训半年,学成回来直接提升他为制作部副主任。只可惜,这位贵人突发脑淤血,撒手人寰。

若干年后,綦城广告公司被上级集团重组。袁弘诺硬着头皮、四处活动,几经周折才保留了这个制作部副主任的位子。风波过后,他照照镜子,竟已两鬓飞霜。那年,袁弘诺才35岁。之后,他一直原地踏步直到如今,小袁主任渐渐成了新人口中的"老袁主任"。

日本语汇中有一种颜色,浪漫灰——40岁男子依然蓬软细贴的黑发,但两鬓已经飞霜,这是唤起浪漫恋情的风霜之灰、练达之灰。行走江湖好多年,像莎莎这样现实的小女生,却仍被袁弘诺的浪漫灰,微微牵动心绪。

并非没有过纠结,将莎莎拥入怀中之前,袁弘诺也曾自问:这样是

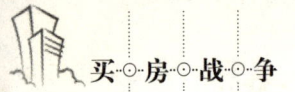

否太过疯狂？他注视着她的双眸，直言不讳。

事实上，袁弘诺闭上眼就会想起莎莎那双时而灵活时而失神的眼睛，与他内心深处的某种心境特别吻合。

这种心境，埋藏太深，而莎莎每次都能将它准确无误地唤起。人到中年，有谁心上无痕？袁弘诺喜欢莎莎带着欲望和创伤的神情，这使她更加真实可信，虽然他知道自己未免有些心狠，却不忍释手。

缱绻之后，莎莎又跟袁弘诺提起签约的事，顺便说了村长的要求。袁弘诺寻思了一会儿，说："这事有点儿难办。"

莎莎呈八爪鱼状搂着他调侃道，"在大主任这里还有难办的事？"

袁弘诺苦笑，莎莎年轻不懂事，以为他无所不能，实际上，自己的能力实在是有限得很。即使是余总监也不过只能签个临时工，莎莎想当正式工，必须得关总监批准。

签约的事，莎莎已经提过多次，袁弘诺为此找过余总监商量，可是余总监却说他不便出面找关总监谈判，授意袁弘诺代表自己前往，可是关总监那老家伙就是哼哼哈哈地不表态，不知打的什么算盘。

眼下，莎莎签约的事还没解决，又捧上了一个烫手山芋，麻烦！想到此处，袁弘诺不禁后悔：小姑娘无利不起早，不把老牛榨个干净不会罢休。早知嫩草不好吃，还不如回家搂着老婆省心。可是，每当莎莎缠着他撒娇，小美眉特有的青春气息扑面而来，又令袁弘诺觉得辛苦也值。难怪古人说，牡丹花下死，做鬼也风流。

莎莎并不知道袁弘诺脑子里正千回百转，她忽然福至心灵，猛地坐起身来，把袁弘诺吓了一跳，莎莎一本正经道："推荐我去参加蓁城广告之星大赛，帮我进入前三强，其他的事，我自己解决。"

第八章　娶个好老婆，少奋斗三十年

在蓁城广告公司打拼多年，业务和行政两项工作，余忠义都牢牢抓在手中，这样地位才能稳固。这是岳父生前对他的教导。

岳父曾说：利润就是生存之本。广告公司的利润来自持续不断的业务量，因此，客户就是广告人的上帝。对于重点客户，更是值得费尽心思，费尽精力，鞍前马后服务周到。因为一个重要广告相当于普通业务员辛苦几年的广告额，这就叫做"吃大户"。同时，行政职务必不可少，有了一官半职，才能看清广告行业发展趋势、公司全盘运作现状，借助手中掌握的资源，对客户的服务才会更为精到。这就是良性循环，也是一种共赢。

岳父是蓁城广告的前任总监，风风雨雨几十年，一直岿然不动，他的言论自然是至理名言。岳父在世时，每晚都会跟女婿余忠义交流工作。余忠义汇报，岳父指点，譬如对具体工作的处理，如何平衡上下级之间的关系，如何拉拢客户等等。奇怪的是，岳父这么优秀的男人，却没有女人缘。储英姿的生母在女儿10岁时便撒手人寰，岳父一直没有再娶。无论能力还是长相，储英姿都像岳父，就连表面随和实则唯我独尊的薄情性格也如出一辙。不过，她对余忠义这个丈夫倒是例外。岳父辞世之后，她几乎将全部精力都用于扶持丈夫。如今，妻子病重，只剩下他一人应对目前的局面。

今年除了日常的工作之外，操办蓁城广告之星大赛的任务也落在了余忠义的头上。原本，这个大赛由活动部负责，可是鉴于这个活动是今年创收的重点项目之一，关总监命余忠义挑起大梁，他不得不打起十二分的精神应对。唉！外人只道他这个广告部主任兼副总监风光无限，唯有他明了自己内心的煎熬。眼下，最让他纠结的便是公司总监这个位子。

竞争激烈的广告行业是年轻人的天下，从来都是能者上、庸者下的机制。现任总监关景朋年过50，且表现平平，上级集团已放出风来，总

监竞聘即将开始。按照惯例，下任总监人选由现任总监推荐，但是到目前为止，现任总监还不松口。原因何在？

从前，储英姿曾做过分析：公司内部最有可能当选总监的是余忠义，但是活动部主任贾华铎也颇有实力。贾华铎的父亲是蓁城广告的元老，在公司盘根错节，贾派支持者为数不少。如果推荐余忠义，关景朋很难服众，但若推荐两个人选，关景朋并没有把握能让谁当选。另外，储英姿曾说过，关景朋是摄像出身，似乎是电影艺术家协会会员，早年当导演无望才转拍广告。关景朋监制的广告颇有点文艺范儿，所以，不排除关景朋意欲推荐专业人才担任总监。当然，这些都是私下的分析，摆不上台面，其中一定还有很多无法厘清的原因。但是，即便千辛万苦，余忠义还是决定积极争取，机不可失时不再来，若不紧紧抓住，恐怕将来会遗恨终生。

可是如何努力，具体如何操作，却有待于与储英姿进一步商量。看来，自己根本离不开储英姿。可是，医生判断，她的生命最多剩下一年，而这一年，也不过是苟延残喘，等待死亡罢了。然而，今年她才不过40多岁。余忠义心如刀割。

很多人认为，余忠义与相貌平平的储英姿结婚，纯粹因为女方家境优越。这一点，他并不否认。但是，维系这段婚姻最重要的因素，还是爱情。

记得当年，他不过是个愣头愣脑的穷小子，大学毕业分配进入蓁城广告公司工作。尽管储英姿身材偏矮胖、皮肤微黑，还比他年长一岁，但是总监女儿的光环，令她在他眼中宛如仙女般遥不可及。他怎会料到，储英姿居然看上了他。还记得某天，一向对他冷若冰霜的部门主任忽然满脸谄媚地告诉他，总监邀他参加家宴。主任挤眉弄眼地暗示总监意欲招他为婿，余忠义宛若堕入云里雾里。直到新婚一年之后，每当他看到枕畔的妻子，他还会常常狠掐自己一把，弄不懂好事怎会忽然降临到自己头上。

在岳父和妻子的点拨下,他这个穷乡僻壤进城的懵懂青年,逐渐成长,懂得了为人处世的种种诀窍,从此平步青云。在外人看来,储英姿识大体、明事理,是个沉稳温柔的女性,然而身为丈夫,余忠义再清楚不过,妻子不但心胸狭窄、嫉妒心重,而且泼辣、专横、不事家务。他也曾抱怨过,也曾渴望平等的夫妻关系,但是岳父去世之后,他事业遭遇过多次瓶颈,每次都是妻子帮助他逢凶化吉、旗开得胜。从那时开始,他才真正爱上自己的妻子。如果说,他不喜欢温柔贤淑的女性,那肯定是假话,但是对于他来说,储英姿才是最适合他的选择。

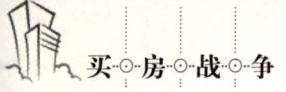

第九章 我要一夜成名

事实上,若不是村长第一次来蓁城的刺激,莎莎不会断然决定参赛。亲戚求助,却力不能逮,真是丢份儿!如果平时懂得拓宽交际面,多拉几层关系,也不至于事到临头,才想起抱佛脚。

虽然参赛并不一定能夺冠,但毕竟是一个积累人气与人脉的好机会。余总监说过,即使真正与公司签约,离她梦想中的人生境界依然相距甚远,但是毕竟向前跨出一步,后事如何,日后再做打算。

对待本次大赛,莎莎可谓全力以赴,之前各种仪态、形体、舞蹈、答题等训练,她一次不落、十分卖力;回到住处,也顾不上休息。袁弘诺为她准备了各种选秀节目的影像资料,连香港小姐、世界小姐选美都囊括在内,帮助她一起研究分析、学习经验。

海选那天,莎莎精心打扮来到现场。现场已人山人海,参赛者与亲友团排成长长的队伍,望不到尽头。尽管她顺利通过海选,但是为了一个预赛名额,竞争已如此激烈,这让莎莎忧心忡忡。况且,通过海选只是曙光初现,若想独占鳌头,还是关卡重重、任重道远。

袁弘诺每天都与莎莎见面,考察她每天的训练进度,帮其分析利弊,同时,还将其他选手的各种消息带给她参考。袁弘诺估计,以莎莎的条件,进入三甲不无可能。当然,他的判断是有所保留的,毕竟,参赛者众多,形势纷繁复杂,鹿死谁手还未可知。不过,他还是宽慰莎莎,公司作为主办方,将三甲名额让给公司之外选手的可能性极小。

尽管莎莎对于自己的美貌与傲人身材充满自信,可距离"一枝独秀"、"倾国倾城"差距还很大。而且,本次参赛并非仅限于女性,无论男女老少都可参加,机会均等。更何况,"广告之星"大赛也并非仅是形象、气质的比拼,临场应变能力、文化底蕴积淀都是选手必不可少的素质。就文化知识层面而言,莎莎勉强算是中游,所以是否能够顺利进入三甲,

第九章 // 我要一夜成名 //

全凭赛前训练和临场发挥了。这样一来，莎莎感觉压力不小。

蓁城的各大报刊、网站和电视台每天都实况播出比赛进度、热门选手介绍，激烈程度可见一斑。蓁城广告之星大赛进入预赛阶段。包括莎莎在内的100多人参加角逐，选出前十强，进入半决赛。半决赛分开门大吉、才艺表演、超越梦想三个部分，由此选出前三强进入决赛进行最后的对决。这一场又一场的车轮比拼，参赛选手无论是淘汰还是晋级，都有足够的表现空间，展示自己的才艺。

当然，若非身在其中，是无法参透比赛玄机的。事实上，每一点人为的微妙细节，都可能改变比赛结果而不被公众与参赛者察觉。譬如，化妆师对妆容的把握，摄像师对镜头角度的把控，灯光师打灯的奥妙等，至于比赛主办方对于比赛结果的弹性掌控更不必说。但是，诸如此类的比赛依然如火如荼，原因何在？首先，选美活动能为主办方带来各种广告收益；其次，比赛的全过程均已被强势群体间接买断。

袁弘诺说，显规则是表象，由道德规范和理性思维构成；潜规则才是实体，种种欲望和利益分配支撑着潜规则，利益永远掌握在少数人手里。

莎莎一路过关斩将，顺利进入决赛。她的对手中一位是同事大眼，另一位是名叫丁谣的女孩。

从海选开始到决赛之前，有关大眼和莎莎的正面报道连续不断。明眼人对此心知肚明，这些版面均有人操控，极有可能是一个团队集体运作的结果。肥水不流外人田，蓁城广告公司不愿大奖旁落，力捧旗下的员工。无论是谁夺冠，对公司来说，都名利双收，但是对于莎莎则是另一回事。

在余总监和袁弘诺的启发下，莎莎已经逐渐感受到了蓁城广告之星的潜在价值，绝不止于虚荣，它是名声，更是一种小城明星身份的象征，尽管只是虚衔，却可以兑换利益和机遇。当然要看如何运用，这无关年龄和性别，运用之妙拙，效果大为不同。

莎莎当然知道幕后规则，她更意识到，决赛对自己而言不亚于一场

战役。对其他两位对手，她知之甚多。袁弘诺告诉莎莎，丁谣参赛，志在奖金。丁谣是个单亲妈妈，她的孩子体弱多病，夺冠之后那笔不菲的奖金足以缓解她这个单亲妈妈照顾幼子的经济压力。而大眼，则难对付得多，他背后有公司活动部主任即未来的总监候选人之一贾华铎撑腰。大眼的成败，不仅关系到个人利益，更关系到余总监与贾华铎之间的博弈。

莎莎明白，她必须打败大眼和丁谣，却不敢触动背后的规则，如何能两全其美？

到达翠微山庄会所的时候，刚刚黄昏，天已擦黑，寒气逼人，林平治却早已在前厅等候多时。印着蓁城广告公司标识的车子还未停稳，林平治已一个箭步冲上前去，为余总监打开车门。莎莎没本事请来总监关景朋，不过，看样子林董对余总监的赏光已经十分满意。

"早跟莎莎小姐提了多次，想去公司拜会余总监，但是您贵人事忙，我不敢冒昧。今天好不容易等到您大驾光临，一定要尽兴！一定要尽兴！"林平治紧握着余总监的手不肯放开，他热情引路，将余总监带入包厢。一路又不忘扭头关照随行人员，陪好袁弘诺和莎莎。

论交际手腕，莎莎也算翘楚，但是比起林平治，仍有很大差距。才初次见面却宛如多年挚友，只要给林平治一点交集机会他便见缝插针，将一次握手之情升华到割头刎颈。

包厢装修得豪华繁复，人少，桌面却并不显得辽阔巨大，林平治早已吩咐摆满生猛海鲜作为首轮凉菜，此刻又嘱咐开一瓶人头马给男士饮用，同时不忘为莎莎点上进口红酒。

余总监道："无功不受禄，林董这么破费，让我们情何以堪？"

林平治谦虚一阵，闲聊一阵，聊到广告，余总监正是内行，打开了话匣子滔滔不绝。林平治趁机大谈苦经，说如今广告费用如何庞大，公司快要入不敷出。

余总监呵呵一笑，谈了几点公司面临的困境，免得林平治认为他帮

第九章 // 我要一夜成名 //

忙帮得太轻易，又怕林平治当真以为公司有难，跌了身价，赶紧补上几句形势一片大好的介绍。

"不是我王婆卖瓜，我们公司在集团内部的业绩数一数二。放眼整个蓁城，我们的设备、技术绝对一流，林董若有广告只管交给我们拍摄，保证保质保量，绝不输给大城市的广告公司。"

"那是，那是，小弟还仰仗余总监多关照。"林平治谦虚道。

推杯换盏敬了一圈酒，趁着酒酣耳热之际，林平治提出可否减免广告的播出费用。

余忠义知道林平治手头的广告是请上海的团队拍摄的，只是借个平台播出罢了，蓁城广告能得到的利润不会太高，因此余忠义只是随口应着："好说，好说。"

林平治愈发起劲，嚷嚷着非要敬余总监一杯，认下这个好兄弟，一醉方休方显情谊深厚。

莎莎看不出余忠义的敷衍，见他们这头如此黏糊，她就有些发急，她只负责穿针引线，遭到冷落倒无所谓，关键在于余总监承诺太多，那么林平治是否还会搭理自己？她几次都借着敬酒的由头，意图提起选美的话题，无奈两人你来我往黏得太紧，她甚至找不到一个插话的机会。好容易轮到跟林董喝一杯，才提起话头，三言两语她就被打发了。

莎莎不禁黯然神伤，趁着无人注意，悄悄退场。走出会所，她的眼泪终于悄然滑落。这就是不知趣，这就是冷遇，莎莎在微凉的夜色中细细咀嚼着无言的苦涩。

原本以为，美貌与智慧是自己的核心竞争力，可是今天看来，像自己这样毫无倚仗的草根，试图在这利益的漩涡中争取到一席之地，是否只是一种痴心妄想，一个黄粱美梦？

"前途是光明的，道路是曲折的。"不用抬头，莎莎也知道是袁弘诺尾随而至，这是他的经典语录。接着，袁弘诺一阵调侃，一阵劝导，

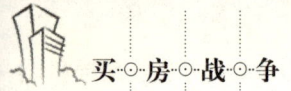

却无法轻易哄得莎莎转颜,无论如何她不愿再回饭局自讨没趣。

"走到今天实属不易,怎可轻言放弃?"袁弘诺循循善诱。袁弘诺认为,成功的道路,本来就是无数血泪铺就,挫折在所难免。袁弘诺还说,多少人争夺蓁城广告之星铩羽而归,莎莎已入三强,人气冲天,只需赢得林平治的经济支持,夺冠指日可待。

莎莎明白,自己之所以能步入决赛,全都仰仗袁弘诺的费心运作和余总监的幕后支持,如今他俩已无余力再助她晋级。她并非不明白饭局中林董这位"金主"的重要之处,然而今天他将她如此冷落,她暗忖希望渺茫。

莎莎半是恳求半是撒娇,要求袁弘诺另辟蹊径。袁弘诺凝神良久:这个时候,估计饭局高潮将尽,宾主尽欢,步入尾声了,对于莎莎来说,机不可失时不再来。想到此处,他忽然抬头,意味深长地说一句:"林董对你一直是关心备至的。"

莎莎从袁弘诺的目光中读到了答案,这是他曾经的隐忧,但今日已成为两人共同的默契:林董不会逗留太久,成败在此一举。

一瞬间,莎莎忽然感觉筋疲力尽,铺天盖地的凉意深入骨髓,令她瑟瑟发抖。望着满天星斗,她一会儿坚定,一会儿迷惘,千头万绪,剪不断理还乱。前方的路应该并不好走,机遇与陷阱同在,压力与进取共存,水流汹涌、泥沙俱下,然而既然选择了奋勇而上,那么还有什么不能忘怀,不能舍弃?她暗自做了决定。

袁弘诺揽住莎莎的肩头,任由她顺势倚在他怀里,轻轻地哭泣,他知道她不过是暂时的软弱,她只是将这么多年来的隐忍和委屈借着这个机会,肆意发泄而已。

第十章　喜欢上你也许是种罪

蓁城广告之星的赛事进行得如火如荼，余忠义每天忙得晕头转向，虽然事先早已约好，今晚由陆加沅陪护妻子，但是今晚余忠义还是决定前往医院陪陪储英姿。他清楚，这样的陪伴时不久矣。

来到医院，储英姿已经睡下，陆加沅倚在病床边的沙发床上，对着电脑全神贯注，似乎在查阅资料。电脑是老式的手提，十分厚重。

储英姿先发现余忠义，他的到来令两个女人不知所措。

余忠义与阿沅寒暄了几句，便凑到储英姿面前，轻言细语，问及她的感受。储英姿皱皱眉头："还能怎样，坐吃等死呗。"

阿沅站起身来，讪讪的十分尴尬。余忠义理解储英姿，倒是并不在意，兀自按自己的思路交代她好好休息，听从医生安排。说话间，余忠义发觉妻子周身十分干净，病房里也颇为整洁，看来阿沅照顾得很是尽心，不由抬头朝阿沅满意地点点头。

"辛苦啦，小陆。这里的条件肯定没法跟家里比，委屈你了。"

阿沅赶紧摆手道："哪里，照顾嫂子是应该的，您别客气。再说，饭菜由您家保姆送来，我在这里其实还算空闲，偶尔还有空看看业务资料。"

余忠义再次道谢，看看墙上的挂钟，时间已经不早，便问储英姿："你看我今天是留下陪你，还是明早再来看你？"

储英姿懒洋洋地说："保姆做的饭菜来来去去就那么几样，我实在吃不下。想让阿沅去买宵夜，她又没车。"

余忠义赶紧问她想吃什么。储英姿不假思索地回答，想吃余忠义亲手做的家乡菜——韭菜盒子。韭菜盒子工序并不复杂，只是这深更半夜，到哪里去买韭菜和面粉？买来之后，还得和面，剁碎韭菜，颇费一番工夫，只怕做好之后，储英姿早已睡着。不过，病人最大，只要是她的要求，无论有理无理都得满足。也许，储英姿就是故意如此，测试一下如今的自己在丈夫心中的分量。

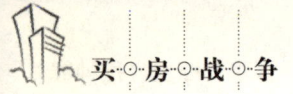

阿沅说，家里有食材，她回去做好再送来，余忠义可以留下陪着嫂子。

余忠义赶紧说："你一个单身女人，深夜东奔西走太过危险，万一有事，我怎么跟余征交代？这样吧，我送你回去，做好之后，我送过来，你留在家里休息。"

见储英姿没有反对，两人马上出门。路上，他们发现路边有家24小时便利店还没打烊。阿沅高兴地说："这家便利店里有韭菜盒子的半成品，回家加工一下就可食用。"进门一看，果然如此，且还剩下两盒，余忠义一起买下，直接开车回到自己家加工。

这是阿沅第一次来到余忠义家做客，可她急于做菜，顾不上细看摆设，便系上围裙进了厨房。厨房还算干净，各种油盐酱醋一应俱全。只是厨具都由保姆归置，保姆早就下班，阿沅只得动辄询问余忠义。

阿沅动作麻利地打火、倒油，左右旋转着锅子，一转身发觉余忠义倚在厨房门口，不由暗自好笑。

余忠义心中一动，自从认识阿沅开始，她一直都很忧郁，从未见她开怀笑过。他仔细欣赏阿沅，她年纪尚轻，身材纤细，长相秀美，干脆利落的动作充满青春气息。她腰间扎一围裙，衬托出娇小玲珑的胸部和纤细苗条的腰肢。

当然，以余忠义阅人无数的品位来看，阿沅个子太高、太过消瘦，脸颊也略长，倒是与香港歌星王菲有几分相像。如今的年轻人不知还是否追捧王菲，但他这个19世纪60年代末出生的男人却还清晰地记得，第一次在电视上看到当年名为王靖雯的王菲，那种惊为天人的感觉。在蓁城广告公司如云的美女中，阿沅绝不是最美，不过，她娴静文雅的气质，是那些唯利是图、俗不可耐的莺莺燕燕无法比拟的。余忠义一时心神荡漾，半晌，才问道："你笑什么？"

"我笑你这位总监给我这个小职员打下手，说出来恐怕谁也不会相信，哈哈。"阿沅笑道，手不停地翻动着平底锅。

第十章 // 喜欢上你也许是种罪 //

余忠义意识到了自己的失态,干咳一声,一本正经道:"现在是8小时外,弟妹在帮我干活,我当然要识趣,得帮忙。再说,你嫂子没病之前,家务活都是我干的。"

"是吗?"阿沅将信将疑。

"不相信我?看我给你露一手。"余忠义上前接过阿沅手中的平底锅,一边旋转一边熟练地加上各种调料。

"病人不宜吃味精!"阿沅赶紧提醒道。

余忠义正自我感觉良好地表演着,一听这话,立刻住手。恰好韭菜盒子已经完工,两人开始到处寻找打包的容器。无奈保姆藏得太好,翻了半天才找到。

忙乱间,余忠义无意中触到阿沅细腻的皮肤,心脏一阵狂跳。他暗自自责:已经不是毛头小伙子,怎会如此荒唐,阿沅可是自己的弟妹。或许因为储英姿缠绵病榻多时,自己压抑太久,这才屡次失神,要注意克制才好。

一切收拾停当,阿沅提出跟着余忠义回到医院,代替他看护储英姿。余忠义考虑到明天工作不少,便没再推辞,载上阿沅驶往医院。

路上,余忠义随口问阿沅在看哪些资料。阿沅回答,是一些最新的广告设计。随后,她解释道,毕业之后一直忙于工作,无暇充电,她一直关注着国内外最新的广告设计风尚,越发感觉自己的存货正在减少,总想再次深造,却苦于时间的匮乏。

以前余忠义极少有机会与阿沅接触,却由于工作关系看过她的不少设计。阿沅的创意颇具时尚感,且意蕴悠长、回味无穷。他本是学广告出身,对她很是欣赏。但是他与客户经常接触,深知他们的口味,了解超前新颖的创意未必能为他们所接受。从前,他与阿沅并不熟稔,因此没有机会直接向她阐明。

余忠义一边开车一边斟酌着措辞,避免打击她的积极性:"阿沅,在某种程度上,客户代表大众的眼光。他们的审美水平,不可能超越秦

城这个地级市的大众标准。我们无法指责客户不懂欣赏高层次的创意,只能自我审视。在我看来,你的设计有点曲高和寡。"

见阿沅沉默不语,余忠义劝解道:"广告是艺术,但又不完全是艺术,不能完全按着你的品味来设计。广告需要通俗,需要使用市民喜闻乐见的元素和色彩,因为,最终这个设计需要得到客户和市场的认同。粗俗一点说,谁出钱,就由谁做主。"

阿沅的表情变得惆怅起来:她何尝参不透这个道理,只是,她一直以为,真正的广告作品应该是充满激情的创意,由此传达产品的文化,刺激购买欲望只是其次。可是,如今这些都已本末倒置。她不得不遵循市场的规律,或者说生存的规律。

阿沅的这种失落,在余忠义心中产生共鸣。只是,他早已在岳父的指点下,轻易地克服了这个心理障碍。看来,阿沅依然不够现实,还是充满理想主义色彩。事实上,广告行业的成功,并不在于能够设计出多么高端、多么国际化的方案,当然,设计是重要组成部分,但是,源源不断的利润才是广告行业的第一要义。否则,公司如何存续?皮之不存,毛将焉附?这个道理,他无法向阿沅解释清楚。或许,她根本不适合从事广告行业。像她这种类型的女人,适合到专业学校当个教师,当设计师肯定不是长久之计。

余忠义出言稍作试探,问及阿沅是否有改行从教的想法。阿沅颓然道,空有想法又有何用。她的专业唯有大学院校才有教席,公办学校一个萝卜一个坑,教席短缺、竞争者众。如果是私立学校,教师需要参与争夺生源,本质上,跟企业又有何区别?

余忠义没再说话,心里却有了盘算。他有个同学在蓁城工艺美术学院当副校长,帮助阿沅谋个正式的教职应该不难,也算对她护理储英姿的报答。不过,目前事情八字还没有一撇,他不打算告诉阿沅,免得万一事情不成让她空欢喜一场,也显得自己无能。

第十一章　八卦周刊也疯狂

秦城广告之星决赛的日子日益逼近，莎莎打听到，对手之一丁谣住在秦城郊区，随着城市扩大，如今她的住所也勉强算是纳入市区范畴。据袁弘诺介绍，当时是他帮助官司缠身的朋友郑稽安安置丁谣母子，由于时间仓促也为图方便，选择了装潢完毕的二手房。

公寓建于20世纪90年代中期，那时还不流行电梯，这类多层建筑十分走俏，尤其是顶楼加阁楼的宽敞格局，得到不少家庭的青睐。不过，时光荏苒，更为新颖便捷、时尚豪华的电梯公寓逐渐取代多层建筑成为购房首选。殷实的家庭纷纷迁出这种老式公寓，除恋旧的老人仍驻守底楼之外，取而代之的租客多是支付不起市区高额房租的外来务工人员。

莎莎来到丁谣家小区楼下，正是华灯初上之时。她踮起脚尖走过污水恣意横流、坑坑洼洼的水泥过道，抬头仰望着丁谣家的窗口，昏暗的灯光难掩老式楼房的肮脏陈旧，四处是斑斑驳驳的墙壁，愈显岁月侵蚀的丑陋与衰败。

丁谣住在顶楼，爬六层楼梯时，许久不曾锻炼的莎莎呼哧呼哧，一路抱怨，稍不留神，险些崴伤蹬着细高跟鞋的脚踝，她的大呼小叫差点儿引来租客们诧异的围观。

客厅里静悄悄的，丁谣刚收拾好晚饭碗筷，打发儿子进房间写作业。丁谣的外表美丽时尚，却是典型的传统女性，适合相夫教子、井井有条操持家务，只可惜时运不济。

听袁弘诺说起，丁谣曾是唐岭广告公司的员工，与袁弘诺的同乡好友唐岭广告公司业务部主任郑稽安育有一子。只是郑稽安原有家室，且又惹上麻烦，只得将丁谣母子托付给袁弘诺，彼此各安天命。

"该死该死，只顾问路，忘记带上水果鲜花。两手空空探视病人，太不应该。"莎莎环顾客厅，发觉果盘空空如也，这才惊觉。

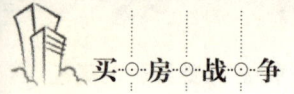

事实上,有关这些人情世故的俗礼,莎莎向来不予理会,自小也从未接受过这类教育,走上社会之后,这些细节全都仰仗余忠义和袁弘诺的提醒。今天,莎莎原本计划携袁弘诺同来,但袁弘诺认为此事由莎莎单独出马更为妥当。他这才刚一放手,莎莎便考虑不周,真是出师不利。所幸,丁谣并未介怀。人情冷暖,她感受良多,如今已经麻木,只求生活平顺,不愿再起波澜。对于莎莎的来意,丁谣猜到几分,只是不愿点破,等着莎莎向她摊牌。

莎莎在客厅里踱了几步,思索着如何开口。这是她第一次平心静气地观察丁谣,近距离接触她的生活。

对于丁谣,莎莎一直心情复杂:嫉妒、醋意或许还有几分幸灾乐祸?丁谣究竟芳龄几何,36岁,还是37岁?与莎莎和大眼相比,她并没有年龄的优势,然而她的美丽有目共睹。

莎莎审视着丁谣没有一丝皱纹的光洁脸庞,细腻白净的肌肤经得起最刺眼的白炽灯的照射:"你真是漂亮,这次蓁城广告之星的冠军看来非你莫属。"莎莎言不由衷地抛出一句酸溜溜的言语投石问路。

"其实,我的情况你应该了解。"丁谣缓缓道,"我无心争名夺利,但是孩子还需读书,经济压力我无法承受,参加比赛只是为了奖金。"

莎莎承认,丁谣确实辛苦,工作、家务、学习,参赛之后还需应付各种才艺训练。莎莎和大眼的晋级仰仗公司照拂,但是丁谣没有任何依傍,全凭实力上位,这才是真正的本事。

可是在莎莎看来,丁谣其实不需如此,她的美丽与才智,无数英雄为之折腰,作为女人,最大的骄傲不过就是众星捧月、锦衣玉食。倘若丁谣愿意使上一点点手段,以她长袖善舞的本事,得到的又何止区区蓁城广告之星的桂冠?或许,这就是所谓的"人各有志"。

丁谣的回答令莎莎惭愧。如此看来,丁谣倒确实是个性情中人,或许恰是因为她的这份真性情反而成了情感生活中的死结,为她带来数不

第十一章 // 八卦周刊也疯狂 //

尽的负累和伤痛。

当局者迷，旁观者清，这是莎莎第一次真心为其喟叹。看来丁谣的参赛并非出于私心，莎莎放下心中块垒，爽快说出此行的目的。

袁弘诺匆匆赶到丁谣家中之时，莎莎与丁谣正闲话家常，气氛融洽。袁弘诺原本担心，莎莎的粗疏毛糙和急功近利会将事情搞砸，因此赶来救场，见此情景，再次感觉女人的不可思议。她们彼此关系的亲疏似乎不需要理由，情绪就是逻辑，表情就是定律。

莎莎偷偷向袁弘诺竖起两根手指，表示事情已经谈妥。袁弘诺长吁一口气，将一个皮包交给丁谣。不知是否是错觉，适才光彩照人的丁谣，在接受馈赠的一刹那，忽然卸下面具，还原了真实的年龄。都说婚姻不幸的女人最不经老，那么根本没有婚姻经历却已阅尽世间百态的女人又将何去何从？袁弘诺内心不由涌出一股怜悯。

搞定丁谣之后，莎莎除了必不可少的工作和训练之外，几乎足不出户，窝在住处做最后的练习。

这天，袁弘诺风风火火地赶来，将一份当天的《蓁城快讯》甩在莎莎面前。

莎莎正在涂指甲油，只得用手指尖挑开杂志一看，几乎笑倒在沙发上。《蓁城快讯》以大幅版面登载了蓁城广告之星决赛选手大眼在酒吧与小美眉湿吻的照片，同时还附有一段文字说明，大意是大眼原是蓁城广告公司主持人，业务能力低下，全靠傍富婆起家，经常流连夜店，不务正业云云。

"是不是你干的好事？"袁弘诺痛心疾首的表情令莎莎莞尔。"我还不至于这么无聊。"莎莎笑道。她头脑简单，并不具备如此手段。

从报道看来，记者一定对大眼进行了一番调查，但如此劲爆的效果实在出人意料。不过，大眼在此时曝出丑闻对莎莎来说有益无害，不明白袁弘诺为何如此气急败坏。

"你难道不知道大眼是我们公司活动部主任贾华铎力捧的对象，背

后还有一众富婆撑腰。大眼能力低下,即使跟你角逐冠军,也未必会赢,但是,新闻一出,外界首当其冲怀疑是你爆料,他们怎能容忍?"袁弘诺的分析令莎莎意外,她万般委屈,却也感到处境不妙,赶紧询问是否有撇清之法。

袁弘诺沉吟半晌:对于冠军归属,公司原本自会把握平衡,而大眼新闻一出,却将矛盾公开化,令双方被迫图穷匕首见,这已非一己之力可以挽回。为今之计,只能向余总监求救。然而,即便如此打算,袁弘诺依然心情沉重,莎莎固然是初生之犊不畏虎,而在江湖打滚多年的他却明白,此事若得不到妥善解决,结果将是两败俱伤。

袁弘诺的预感印证得十分迅速。几天后,蓁城各种八卦小报、娱乐刊物上有关莎莎的报道浮出水面,虽然只有寥寥数语,却句句惊心。

报道上说,蓁城广告之星决赛选手陈莎莎得知竞争对手丁谣是个单身妈妈,便趁人之危,许以高于奖金两倍的价码,要求丁谣退赛。

幸而,这些报道的传播范围仅限于蓁城内部,袁弘诺在余总监的授意下组织人员进行正面报道,试图辟谣。只是,丁谣迫于社会舆论压力,私下将金钱归还莎莎,决定照常出赛。

对方眼看无法打击莎莎,却依然穷追不舍,接二连三在八卦刊物上抛出猛料,内容愈发惊人:在蓁城广告之星决赛女选手中,陈莎莎是唯一以玉女形象示人者,然而此人,不是玉女,而是欲女。此女男女关系十分混乱,不仅勾搭蓁城成功商人,而且据说蓁城广告公司制作部某领导亦是她的裙下之臣。蓁城广告公司选出来的不是广告之星,是大众情人。

此文一出,大众一片哗然。虽说在光怪陆离的广告圈,"玉洁冰清"已经几近神话,但是人们依然愿意保持着对美好的向往。这些报道有组织、有章法地一一抛出,步步深入、接二连三地质疑陈莎莎的人品,对于舆情推波助澜,不管莎莎背后的团队如何辟谣、如何撇清,也无法将质疑的声音消减。

第十一章 // 八卦周刊也疯狂 //

而莎莎背后的团队,尽管有袁弘诺指挥操作,余总监和林董的合力支持也不可或缺。如今这场风波已将袁弘诺和林董卷入其中,虽然负面消息中并没有清楚地指名道姓,但同是圈内人,对号入座并非难事。美女固然可爱,自保更为重要,林董首先开始动摇,而余忠义正在竞争总监的关头,更是退避三舍,唯有袁弘诺还在为莎莎勉力支持。

两位大佬的淡出,令舆论对莎莎支持减弱。对于之后铺天盖地的恶性爆料,莎莎几乎采取听之任之的态度,处境堪忧。

可是,莎莎还需要正常工作。同事们自然不会当面议论,只是话中有话地夸她深藏不露!她没有心绪听他们真真假假的调侃,工作结束,便先行离去。

莎莎踉跄着回到住处,关上房门,滑坐在地板上。她早就知道在公司会遇到什么,忍受什么。她下意识地屏住气,用所有的力气紧抵着身后那面墙,仿佛它是抵挡这一波流言洪峰的堤坝。她的脊背感到了剧烈的疼痛,她忽然身体前倾,抱着蜷起的双腿,将脸埋入膝间。

楼道里响起了脚步声,由远及近。莎莎睁开眼睛,细细的光亮从门底的缝隙里照入。那脚步声越来越近,如此熟悉。她的心蓦然狂跳起来。轻轻地,门锁响起了钥匙转动的细微声,她站起身,一把拉开门。门口站着袁弘诺,他们在楼道昏暗的灯影中,悄无声息地拥抱。

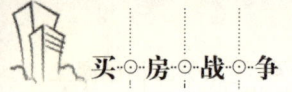

第十二章 半路杀出个富家女

蓁城广告之星大赛如期举行,赛场设在大富豪酒店宴会大厅。对于蓁城广告公司来说,本次赛事因为赛前如此之多的桃色新闻而名声大噪,吸引了更多人的关注。除了本城,比赛同样成为外埠百姓热议的焦点。决赛那天,更是盛况空前,几乎一票难求,为公司带来了相当可观的利益。

当三位进入决赛的选手齐齐亮相之时,观众席爆发出震耳欲聋的掌声和嘘声。然而,才艺表演还未开始,丁谣忽然接到学校电话,声称她的孩子病重,需要手术,她立刻退赛,驱车赶往医院。如此这般,决赛成了大眼与莎莎两人的角逐。

当晚,莎莎浓妆艳抹,身着黑色晚礼服,但作为舞台上仅剩的女选手,她的美丽依然令人眩目。她保持着标准化的笑容,微微侧过脸躲避刺目的镁光灯,内心却充满厌倦,她厌恶自己此时扮演的角色。

今晚的决赛,对莎莎而言,尽管还没开始,其实已经结束。事到如今,能摘取冠军桂冠的,一定不会是她,所以她宁愿谦卑地站在不引人瞩目的角落。

事实上,莎莎能保住决赛资格已属不易。当她的负面消息甚嚣尘上之际,丁谣挺身而出,说莎莎主动借钱给自己的孩子看病,而重金要求自己退赛之事子虚乌有。真是山重水复疑无路,柳暗花明又一村。丁谣出人意料的公开声明挽救了莎莎原本已摇摇欲坠的玉女形象,为她赢得了新的支持。丁谣私下对莎莎说过,她佩服莎莎对待事业努力专注的精神,所以才出手相助。袁弘诺也表达过类似的意思,并对莎莎诸多鼓励,因此尽管她饱受煎熬,却还是坚持到这最后一刻。

高跟鞋令长久站立在舞台上的莎莎腰酸背痛,她迫切地需要走动,以暂缓腿部的酸麻。按照决赛议程,两位选手在才艺表演之后,舞台后方大屏幕上将播出一段她与大眼日常排练片段的视频作为暖场花絮。莎

第十二章 // 半路杀出个富家女 //

莎忍耐良久，准备趁着花絮播放之时，下场休息片刻。

忽然，现场一阵骚乱，继而嘘声、倒彩声一片。莎莎不知所为何事，莫名惊诧。直到保安队从侧门跑出来维持秩序，莎莎才醒悟过来。

原来，舞台后方大屏幕上，并未按照原计划播出排练花絮，取而代之的，是一位漂亮美眉的激情自拍。这位无名美眉自称是大眼的富二代女友，她在视频中控诉大眼忘恩负义、朝秦暮楚，借她的财力进入决赛之后，又与某企业的女老总关系暧昧，她还展出了与大眼的亲密合照以及短信证明自己所言不虚。

这段视频倒是恰好验证了当初《蓁城快讯》对于大眼流连夜店的报道，令不少观众回忆起那段已经过气的桃色新闻。尽管这段视频还未播完就已被关闭，大眼也无颜继续参赛，在众人鄙夷的目光中，狼狈地退下舞台。

莎莎不战而胜。

胜利来得太出乎意料。一瞬间，惊诧、惶恐、喜悦、激动各种情绪此起彼伏、交织碰撞，令莎莎的思维无法正常运转。

云里雾里之中，莎莎宛若扯线木偶一般任人摆布。她被一只手牵着来到舞台中央，为她戴上蓁城广告之星的桂冠。

无数镁光灯围着莎莎噼里啪啦一阵乱闪。人群越挤越多，耳边各种声音宛若嘤嘤嗡嗡的蜜蜂成团飞舞，"陈莎莎"的名字、玉照和各种大大小小相关娱乐新闻，通过各种媒介以迅雷不及掩耳之势传遍了全城。

莎莎的眼前模糊起来，这似乎正是她想要的结局，可又仿佛并不全是。在扰攘的人群中，莎莎看到了她往日的同事们，他们闪闪烁烁的目光和语焉不详的议论再也无法困扰到她；她看到了她的大哥和村长，他们在人群中骄傲地逡巡，以胜利者的姿态唾沫飞溅地告诉大家，冠军是他们的乡亲；莎莎还看到了袁弘诺，袁弘诺离她远远的，似乎知道这是她生命中华彩初绽的时刻，不愿打扰、不愿妨碍她，也许他认为如今的莎莎并不愿意让人们了解他与她的过往。

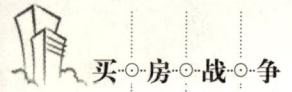

莎莎站在热闹的人群中微笑、点头、致意，接受着人们或真或假的恭喜和奉承，她需要辨认和招呼的人太多，她甚至顾不上给袁弘诺一个微笑。

莎莎听到一个声音在告诉大家："陈莎莎小姐将得到一份蓁城广告公司活动部的合约和一笔奖金。"她分辨出，那是关总监的声音，这个洪亮饱满的声音终于将她唤回现实。她预感更多意味深长的目光和不怀好意的流言将伴着她头上这顶桂冠而来，布满机遇与荆棘的前路隐藏在那无数对着她像鲜花般绽开的笑脸背后。但是，她已经准备好。

此刻，站在她人生第一次成功的舞台之上，莎莎心如止水、从容淡定。并非因为眼前这暂时的荣耀令其沾沾自喜、止步不前，恰恰相反，她再清楚不过，这一站不过是万里长征的第一步，假若有一天，她的道路可以由自己全权掌控，那么她的心中会更多一点底气和安稳。

然而，莎莎清楚地知道，如今的自己根基软弱、羽翼未丰。尽管如此，她却是那远在千里之外还在温饱线上挣扎的老陈家的擎天之柱，无论是物质还是精神，他们还需仰仗她，因此，无论为人为己，她都必须屹立不倒。

至于比赛获得的奖金，一旦到账，马上便汇给丁谣的孩子治病。这既是她对丁谣的回报，也是为了赎清那年少无知犯下的过错。

宴会厅拥挤万分，各种"长枪短炮"、莺莺燕燕、政要名流挨挨挤挤，林董不知从哪个角落里冒出来，凑近了莎莎，看他满脸热乎的样子似乎完全遗忘了前阵子对莎莎的冷淡，莎莎并不计较。村长女儿的工作还得倚仗他，另外，她又借机要求林董在公司投拍广告，林董见莎莎不计前嫌，急忙一口答应。莎莎用酒杯主动碰了林董的杯子，两人相视而笑。

第十三章　意外的美差

摄像是个体力活,原本就奔波劳碌,前阵子又赶上蓁城广告之星大赛,余征带着制作部的同事们加班加点忙于拍摄,大赛之后,他又忙着剪辑制作这档节目。几个月以来,他累得腰酸背痛、头昏眼花,难得有个完整的休息日,本打算睡到日上三竿才起床,无奈楼上发出各种奇怪的声响,吵得他根本无法入睡。这破房子,真是住够了。阿沆催过他多次,让他去把首付付清,拿到正式合同,就可以申请贷款。虽然余忠义答应借钱,可到底能借给他多少,他也拿不准。

肚子饿得咕咕直叫唤,余征走进厨房,冷锅冷灶。打开冰箱,只有昨天早上吃剩的半袋面包。算了,对付一下得了。

这一阵子,阿沆每天都去护理储英姿,家中无人做饭,厨房里都快积起一层灰尘。没办法,谁让自己有求于人,还得把老婆拱手让出充当保姆。

现在就去找余忠义,阿沆不能白白为他干活!想到这里,余征顾不上吃东西,草草洗把脸,便开门出去。走到路上,他才意识到应该先给人家打个电话,问清楚地点。

出门时全凭着一股豪气,真要开口要钱,他还是有点儿胆怯。考虑半天,他先拨通了阿沆的电话。阿沆告诉他,余忠义在家,她在医院陪护,他这才放心上门。

本次蓁城广告之星大赛新鲜出炉的冠军、公司活动部的美女主持陈莎莎给余征开了门,她告诉余征,余总在书房等人。

余忠义肯定不是等他,这点儿自知之明余征还算有。他暗自盘算,如果余忠义不提借钱的事情,他该如何开口。还好,他刚闪进书房,余忠义就示意锁门,待他锁上门走近,余忠义从抽屉里掏出一张银行卡,说道:"这里面有30万,你先拿去,目前我只有这么多。你岳父家里的事情我

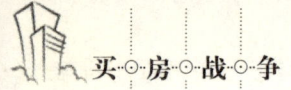

已经考虑好了,待会儿你去问莎莎要个马律师的电话号码,她跟马律师比较熟悉。我已经帮你跟她说好了。"

余征喜出望外,这才是真正的兄弟,一声不吭就帮着把啥事儿都办妥了。他喜不自胜,想打滚、想大哭、想大笑,但他努力克制住自己,半晌才开口,激动地声音都劈了叉:"谢谢余总,谢谢哥……"

看着余征泫然欲泣的古怪表情,余忠义很想发笑却又不禁感动。其实,这钱并非特意为余征准备。他本打算将卡送给总监关景朋,并且顺便探探口风。不曾料到,总监不仅不收礼,还板起面孔将他批评了一通。批评就批评吧,余忠义知道总监不是真的发怒,而是表达一种姿态——他的事儿并不好办。但是,该表达的已经表达,一切只能听天由命,毕竟公司早已不是岳父做主的时代。

当时答应帮助余征,其实不过是权宜之计。等到余征还钱,估计花儿都谢了。不过,阿沅鞍前马后地服侍储英姿,余忠义确实感动,也因此对阿沅产生了好感,之所以借钱给余征,大多是看在阿沅的份儿上。当然,这些隐情没必要告诉余征。余忠义淡淡地说:"我们的关系别让外人知道,借钱的事,更是不能外传。"

余征不及细想,连连点头,见余忠义没有别的盼咐,正准备起身告辞,门外却一阵喧哗,接着莎莎敲门,说是客人到了。余忠义站起身来说,别急着走,一起出去聊聊。余征这才放心跟着,亦步亦趋地走出书房。

蓁城广告的制作部副主任袁弘诺陪着一位大腹便便的客人一起候在客厅,手中提着大包小包的礼品还没来得及放下。他看到余征,意外之余有点尴尬。

莎莎凑上前去,熟门熟路地将礼物拎到储物室放下,又张罗着安排水果、茶水。非常明显,莎莎跟他们十分熟悉。她向那位陌生客人堆出满脸媚笑,一口一个"林董",叫得很是亲热。

这种情况,自己不宜久留,更不适宜向莎莎打听律师的电话。余征

第十三章 // 意外的美差 //

急忙说:"你们有事要谈,我就先告辞了。"

余忠义哈哈一笑:"都是同事,哪有那么多讲究。来,小余,一起坐下,我们正好有件大事跟林董商量商量。"

听余忠义这样一说,袁弘诺和莎莎不约而同瞥了余征一眼。余征明知他们瞧不上自己,但既然余总发话,不好推辞,只得硬着头皮坐下。

压在心头的两件大事暂时都已搞定,余征的心情十分轻松,料想他们谈话定与自己无关,他也没什么兴趣细听。

来过余忠义家几次,每次都是行色匆匆,从未仔细参观过周围的摆设。今天好不容易有点闲心,他乐得四处张望,既能给自家装修取点儿真经,又能打发时间。

余家的客厅估计有50多平方米,大理石茶几下面铺着厚厚的地毯。天花板上垂下一盏弯弯曲曲的水晶灯,家具也皆为弯弯绕绕的款式。余征不懂欧式风格,只感觉花里胡哨煞是好看。

家具欣赏完毕,余征又将目光移到陈莎莎身上,她是这次蓁城广告之星大赛中的风云人物。记得莎莎刚进公司之时,还跟着余征做过几个月的实习生。大赛夺冠之后她转调其他部门,他俩便不再联系,点头之交而已。

莎莎穿了件时髦的无袖连衣裙,领口开得很低。每当她动作稍大,那丰满的胸部便会露出大半,令他脸红心跳。

余征暗想:阿沅也算是美女,但跟莎莎一比,差了好几个档次。莎莎细长的眼睛、狐媚的面容、浓密的长发以及盈盈一握的腰身,再配上嗲嗲的嗓音和时髦的穿着,简直就是天生尤物。那个什么林董,被她一灌迷魂汤,估计立马晕头转向。奇怪,她为何单独在余总家里,难道?

余征被自己的想法唬了一跳,随之一股妒意在胸中翻滚起来。同一个村的兄弟,差距为什么如此之大?人家住着豪华的大房子,自己买套小房还得求爷爷告奶奶;人家大老婆躺在医院,这么漂亮的女人便自动上

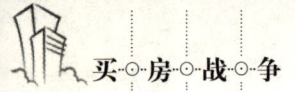

门,可自己连老婆都摆不平。真是人比人,气死人。再看袁弘诺,也是苦出身,但人家是个乘龙快婿,自然前途无量。余征猜测,袁主任与林董一定有求于余忠义。

余忠义说:"林董是我们蓁城市平岭商会会长,如今蓁城的平岭商人已有十万,都说我们蓁城的楼盘多数是平岭商人盖起来的,炒热房市也是他们的功劳。目前热卖的天地豪城就是林董的杰作,他的实力不容小觑。"林董哈哈大笑,摆了摆胖手。

莎莎亲手剥了一个香蕉,递到林董手上,娇滴滴地说:"以前天地豪城的广告都是交给北京、上海的大公司制作,这次天地豪城三期开盘在即,林董看得起我们这家小公司,想委托给我们拍摄,今天上门就是打算跟余总讨论下方案。"

余忠义拍拍余征的肩膀,说道:"这是我老乡,在这个行当是绝对的专家,你们策划广告片,可以听听他的意见。"

莎莎一听,立马对余征肃然起敬,赶快另剥了个香蕉,递到余征嘴边,悄声说:"师傅,你保密工作做得真好。早知道,也叫徒弟跟着沾沾光。"

虽然明知是恭维,余征还是受宠若惊,差点儿没把香蕉碰掉在地上。他知道余忠义故意抬高自己的身份,觉得此刻自己不说点什么显得不上台面,于是怯怯地说:"我买的新房就在天地豪城,如果早点认识林董,也许还能打个折扣。"

大家哗然大笑,莎莎更是抚着胸口笑得娇喘吁吁。余征讪讪,不知自己说错什么,愈发手足无措。

林董倒是并不介怀,拍拍胸脯道:"看得出大师是个实在人,打折绝对没问题。不过,在正式签约拍房产广告之前,我想先拍个公益广告试试水,一来借此考验贵公司的实力究竟如何,二来我们双方先磨合一下,毕竟房产广告需要不小的资金投入。"

其他人面面相觑,余征却眼睛一亮:"真的?您真的有意投拍公益

第十三章 // 意外的美差 //

广告?"余征的导演梦一直没有破灭,他利用业余时间,见缝插针地拍摄了一部环保题材的微电影,只是一直没有机会放映。如果真的可以借助林董这棵大树,那么他只需要根据广告要求将手中成片稍作改动,不需花费太大功夫。趁此机会,余征急忙将自己的想法简要阐述一遍。

余忠义对林董说:"您看,我这个老乡有的是真本事。"

林董连连点头:"人才,确实是人才。但是,在商言商,请先把公益广告方案和成本预算表交给我方,我方若无异议,就马上签约,我会拨出一半经费,等到广告正式播映,我方再支付另一半经费。如果这个公益广告反响良好,我便跟你们签下两部房产广告的合约。"

余忠义接着说:"这公益广告不仅要在公共媒体播放,若有机会,还要送去评奖,说不定我们能得到国际奖项,在全世界环保史上留下我们的大名。"

到底是副总监,站得高、看得远,余忠义这番话激起大家的雄心壮志。袁弘诺等人滔滔不绝地说了很多设想,林董也提了不少要求。大家都点头表示赞同,表示到时都会写进方案之中。

余忠义最后总结道:"这些细节问题,可以再找时间开会讨论,关键是,这件事谁是编导,谁是监制,摄制组成员有哪些。这些都得定下。接着大家各司其职,才能高效做事。"

余征见余忠义盯着自己,慌忙推却道:"我没能耐监制,最多只能做个编导,干些具体事务。"

余忠义觉得有理,便对袁弘诺说道:"你是制作部副主任,你来负责策划、监制;余征负责摄制;林董跟莎莎比较熟悉,财务等方面就由莎莎来负责。你们意下如何?"

众人都表示同意。林董兴致很高,提出请大家吃饭。余忠义一看手表,抱歉道:"我太太还躺在医院,我得去陪护,下次一定好好陪您喝一杯,今天就让小余、小袁和莎莎代替我陪您吧。"

三人陪着林董吃过晚饭,又找地方活动了一番,这才散去。余征告别他们,却不想回家,阿沉还在医院,回去也是冷冷清清一个人。不过,刚才酸溜溜的妒意,现在却平复了很多。

往常阿沉总劝自己出去交际,不要死捧着机器,看来确实有道理。以往余征认为,你走你的阳关道,我走我的独木桥。其实,抱着这种观念行走江湖真是寸步难行。如果这次不是厚着脸皮上门求助于余忠义,他不会结识林董,更无法把握住今天的机遇。或许,人与人就是在交往办事中熟悉,形成一个良性循环。以后,真得去余总监跟前多多走动,凭借自己的实力,不愁没有更好的出路。

虽然已经入夜,却依然闷热难当,晚风如此粘腻,刚才喝下的白酒,现在开始作祟。余征感到浑身燥热、意气难平,莎莎美妙的影子忽然在脑海中闪过。不知美女此刻在做何事?独自回家,还是有人相伴?反正美女终归不会寂寞。

第十四章　别把溺爱当真爱

待到余征东倒西歪走进家门，阿沉已经在家。刚一见他，阿沉便气势汹汹质问道："你到哪里去鬼混了？爸爸好多次打你的电话，你为什么不接？"

居然如此凶悍，哪里还有一点女性的温柔？为了这个家，为了岳父，我在外面点头哈腰装孙子，竟然还被如此审问！余征借着酒劲大吼一声："你少管！"

阿沉吃惊地盯着他："哎哟，灌了点黄汤长脾气了。余征，我问你，奚杰的事你是否早就知道？为什么不早点告诉我？"

"这是我们男人的事，为什么要告诉你？"

望着余征满脸不在乎的表情，阿沉怒上心头。这个糊涂的东西，奚杰出事，女儿怎可再待在父亲家里。且不说父亲已经无暇顾及女儿，万一那个小流氓逃窜回家对女儿做出格的事情，谁能负起这个责任？

阿沉抓住正想回房休息的余征，一把将他推到门外："滚，你给我滚出去，如果你不把女儿接回来，你就别再回家！"

余征冷不防被推了个趔趄，怒从心起，喝道："陆加沉，你别再用这种态度对待我，惹急了我，我休了你！告诉你，外面有的是温柔漂亮的女孩子！"

"噢，是吗？"阿沉冷笑着，上下打量他一番，"余征，你是不是已经出了问题？今天如此兴奋，看上的是哪家小美眉？"

余征打了个寒战，酒醒了一半。老夫老妻、知根知底，根本瞒不过对方。这才刚动了一点儿凡心，就被逮住。余征心里发虚，灵机一动，索性装出更加兴奋的样子："连你都看不上我，哪里会有小美眉喜欢我。不过，今天还真有件好事，"说着，将口袋里的银行卡掏出来往桌上一扔，"看，30万！首付解决了。"

阿沅怀疑地看着他:"你哪来这么多钱?不会是抢银行了吧。"

"借的。你老公我能干吧?"

"借的?骗人!你是外地人,在本地没有亲戚,除了工作,大门不出二门不迈,谁会借给你这么多钱。"

"我兄弟余忠义借给我的,怎么样,够意思吧?他还让我负责一个公益广告,以后还有更多的好事儿介绍给我,你就等着跟着老公我吃香的喝辣的吧。"

原本以为余征要求自己去陪护储英姿只是出于纯粹的情谊,现在看来,他这是有预谋地进行情感投资,以博得余总的青睐,为他自己谋得金钱和前程。真没看出来,老实本分的丈夫居然怀有如此心机,阿沅一阵寒心。

"我还以为你有多大的本事,说到底还不是像条狗似的跟在人家后面摇尾乞怜,求人赏点残羹冷炙。"

"陆加沅,你有完没完,钱已经借到,你到底还要我怎样?"

阿沅正待反驳,忽然余征手机铃声大作,是陆元穑的来电。

到底是嫡亲骨肉,虽然阿沅决定不再搭理父亲,可见父亲三更半夜打来电话要余征过去,料想一定出了大事,她甚至顾不上换下睡衣、拖鞋,拉着余征就赶到陆家。

一进门,岳父还没来得及说话,岳母奚宁便冲上前来抓住余征的胳膊,哭诉道:"你弟弟被警察抓走了,这次你一定要帮忙把他救回来。"

阿沅皱皱眉头:"有话好好说,拉拉扯扯像什么样子。小皮球呢?我要带她回去。"

陆元穑有点不满,又不方便流露,尽量温和地说:"刚派出所打来电话,说奚杰被拘留了,让家长去派出所。奚宁也是急糊涂了,你别怪她。小皮球已经睡了,要不你明天再把她接回去?"

阿沅一听女儿没事,放下心来,随即冷笑一声,说道:"我的女儿,

第十四章 // 别把溺爱当真爱

我现在就带走,谢谢你帮我看了那么久。至于那个小流氓,上梁不正下梁歪,迟早出事。"说罢,跑进卧室,动手帮女儿收拾行李。

余征尴尬万分:"爸,别怪她,她……"

陆元積道:"是我把她宠坏了,不过,也不能全怪她。现在不是说这些的时候。奚杰打伤人之后跑了,对方等不到赔偿就报了警,把他抓了。"

余征一听,后悔不迭:"都怪我喝酒误事,本来律师已经找好,钱也已经借到,谁知还是晚了一步。"

奚宁一直在一边啼哭,听他一说,立刻止住哭声,问道:"那你肯定有办法把奚杰救出来。谢天谢地,我就这么一个儿子。其实奚杰本质不错,都怪那些狐朋狗友把他带坏了。"

事到如今,还对儿子如此袒护,估计将来奚杰还会闯出更大的祸。余征心里嘀咕,却也不便指责,只得找出莎莎的电话。还好,莎莎还没休息,余征把事情如此这般说了一通。

莎莎稍作考虑,提出三条意见:这么晚打扰律师不合适;当务之急是把人先弄出来;能不能解决这件事取决于报案方的伤情和态度。

可是,问及具体情况,岳父岳母却一无所知。

莎莎又问:"是哪个派出所带走的,这个总知道吧。"

岳父说:"好像是城中派出所。"

莎莎立刻表示,她马上找人打听一下。

余征心里佩服,这小丫头今晚喝了不少,头脑却依然清醒,自己白活那么大把年纪,遇到事情马上抓瞎,真该好好反省反省。

不一会儿工夫,莎莎来了电话:"问清楚了,对方亲自报的案,看来伤得不重。这种小事,派出所根本不想管,可是对方不依不饶,他们只好例行公事前去抓人。我已经找人帮你跟派出所协商好,你去派出所交5000块罚金,先把孩子领走。再给报案人一点儿赔偿,这事儿就算了了。"

余征赶紧说:"不是我们不愿赔偿,可他们狮子大开口要我们拿出

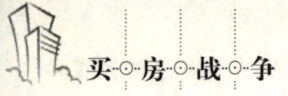

10万。"

莎莎说："你傻啊，赶紧去找社区民警调解。报案人连轻伤都算不上，赔他个几千块钱就已很够意思。告诉他，不要敬酒不吃吃罚酒，如果赔了钱再敢纠缠，妹妹我找人去搞定！"

余征唯唯诺诺地应承下来，挂了电话，向陆元稹和奚宁鹦鹉学舌了一番。

奚宁一听要给钱，一双泪眼看着陆元稹。

只要奚宁一哭，陆元稹就会心如刀割，他问余征："爸爸手头不便，上次让你想办法的事现在如何？"

余征挠挠头，为难地说："钱倒是借到了，可是都给了阿沅，我手头一分钱都没有。"

适逢阿沅牵着睡眼惺忪的女儿从卧室出来，听到他的话，哼了一声："这种小流氓，把他赎出来干吗，让他好好在里面吃吃苦头，看看以后还敢不敢惹是生非。"

余征责备道："你别一口一个小流氓，怎么说人家也是你弟弟。"

阿沅怒道："我姓陆，他姓奚，我可承受不起这么光宗耀祖的弟弟。这钱我就是扔在大海里，也别指望我拿出来去赎他！"

奚宁声泪俱下，哀求道："阿沅，你也是当妈的人，就理解一下我这个当妈的心。儿子是我身上掉下来的肉，你叫我怎么忍心让他在里面受苦。我……我求你了。"说罢，忽然"扑通"跪在阿沅面前，吓得女儿小皮球哭了起来。

陆元稹赶紧上前搀扶奚宁，奚宁却无论如何不肯起身。陆元稹无奈，向阿沅软语相求道："爸爸知道对不起你，可是爸爸真的很爱奚阿姨，她是我晚年唯一的寄托，所以你怎么对爸爸都无所谓，我只希望奚阿姨能得到应有的尊重和帮助。"

望着老父愁苦的面容，阿沅又气又恨，不忍拒绝却又不甘心，她抽泣着说:"你到底真心爱几个女人?你从前说过真心爱妈妈,但为什么你不肯去国外陪她?"

陆元積哀哀地说:"我年纪大了,又不会说英语,去了外面没法适应。再说,辛苦了一辈子,临老我难道还得到国外去当二等公民?我也想为自己活一回啊!"

"你真自私!你不想出国没人逼你,想找个伴我也谅解。可是,你为什么要娶这个狐狸精,搅得全家不得安宁!"

余征插嘴道:"阿沆,你讲话别那么恶毒。爸爸不是遇到难事也不会拉下老脸来求我们。"

阿沆怒视着余征,大声道:"我这么做是为了自己吗?还不是为了这个家!你们合起伙来逼我!好,我成全你们。"她掏出那张银行卡,狠狠地扔在地上,冲着父亲喊道:"你以为她会真心爱你?她不过是爱你的钱!你愿意被她骗,就让她骗个够吧!"说罢,抱起女儿冲出门去。

不曾料到会出现这个局面,三人面面相觑,还是陆元積率先反应过来,急急对余征说:"快,快追去看看,别出什么事,不能再出什么事了。"

余征这才清醒过来,马上冲出了大门。

奚宁哭哭啼啼地说:"都怪我不好,弄得全家鸡犬不宁。"

陆元積心里着急,嘴上却安慰道:"谁能不犯错,改了就好。现在不是追究谁对谁错的时候,当务之急,先把孩子领回来。奚杰还小,只要好好教育,问题不大。"

奚宁还是不能释怀,她搂住了陆元積,靠在他胸前继续哭道:"这个儿子我实在拿他没办法,要不就像阿沆说的,先别去赎他,让他在里面好好吃吃苦头,学个乖。"

陆元積连忙说:"这可不行,孩子还小,吃不了苦,怎么忍心不管他?还是先领出来再说。阿沆那里,我事后再安抚一下,问题不大。"

奚宁知道陆元積哄她而已,事情肯定没那么简单,她故意说:"阿

沉本来就对我反感,现在我们动了她的钱,以后我跟她一定更难相处了。"

陆元稹安慰道:"阿沉是刀子嘴豆腐心,不会记恨你。这件事过去以后,我可以再出去兼职,把她的钱还上,你放心好了。"

奚宁这才破涕为笑,抱紧陆元稹鸡啄米似的亲个不停。奚宁年轻,常常赖在他身上撒娇,尽管他不适应,但还是努力迎合,以免扫了奚宁的兴致。不过,眼前,去派出所保释奚杰要紧,他敷衍了一会儿,赶紧催着奚宁出发。

第十五章　业绩，职员的立身之本

　　一气之下把女儿带回了家，至少不用提心吊胆，但阿沅首先想到自己再也无法睡懒觉，可她尚不清楚，将来她要应付的麻烦远远不止这些。

　　首先，谁来带孩子成了个问题。幸好，隔壁有位老奶奶，儿女不在身边，非常欢迎小皮球给她做个伴。不过，这并非长久之计，当务之急，是给女儿找个幼儿园。跟余征提过多次，但他每次都沉默不语。

　　想起余征，阿沅就一肚子气。跟他冷战了几天，他倒好像个没事人似的，回家照吃照睡，仿佛她才是受惩罚的一方。一家三口一起生活，家务骤然增多，白天必须照常上班，下班还得抽空照顾储英姿，阿沅常常感到筋疲力尽。

　　临近季末，又到了公司业绩考评的时候。部门按员工的实际业务量排序，员工收入与这个序列成正比，每个季度还会公示。再苦再累，阿沅也不敢拿自己的饭碗开玩笑。

　　早晨一番忙乱，做完早饭，再给女儿穿好衣服，阿沅才有时间收拾自己。已是初秋，气温稍降。去年的秋装穿在身上显得空空荡荡，看来最近消瘦不少。时间不早了，来不及顾影自怜，她草草梳洗了一番，将女儿托付给邻居奶奶，又留下伙食费，赶紧出了门。

　　不知何故，阿沅今天总是心神不宁，不是幻听到女儿的哭声，便是想起储英姿的病容，当然，最让她担心的还是自己本季度的排名状况。从前紧赶慢赶，自己的排名也不过中间位置。这个夏天，又是看房、又是照顾病人，牵扯太多精力，虽然实际工作量并不减少，但情况恐怕不容乐观。

　　还没走进办公室，老远就听到大家在热火朝天地议论什么。上班之前和午休时分，办公室向来十分热闹。大家凑在一起议论当下热点或是其他飞短流长，当然，对于自愿提供劲爆新闻的义务劳动更是支持者众多。

阿沉刚一进门,大家便停止了议论。还没等她坐定下来擦把汗、喘口气,平时牙尖嘴利的女同事贺艳红大声说:"陆加沉,告诉你一个坏消息,这个季度排名你倒数第一。"

阿沉心头一凛,她努力让自己平静下来,声音却不由有些颤抖:"是吗?是谁告诉你的?"

贺艳红嘲讽道:"怎么啦,我们的才女不相信啊?你去一楼大厅看看公示,排名表一早就挂出来了。"

同事们用各种复杂的眼光打量着她,阿沉感到热血上涌、无地自容,转身往楼下跑去。

刚才急着上楼,并未注意到一楼大厅的电子银幕上正滚动播出本季度的排名状况。自己果然是部门倒数第一,可是,每次倒数第一的贺艳红这次居然排名第三!

设计部与其他部门有所区别,没有真才实学根本混不下去。贺艳红依靠裙带关系进入公司,完全不懂设计,不是抄袭别人的作品,就是使用毫无特色的商业广告画来糊弄顾客。难道,设计师成了生产线上的工人,领的是计件工资?再往下看,就连卧床不起的储英姿在部门排行中都名列前茅,这凭什么?

阿沉满腔不平,却还是维持着表面的平静,虽然在内心深处,她生出一股冲动,想立刻将给她带来耻辱的大荧幕砸烂,为自己的怒火寻找一个出口。

上班时间到了,大厅里人来人往,不少人围着公示指指点点,议论道:"有些人赶着拍马屁,连工作都顾不上了。"

阿沉愤怒地转过头,她想看清究竟是谁在说闲话。有人眼神躲闪,有人满脸讥消,当然,也不乏同情的目光……适才的愤懑忽然化为泪水,就快夺眶而出,阿沉拼命地忍住眼泪。

也许在不少人眼里,自己就是如此不堪的形象。谁让自己的丈夫志

第十五章 // 业绩，职员的立身之本 //

大才疏、一事无成？所以，即使她出于同情帮助朋友，在世人眼中，就是巴结、奉承、马屁精！善良、无私、助人为乐这样的解释又有谁会相信？真是天真。

罢了罢了，辛苦这么多年，尽心尽力、追求完美，就权当一片热情错付。这份工，不打也罢！阿沉苦笑着摇摇头，晃晃悠悠走出公司。秋风乍起，空气中已有几分凉意，望着满街流水般的汽车与行人，阿沉忽然有些恍惚，不知何去何从。

下午刚谈完一个项目，可以不再回到公司，余忠义已经累得筋疲力尽，真想马上回家洗澡休息；可是，想起储英姿还躺在医院眼巴巴等着他，他还是放弃了回家的打算。他明白，这样的探望机会已经屈指可数。

来到病房，发现阿沉也在，余忠义迷惑不解。

如今，储英姿日夜都需要别人伺候，阿沉一个人已经忙不过来。余忠义另请了一个护工帮着照顾储英姿，今天本不用阿沉看护。

阿沉见到余忠义，连忙站起身来让座，并解释道："我来给嫂子按摩一下手脚，翻翻身，免得长褥疮。护工只给洗洗涮涮，毕竟没那么体己。"

余忠义很是感动，说了几句感谢的话，急忙走到床前探视，柔声询问储英姿感觉如何。储英姿抬起眼皮看了他一眼，又看了阿沉一眼，什么都没说，继续闭目养神。

一股病人身上特有的气息传来，余忠义忽然觉得胸中憋闷，怕被储英姿觉察，赶紧走出病房。

"余总，你不要紧吧？"

余忠义站到窗口，大力呼吸了几口新鲜空气，这才缓过劲来："没什么，可能最近太累。"

"这阵子您辛苦了。要不我下次给您……给您和嫂子炖点补品带来。"

多么体贴的女人，余征真是好福气。可是，自己却从未在家庭中享受过这样的温柔。余忠义刚想答应下来，忽然发觉阿沉脸色灰暗，眼神也失

去了以往的光彩，不由关切地问道："阿沉，你气色怎么这么差，是不是病了？"

阿沉眼圈一红，余忠义的关爱令她感动，可是自己的丈夫却偏偏如此漠然。那天抱着女儿跑出父亲家，她发觉身上还穿着睡衣，无奈只得回家。余征回到家，见她们母女平安无事，便兀自呼呼大睡，全无安慰之语。

余忠义走进病房，知会一声护工和储英姿，便将阿沉领到医院外面的咖啡店，为她点了杯咖啡和一个甜点。

从公司仓皇出逃之后还没顾上吃饭，阿沉早已饥肠辘辘，她一口气把食物吃完，才意识到余忠义还坐在对面，只得朝他尴尬地笑笑。

余忠义体贴地说："最近把你累坏了。要不我再请个护工，轮流照顾储英姿，你就可以休息一阵子，中途偶尔来看看就行。"

一股暖流涌上阿沉心头，她止不住想落泪。与自己非亲非故的余忠义如此知冷知热、体贴入微，这样的男人应该也是懂得爱情的。她与余征的结合似乎也是出于爱情，但是那脆弱的情感却在残酷的现实面前不堪一击：琐碎的家务、伤人的口角、渺茫的前景、无法兑现的承诺，如果可以重新来过，她大概不会再有勇气走进这段婚姻。

眼下，阿沉羡慕储英姿。虽然储英姿命不久矣，却享受过如此完美的婚姻和爱情，不枉来这世上走了一遭。

当初，若不是余征的苦苦追求，阿沉不会答应他的求婚，婚前的阿沉是丈夫眼中的海市蜃楼，可是婚后，她的光芒却逐渐熄灭，不再是丈夫心中的唯一，这种落差令她几近崩溃。可是，她不能崩溃，作为母亲她已不再完全属于自己。

如果说，丈夫仅是在家庭生活中缺位，倒也罢了；在事业上，他又何尝及得上余忠义分毫？看来男人的差距是全方位的。念及此处，她不禁泪眼婆娑。

余忠义慌了手脚，赶紧抽出几张纸巾递给她："阿沉，别哭，有什

第十五章 // 业绩，职员的立身之本 //

么委屈告诉我，哥帮你做主。"

他居然自称是她哥哥，看来完全没有把她当成外人，既然如此，她又何必再遮遮掩掩、吞吞吐吐？阿沅擦擦眼泪，把公示的情况和大家的闲言碎语全都告知余忠义。

余忠义听罢阿沅的哭诉，生气道："太不像话了！若是你这样的人才都排倒数第一，那么公司那帮混饭吃的岂不是要下岗？你放心，有我在这里，明天我就去跟你们主任说，让她务必遵循公正公开公平的原则，重新排序。"

阿沅说："可是排序已经公示，难道还能撤回来吗？"

余忠义说："这件事你不要再管，一切包在我身上，明天你正常上班。"

仿佛吃下一颗定心丸，刚刚的愁云惨雾立刻烟消云散，她不由破涕为笑。虽然脸颊还残留着泪痕，但她一笑之下，犹如风雨过后的彩虹，更显灿烂娇艳。

余忠义心中一动，从前听说余征的新娘刚从海外留学归来，如此算来，阿沅的年纪最多二十六七。余征这小子倒是艳福不浅！阿沅照顾储英姿细致耐心，在家应该也是个贤妻良母。将来自己再娶，还不知能否找到阿沅这样才貌双全又宜家宜室的妻子。

胡乱想了半晌，见阿沅疑惑地盯着他，余忠义赶紧掩饰道："又哭又笑的，像个小孩子。我看你这种率直的性情不适合在广告圈混，更适合当个教师。上次跟你提过，我有个同学在一家大专院校当副校长，可以介绍你去工作。"

阿沅喟然："我不是师范毕业，没有教师资格证，学校怎么可能请我去工作？"

余忠义说："这个你不用担心，我已经帮你想好了。你可以一边教书一边考教师资格证，当然名义上，你进去是做后勤工作，先占个编制再说，万一在这个过程中，我同学调走了，你也不至于两头落空。"

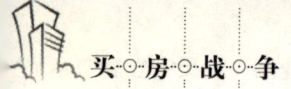

看来此事可行，对待考试，她向来十拿九稳。阿沉心中狂喜，但是事情来得太过突然，仿佛天上掉下馅饼，令她难以置信，她不由担心道："我没有从教经验，会不会比不上那些正式的教师？会不会不能胜任？那岂不是给你们丢脸？"

余忠义笑道："说你行，不行也行；说你不行，行也不行！再说，你的才华有目共睹。虽然你不是师范毕业，但是海外留学归来，又有实践经验，比大部分师范生强得多。未来大专院校升级势在必行，工艺美术学院早晚升级成本科，你就是堂堂大学教师，到哪里都受人尊重，难道还不如在这个圈里受窝囊气？"

那是当然，这是阿沉梦寐以求的机会。记得刚刚毕业回到国内，她发现大学生多如牛毛，即使是海归也同样为寻找工作犯难，还是靠着爸爸陆元稹才得以留在蓁城最具实力的广告公司，而跟她同时回国的不少同学都只能从小公司做起。那时，她已经感到非常满足。

接着，在余征强大的攻势下，她走入了婚姻的殿堂。她以为这个成熟男人能给她无比的疼爱，并满足她对物质与精神的双重渴求。但是，多年以来，丈夫的事业毫无起色，而她每天都得忍受客户种种非专业的挑剔和有理无理的要求。这一切，她早就受够了，却无计可施。事实上，她并不渴求大富大贵、光宗耀祖，只想要回一点儿自尊、一点儿成就感，足矣。

也许这就叫时来运转。余忠义出钱帮助他们付清了新房的首付，即将乔迁新居的喜悦还未褪去，她又有机会当上一名受人尊重的教师，这一切都依赖于余忠义，有他撑腰，她的信心一点一点地增长起来。

见阿沉许久不说话，余忠义以为她信不过他的能力，于是拿出手机，给同学苏文岳打了个电话。正好是四处约饭局的时段，余忠义想借这个电话了解一下事情的进展，如果调动已经落实，刚好带上阿沉跟同学聚聚，两厢熟悉一下。如果还没搞定，也算是一种催促，顺带联络下感情。

电话等了很久才接通，苏文岳在那头声音很轻，似乎是捂着话筒说话。

第十五章 // 业绩，职员的立身之本 //

他说正在陪着校长接待客人，晚上可能没空。

余忠义不太高兴，都是同学，打什么哈哈。工艺美术学院的校长跟余忠义有过一面之缘，于是，他很牛气地说："校长也在更好，晚上大家一起聚聚，把校长还有跟你关系良好的同事一起叫上，我来买单。……什么？你买？就你们那点死工资，还是省省吧。"

对面声音嘈杂，苏文岳似乎在向校长请示，稍后回复说校长同意了，地点由余总定。

余忠义说："这才上道嘛，就定在鲤鱼门酒店3号厅，不见不散。"说罢，利索地收了线。

见阿沅一脸崇拜地看着自己，余忠义颇有成就感。晚饭约在6点，他已没有时间自我陶醉，上下审视一下阿沅，不由皱皱眉头。

阿沅穿着一件旧衬衣，色彩暗淡、款式陈旧，把她苗条的身段遮掩殆尽。每次见到阿沅，她似乎都是这个形象，完全不像她这个年纪少妇应有的娇艳粉嫩。不过，他能够理解，阿沅夫妇待遇不高、负担又重，仅有的工资不是用来供房就是花在孩子身上，哪里还有余钱打扮。

余忠义摸了摸下巴的胡茬，想了想：不行，他不能让阿沅以如此形象出现在校长面前。

"阿沅，现在还有一点时间，我带你去商场买几件衣服，算是感谢你这段时间对嫂子的照顾。"直说原因定会伤到阿沅的自尊，所以余忠义找了个借口，不容分说带她上了车。

阿沅没有抗拒，乖乖地跟着他去了商场。不过，她打定主意，即使真要购置衣物，也得自己出钱，以免他误以为自己贪财。父亲陆元稹从小就教育她艰苦朴素，以学习为重，所以阿沅从不追求华服美饰，相信美丽出自天然。但是，她没有拒绝余忠义，对她而言是否买衣服并不重要，重要的是他对她的那份心意。

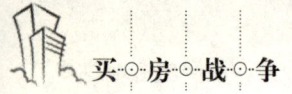

第十六章　求人办事是门技术活

阿沉不习惯穿高跟鞋，她这双为生存奔忙的脚与平底鞋更为般配。踩在鲤鱼门酒店大厅的地毯上，她走得东倒西歪，幸亏余忠义扶了一把，才不至于摔倒。这个场景似乎再次提醒她与余忠义悬殊的生活质量与社会地位。阿沉涨红了脸，偷偷环顾四周，服务生们都挂着友善温和的笑容，没有人嘲笑她。

"哈哈，这里人均消费上千，你就是他们的上帝，谁敢嘲笑你。"余忠义被她孩子气的面容逗得哈哈大笑，扶着她的手臂走进包间。

同样是餐厅，鲤鱼门全然不似普通饭馆那般烟熏火燎、人声鼎沸。落地玻璃窗外是精致的花园，将城市的喧嚣隔离在外，窗内金碧辉煌，灯光妙曼，音乐轻柔，各种华丽的器皿和装饰晶莹闪亮。这里的服务员高挑靓丽，客人轻声细语，仿佛舞台上的戏剧化场景。

阿沉从未来过鲤鱼门酒店，无从想象这里的一切。幸亏余忠义适才坚持为她买下的名牌服饰，给了她一点点自信，否则，在如此优雅华丽的情调中，只怕她会觉出自己的不安。衣服和鞋子都非常昂贵，她推让不成，又怕商场营业员笑话，最终还是由他付了钱。

服务生站在桌边对他们微笑颔首，彬彬有礼地迎接他们落座。对面墙上的装饰镜中，映照出阿沉的淑女形象。余忠义的笑容表现出他对她形象的满意。可是，阿沉明白，这是虚假的，在真实的生活中，没有任何时间和空间给予她扮演这个形象。

尽管阿沉出生在城市，家境良好，是娇生惯养长大的独生女儿，可是随着结婚生子，美好的时光似乎一去不复返。她从此熟悉了蓁城所有的公交路线，她只是个为生存奔波的家庭主妇。

购物打扮耽误了时间，苏文岳他们早已先行到达。余忠义是这里的常客，菜单早由酒店配好，酒水已经打开。

第十六章 // 求人办事是门技术活 //

一回生、两回熟,除了阿沅,其他人早就相识,见余忠义和阿沅迟到,苏文岳等人纷纷起哄:罚酒、罚酒。

余忠义并不推脱,端起白酒,一饮而尽。大家又起哄要求阿沅也喝。阿沅急忙摆手道:"我不会喝酒。"说罢,眼巴巴地望着余忠义。

余忠义正色道:"人家是良家妇女,你们这架势当心把美女吓跑。我代她喝一杯。"说罢正准备倒酒,来人纷纷不依。

工艺美术学院的校长是个戴眼镜的书生,外表文绉绉的,可开口说话却把阿沅给镇住了:"老余,这就是你的不对了。我听说你请客,赶紧把约好的饭局推了,带了女朋友来赴你的宴。你们迟到,我们也不计较,可是,让你女朋友喝杯酒都扭扭捏捏,没劲!"

"就是,就是,太不上道儿了。"苏文岳和其他两位女士纷纷响应。

余忠义一脸无奈:"我本想在美女面前露露脸,英雄救美一把。可遇上这几个家伙一点不懂怜香惜玉,阿沅,你看?"

阿沅推辞不过,只得喝了一杯。众人这才作罢,嘻嘻哈哈开始吃菜聊天。

白酒度数不低,她顿时被呛出了眼泪,余忠义赶紧递上纸巾。最初的不适过去之后,阿沅才注意到,对方一共4人,除了苏文岳和校长马栋梁,还有两位女士,也许真的是他俩的女朋友?她对他们充满好奇。

酒桌上的余忠义与平时判若两人,他口若悬河、夸夸其谈,荤段子一个接一个,逗得两位女士前仰后合。很明显,余忠义跟他们都是旧相识,否则不会如此亲切随意。

从前,阿沅听男同事们说过,男人一起同过窗、扛过枪,才是真正的铁哥们。他们携带女朋友前来,说明与余忠义的关系非同寻常,看来自己调动的事不说铁板钉钉,至少也有七八分靠谱吧。不过,他们似乎把自己当成了余忠义的女朋友,随它去吧,两位校长应该素质不低,谅他们也不至于把今天的事情到处宣传。这么一想,阿沅不禁喜形于色。

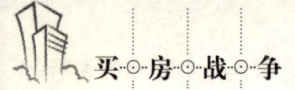

"美女乐呵什么呢？说出来大家听听。"

阿沉见大家紧盯着她，知道刚才的表情出卖了自己，不由有点儿懊恼，不过，既然如此，也不必再故作矜持，免得未来的领导认为自己不合群、古怪。于是，她正色道："刚想到一个段子。"转念一想那个段子太老土，就把前几天在网上看到的一个不伤大雅的小段子说了一遍。

还没等阿沉说完，苏文岳"噗嗤"一声，一口酒喷在身边的女士赵晴身上。

"苏文岳，你装什么大尾巴狼呢？这种小儿科的东西你那酒囊饭袋里要多少有多少，至于这样嘛。"

"不是，"苏文岳擦擦嘴巴，又帮着赵晴擦拭干净，这才解释道，"小陆不声不响，没想到语出惊人，出乎意料，抱歉抱歉！"

"又不是童男童女，小陆在广告圈待了不少年头，这种小儿科的段子小菜一碟啦。"

余忠义接过话头："她在那个圈子里也待腻了，想换换环境。老苏，你看？"

苏文岳呵呵干笑："这事儿我说了不算，校长大人在此。你们跟他喝好了，他大笔一挥，啥事都好办。"说罢，扭头对赵晴说，"你想不想当上赵老师？赶紧去敬酒。"

赵晴忸怩了一下说："当老师我是不指望了，不过，我倒是想拿个大专文凭。"

"好说，好说，"校长马栋梁端起酒杯说道，"如今大学文凭遍地都是，居然还有人惦记着拿个专科文凭。教师一穷二白，只有大学教授还能抖一抖，却也有人愿意自动跳进我这小庙。今天的太阳真是打西边出来了，有两位美女自动献身，稀奇稀奇！"

岂有此理，把我陆加沅看成什么人了！苏文岳一直没有介绍赵晴的职业，阿沉猜测她可能是苏的学生。现在看来，是风尘女子的可能性更大一点儿。可恶,居然把她跟自己相提并论。好歹自己也是有学历有职业的设计师,难道因为有求于人,就能让人如此轻贱。

余忠义却仿佛什么都没有听到,依然满面春风地举起酒杯:"校长真会说笑,来来,我再敬马校长一杯。"

马校长却并不举杯响应,他抬抬眉毛,说道:"兄弟你有所不知,苏校长从建校起待到现在,差不多十几个年头,他才是真正的元老级人物啊。我到学校已经两三年,可这学校上上下下不少人,还是只知苏校长,不知马校长。嘿嘿,你找我办事不管用,找他才是找对人咯。"

也许是酒后无状,也许是借酒发挥,无论如何,马校长此言一出,余忠义和阿沅心中俱是一紧。看来,两位校长的关系并不像表面那么和谐,很可能是在和谐团结中相互制约和争斗,且不管他们的关系究竟如何,照目前情形看,阿沅的事情恐怕不太好办。

余忠义不动声色,赔着笑脸继续说着一些场面上的话,两位女士也不停地相互打趣,桌上的气氛依然欢快热闹。阿沅心里却止不住发苦,她忽然意识到,今天的晚餐,余忠义根本无法感受到任何快乐,更无法享受到应有的尊重。他只能忍辱负重,任人调侃。

还记得每年的年终聚餐时,表面上,蓁城广告公司所有的员工欢聚一堂,热闹无比。而实际上,公司上层、中层和普通员工泾渭分明地分成几个阵营坐下,川流不息活跃在几个阵营中的,也往往是那些混得好、吃得开的员工。多数人微言轻的普通员工,总是默默无语地吃菜、喝酒,阿沅一直以为他们度量不大,见不得别人如意,如今,她才真正体会到他们的心情。

阿沅明白,余忠义今天所做的一切,都是为了她。可是,她不愿他放下副总监的架子,如此低声下气,她真想站起身来,一走了之。阿沅咬了咬牙,忍了又忍,却还禁不住红了眼眶。

一桌都是老江湖,对阿沅表情的变化洞若观火。大家都觉得闹得稍

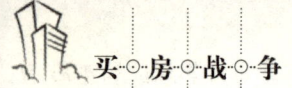

嫌过分，便都低头吃菜，一时有点儿冷场。

苏文岳毕竟是余忠义的老同学，他先挑起话头，带着几分戏谑问马校长："我跟老余是老同学了，关系不是一朝一夕的。他女朋友的事，就是我女朋友的事，您给句痛快话，这事儿到底能不能办？"

马校长喝了不少，但也没有过火，头脑还很清醒。他当然不愿气氛搞得太僵，苏文岳的面子得应付过去。再说，山不转水转，将来对余忠义有事相求也很难说。不过，他并不愿意跌了校长的身价，装模作样沉吟了一会儿道："既然老苏你都开口了，我当然不能不给面子。既然小陆不嫌我们庙小，那我跟人事部门说说，帮着小陆争取一下，你看怎么样？"

苏文岳看了余忠义一眼，赶紧道："有校长这句话，我就放心了，来来，我再敬一杯，老余和小陆也得敬校长一杯。"

阿沉急忙起身敬酒，同时觉得自己刚才太过敏感，差点儿得罪了人家，不禁有点儿后怕。嘻嘻哈哈互相敬一轮酒，桌上的气氛再次活跃起来。赵晴提议饭后去唱歌，苏文岳立刻响应，大家疯闹了一阵，这才改换阵地。

第十七章　东风和西风的较量

适才唱歌跳舞的兴奋劲儿还没退去,再加上又喝了好多酒水,虽然到家已经过了零点,可阿沉仿佛还飘在云端。此刻的阿沉与平日的状态判若两人。

宴会之前,她的发型服饰,无一不经过仔细修饰。但是,无论是妆容还是盛装,都无法和她此时容光焕发的容颜相提并论。阿沉知道,在夜晚的灯光下,她酒后的笑容最具诱惑,红酒染过的嘴唇湿润红艳,仿佛动脉中涌动着发烫的热血。

酒后的余忠义情不自禁,轻轻握住她的手。

阿沉抬起头,余忠义温柔的眼神令她惊觉,他对她的帮助,并不完全出于感激。只有对自己喜欢的女人,男人才会如此慷慨、如此不惜代价博红颜一笑。可是,她不愿刻意与储英姿相比。在阿沉心目中,真正的爱情无关年龄、学识、地位。虽然,婚姻生涯令她落到生活最为粗糙晦暗的层面,她早已质疑曾经热衷的浪漫旖旎。如今,"爱情"这个字眼也已令她感到苍白和虚假,但是无论如何,她仍然抗拒不了这许久不曾有过的被凝视和被关注的感觉。

储英姿迟早会故去,这已是不争的事实。也许,在余忠义心中,自己已经是他的,所以他才会如此竭尽全力。对余忠义来说,再婚理所当然。可是,对于阿沉来说,余征纵然有万般不是,毕竟是多年的夫妻,还共同拥有一个女儿。每当阿沉一动离婚的念头,便涌起很多割不断的情丝。

这一刻毫无预兆,阿沉也从未憧憬过此时的场景,但她似乎很快预知她与余忠义之间将会发生些什么。她不知所措地盯着桌面,仿佛想用沉默来隔离某种危险的情绪。

在唱歌的间隙,她努力让余忠义也让自己冷静,便仔细描绘起她在日常生活中的形象,但她很快就语无伦次,她发觉自己的话题和眼前的情景太不协调,她渐渐地放弃了努力——用庸常抵挡浪漫的努力。

余征没有睡下,闻见阿沉满身酒气烟味,他不满至极。这深更半夜,一个有夫之妇,事先也不打个电话跟家里报告一下去向,喝得东倒西歪归来成何体统?虽然从事广告这个时尚行业,可余征骨子里还残留着极重的大男子主义习气。

"怎么喝成这个样子?太不像话了!"

"小声点,别吵醒女儿。"阿沉走到卧室门前一看,女儿已经睡熟,这才放心,转身抛给他一个白眼,"凭什么只许你在外面风流快活,却不许我开心一次?!"

"女人就得在家带孩子做家务,我妈、我姐从来都是在家安安分分服侍老爷们和孩子。你看看你,哪里还有一点做媳妇的样子?"

"她们没有文化、没有工作,只能依靠男人。我需要你养活吗?我哪样不如你?就连对家庭的贡献也比你多!记住,这是城里,不是你老家!"

话一出口,阿沉不禁有点儿惭愧,她不明白自己何来这样激烈的反应。适才在余忠义面前,她是如此婉约优雅。一直以来,她都向往成为那样一个女人,永远睥睨凡尘,不食人间烟火,可是,完美的形象是如此脆弱、如此虚伪,经不起粗鲁生活的小指头轻轻一戳,便已被打落原形。

"闭嘴!"余征一声怒吼,"我知道,你是城里小姐,瞧不起乡下人。可你嫁给我,就是我老余家的人,不许你说我家里人半句不是!"

"真是笑话,是你先抬出你妈来压我。"阿沉冷笑一声,"我倒是真想依靠男人,可惜,靠上了一个松香做的架子。"

"你,你,"余征气急败坏,"我再穷,也不会容许自己的老婆出去陪酒!"

白天在公司受尽侮辱和委屈,她很想找丈夫倾诉一番,可丈夫却连人影都不见,更别提帮衬一把。现在,居然还有脸跟老婆兴师问罪?这

第十七章 // 东风和西风的较量 //

样的丈夫，又有什么用？

阿沅怒不可遏，往日的教养此刻早就丢到九霄云外，她指着余征骂道："姓余的，你别嚣张！你一个大男人，连新房的首付都拿出不出来，还要求爷爷告奶奶到处去借，欠了那么多债，什么时候才能还得清？如果我是你，早就挖个地洞藏起来，你居然还有脸跟我发脾气？你赚不到钱，还不顾家，这些老账暂时不跟你算。我问你，让你给女儿找个幼儿园，为什么直到现在还没有消息？"

明明是她错了，还敢强词夺理，今天如果不拿出男人的威风，把她的气焰打压下去，这老婆以后就得上梁揭瓦。余征腾地站起身来，阿沅以为他想打人，不由往后退了一步，跌坐在沙发上。

余征没有理睬她，径自走进房里，不一会儿，拿出两叠扎好的钞票，扔在她怀里。

不就2万块钱吗？还好意思拿出来砸人，好大的气魄！阿沅讥笑道："我的大师，你拿出这点钱吓唬谁呢？难不成又是问你那余大哥借的？"

真是太小看人了！难道自己在她眼中如此不堪？

今天房产公司的林董来到公司查看样片，对余征拍摄的环保微电影没有异议。于是，大家讨论决定，加拍一些镜头，重新剪辑便可以播放。片长15分钟，林董每分钟支付1.5万元，附加一部分车马费。林董现场通知财务拨给广告部10万元定金。余忠义当即表示，部门发给余征2万元作为广告提成，剩下的酬劳待到工作完成之后再给。另外，所有制作费用都可以凭发票报销。

余征辩解道："哪个大导演不是沉寂多年，厚积薄发？如今伯乐相中了我，飞黄腾达指日可待。"

阿沅暗笑：这个呆子，居然学会了掉书袋，有点儿成绩就高兴成这样。人家是商会主席，见多识广，万一看不上最终的成片，还不是竹篮打水一场空。再说，如今竞争如此激烈，人人都盯着房产广告这块大肥肉。即使

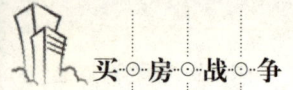

公益广告成功,又怎能担保签约的事情不出现变化?

经常与余忠义交流,阿沅不知不觉学会了用发展的眼光看问题,凡事不会绝对一成不变,唯有变才是永恒不变的真理。阿沅默默思索着,她知道余征的见识只能到此为止,她不愿再费无谓的精力与他争论,徒然浪费口舌。

见阿沅不再开口,余征以为自己这一手镇住了她,十分得意,没再追究阿沅晚归,自顾自说下去:"明天我要下乡去几天,给公益广告补拍些镜头。这只是小小的成绩,以后让你见识一下更大的成果。"

阿沅哼了一声:"这就算小小成绩?不自量力!告诉你,我可能会调去到学校当老师,希望学校有附属幼儿园。指望你?喊,黄花菜都凉了。"

这么大的事怎么从来没有听她提过?余征赶紧问道:"无缘无故为什么要改行?老师不是说当就可以当,没有门路谁会要你。"

除了打击积极性之外,这家伙说话没有一点儿建设性。阿沅盛气凌人地说:"别忘了我可是海归!你这个土鳖都能被林董看上,我这样的'海龟'怎会无人问津?"

如今"海龟"遍地都是,一不小心就成了"海带"。这个傻女人,可别上当受骗,最后两头无靠,弄得工作不保。余征放不下心,追问道:"现在学校个个人满为患,师范生都很难找到工作,人家凭什么要你这样没有教学经验的已婚主妇?如果当个没编制的教师,收入低得可怜,你又何必?"

阿沅一听,刚想发怒,但转念一想,何必跟这种不懂得说话艺术的草包置气,便息事宁人道:"是你的好大哥余总监帮忙,问题不大。"

原来如此,余征终于放下心来,既觉感动又十分高兴,不枉阿沅照顾储英姿辛苦一场,跟余总攀上关系好处真多。余忠义又是借钱又是介绍大老板给自己认识,如今还帮助阿沅调动,整个小家庭借他的光会慢慢兴旺起来。真要找个机会好好感谢感谢人家,这次一定得带上老婆上门拜访,

第十七章 // 东风和西风的较量 //

才显得郑重其事。毕竟,还指望人家继续关照。

"阿沆,你在听我说话吗?"

阿沆似乎心不在焉,闷哼一声便起身去洗澡。

夫妻好久没在一起,接着又要分开多日,余征不禁有点儿难耐,他以为阿沆也有此意,正准备跟进浴室。谁料阿沆"砰"地关上浴室的大门,差点儿碰到他的鼻子。

"市侩!"阿沆在浴室里大骂一声。余征满脑子的绮念顿时化为一腔愤慨。

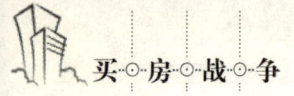

第十八章　和女神的初次亲密接触

"哎呦,大师,你慢点开车,害得我口红都涂花了,还得重新抹一遍。"莎莎举着化妆盒,坐在车子后排不满地嘟囔道。

这个陈莎莎,还真把自己当成了她的车夫,余征很是郁闷。

"看你那灰头土脸的样子,准是在老婆那里吃瘪了。"莎莎调侃道。

"哪有的事,在家我说了算!"

"哈,少吹了,大师。公司上上下下谁不知道陆家大小姐清高、架子大、不爱搭理人,当年你不知花了多少心思把她骗到了手。你能做得了她的主?开玩笑。"

真是窝囊,让一个乳臭未干的小丫头如此埋汰自己,太没面子。余征刚想呵斥几句,又觉犯不着跟她一般见识,便忍下这口气,解释道:"最近正为孩子上幼儿园的事心烦。读公立幼儿园吧,女儿还不到年龄;私立幼儿园呢,收费贵不说,还人满为患。唉,头痛!"

"噢?"莎莎似乎来了兴致,"那你现在有什么意向?读还是不读?"

"当然要读。我跟老婆白天都得上班,本来岳父帮着带孩子。现在岳父家出了那个事儿,阿沉非要把女儿接回家来。这两天邻居帮忙看着孩子呢。"余征一拍脑袋,"说起那事儿,还没感谢你呢。"

"小 case。"莎莎挥挥手,"幼儿园的事,我倒是可以帮你想想办法。有个客户的老婆开了好多家幼儿园。回去我帮你联系一下。"

"那真是太感谢你了。"余征简直难以置信,困扰自己这么久的难题,一转眼便出现了曙光。这个小丫头,还真有点儿本事,想当初她刚进公司时,人生地不熟,见谁都点头哈腰,一脸媚笑,看到余征一口一个"师傅",成天围着他问长问短。也不知道她是什么来头,还在实习期,就一举拿下蓁城广告之星冠军,接着堂而皇之进了大型活动部,负责主持大型车展房展。无奈,她脸盘虽靓,普通话却太对不起观众,平仄、卷舌、翘舌音不分不说,还经常念白字,逗得观众捧腹大笑。不过,这丫头心理承受能力

第十八章 // 和女神的初次亲密接触 //

着实强大，每天苦练基本功，硬是给她撑了下去。

主持大型活动无疑为莎莎提供了一个尽情展示美貌的舞台，使她结识了不少实力派商人。在广告公司，无论身处哪个部门哪个职位，只要能为公司带来效益，那便是无冕之王。莎莎能说会道、嘴巴甜、酒量大，再加上一股自来熟的疯劲儿，只要被她搭上线，"哥哥、姐姐"一通叫唤，客户一般都把广告乖乖奉上。她工作刚满一年，居然拉到园区一家国际化妆品公司的巨额广告，轰动公司上下。如此这般不久，莎莎在蓁城已小有名气，经常被邀参加商业活动或者主持酒会。如今，她已是蓁城辖区内最受欢迎的本土明星之一。不知道莎莎用什么方法搭上了平岭商会这条线路，正因为她跟林董的熟稔，余忠义才将这个公益广告的财权交给了莎莎。

下乡之前，余征已经做好了吃苦的准备。蓁城很是繁华，即使在郊区也难找微电影中所需的外景。之前，余征动用了一年中所有的休假时间，乘坐公共交通工具，自备干粮和各种设备，零敲碎打地完成了作品。顾及机器的安全，他不敢露宿野外，只得住在最为便宜的旅馆，即便这样，开销也为数不少。

这一次公差，莎莎早向公司借了一辆汽车，让余征开着。余征曾经抗议，驾驶长途车十分疲惫，为何不用司机。直到此行结束，他才体会到莎莎的英明。

上车之前，莎莎听余征诉说从前的拍摄经历，又见他携带的半人多高的行囊，不由笑弯了腰，她冲余征调侃道："大师，你真可爱。出门在外，只要带钱，什么都能搞定。"

莎莎也带了个箱子，很大，是个时髦的拉杆箱，带滚轮的那种，推来拉去很是方便。她支使余征把行李搬上车子。箱子倒是不重，只是她支使他干活时理所当然的口气让他有点儿不快。不过，眼下，这点儿不快已经消失无踪。吃人家嘴短，拿人家手软，谁让自己又一次有求于她。

关于拍摄地点以及与拍摄地的对接问题，都由莎莎做主。"虽然乡镇经过开发，环境和设施都已类似城市，但是蓁城辖区内生态农庄遍地开花，

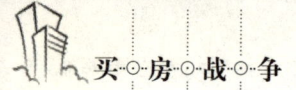

距离市区几十公里的郊外还建起了一座影视城。到那里取景,各项配套设施完备不说,附近还集聚着专业群众演员和苦力。我们不过是补些镜头,又何必舍近求远?"

余征被她一通抢白,脸上颇挂不住:"那不得多花钱吗?"

莎莎讥讽道:"大师,难道你是雷锋?林董有的是钱,哪会在意这点小钱。再说,这些费用都属于拍摄的正常支出,公司财务都给报销,你担心什么?"

一路顺利,一个多小时便到达了目的地——距离蓁城市郊影视城最近的一个度假酒店。酒店特意装修得颇具乡土气息,却处处透着精致豪华。仪表不凡的门童礼貌地打开车门,负责代客泊车的服务人员从余征手中接过车钥匙,另有门童推着他们的行李跟随莎莎来到酒店前台。

余征一看客房价目表,不由瞠目结舌,低声对莎莎说:"这也太贵了,要不换一家?"

莎莎不置可否,熟练地问道:"还有没有空房?打几折?"

服务员询问需要哪个标准的房间,要几间?按标准折扣不同。

莎莎不假思索:"要最好的套房。一间!"

余征认为不妥,刚想开口,瞄了一眼莎莎的脸色,只得作罢,心里却直打鼓,如果余总监知道他们如此奢侈,会不会大发雷霆?按照余征的想法,有吃有住即可,哪有那么讲究。不过,莎莎管钱,他也没辙。

服务员回答,开一间只能打八折。

莎莎讨价还价道:"八折太少,打六折。这里像你们这样的酒店多得是,不行的话,我就换另一家。"见服务员不再反驳。她补了一句:"发票照原价开。"

余征再次怔忪:这小丫头这么精刮,看以后谁敢娶她?

套房的气派果然不同,余征这半辈子还没见过这么宽敞讲究的房间。外间设有衣柜、沙发、茶几、冰箱,靠窗居然还摆着一张自动麻将桌。打开隔门,巨大的圆床赫然出现,床上堆砌着各种针织用品,显得雍容华贵。

第十八章 // 和女神的初次亲密接触 //

一进房间,莎莎立刻踢掉高跟鞋,伸了个懒腰,扑倒在大床上,娇声道:"累死我了。"

余征正将行李一样样摆放整齐,考虑良久,还是忍不住发问:"这里就一张床,晚上你准备怎么睡?"

莎莎忽地一翻身:"当然是我睡在床上。你想睡地上还是睡沙发,随便。"她看出了余征的疑惑,警告道,"大师,你可不要有非分之想,开一间房是为了节约房钱。"

余征哑然失笑:"那开标间岂不更节约?"

莎莎给了他一个白眼:"这你都不懂?我们要在这里待好多天,难免要跟临时演员或是其他什么人谈点儿工作。住套间能显示出咱们实力雄厚,让人家不敢小看,这样赊账也比较容易。如果可以,到时让他们自己上公司来结算,省得咱们垫付现金。"

说罢,莎莎又往床上一躺:"再说,标间的折扣肯定不大,咱们怎么从中捞油水,笨!"

余征吭哧了半天,问道:"可是,咱们没有结婚证,万一公安来查房怎么办?"

莎莎哭笑不得:"你以为这是街头的小旅店?有实力开这种宾馆的老板都是地头蛇。这么贵的房间,谁会来查?顾客是上帝。阿木林!"

"那饭钱?"

"饭钱就更容易了,两人吃按十个人算。我看过了,这酒店有不少美容、按摩等娱乐消费,还有个小商场可以购物,到时候这些都可以打进餐费,买的东西用车子拉回去就行了,反正没有司机监督。影视城里面凡事更加方便,只要最终能对上账。放心,跟着我你不会吃亏。哎呀,光顾着说话,忘记点餐了!"

说罢,莎莎翻转身体,伸手拿起床头柜上的电话。

这,这是贪污,这是犯法!余征吓得不敢多说,继续整理行李。为何

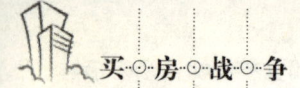

莎莎如此胆大妄为,难道真的因为与余忠义关系特殊?说不定她这一套就是从余忠义身上学过来的。真是上梁不正下梁歪,如果将来自己有了职务,一定以身作则,决不允许下属这样胡来。随即,他又自嘲道,莎莎说自己是阿木林,也许真没说错,等自己出人头地,还不知何年何月,如今事事仰人鼻息,无论是腐败还是以身作则,恐怕都没机会。

不一会儿,门铃响了,晚餐送到。闻到饭菜的香味,余征才觉得肚皮贴上了脊梁,来不及洗手便坐下大吃大嚼起来。

莎莎趴在床上,象征性地吃了几口,便放下了筷子,说是怕胖。余征看着可惜,只得把剩下的食物消灭,心情逐渐好转。看来,享用免费的晚餐感觉还真是不错,如今,自己囊中羞涩,能省则省吧。

莎莎休息了半天,终于恢复了体力,她从床上蹦起来,"唰"的一声打开箱子。余征一看,乖乖,满箱都是漂亮衣服和化妆品。她指挥余征把瓶瓶罐罐排满梳妆台,又把她的衣服一件件挂好。接着,她挑了件丝绸睡衣,光着脚跑进浴室洗澡。

今晚,余征的食量是平时的两倍,待服务生收去餐车,他打了个饱嗝,站起来在房间走动消食。

浴室里哗哗的水声响起,小丫头还唱起了歌,搅得余征心烦意乱。饱暖思淫欲,他不由得想入非非。经常在梦中出现的美女,近在咫尺,还与自己同住一个房间,他仿佛堕入梦中,无论如何找不到真实感。

不一会儿,莎莎穿着睡衣走出浴室,睡衣刚刚遮到臀部,十分暴露,海藻般的长发随意披散在肩头,发梢滴着清水。她满不在乎地用毛巾擦着头发,在房间里走来走去,玲珑有致的身材在睡衣下若隐若现。

擦干头发,莎莎对着镜子涂来抹去做好睡前保养,便对余征说:"大师,不早了,明天事情还很多,早点儿休息吧。"说罢,跳上大床,兀自睡着了。

余征整理好第二天所需物品,又把莎莎随地乱抛的鞋子摆正,最后锁好门窗,拉上窗帘,这才松了口气。

第十八章 // 和女神的初次亲密接触 //

房间里很静,能听到莎莎均匀的呼吸声,还是年轻好,一粘枕头就能入睡。余征感觉一过30岁,自己的睡眠质量每况愈下,白天累得半死,夜晚却总要翻来覆去好久才能入睡,或者就是早醒。尤其是最近几年,各种糟心的事情令他心烦意乱,就连戒掉好久的香烟都再次吸上了。

莎莎睡觉很不老实,像女儿小皮球那样,喜欢踢被子,第二天铁定着凉感冒。余征摇摇头,伸手想帮她盖好。熟睡的莎莎一点都不配合,长长的大腿压住了被子。无奈,他只得轻手轻脚把她的腿抬起一点,扯出被子,帮她盖上。

莎莎腿上的皮肤有些粗糙,却是如此结实富有弹性,仿佛一股电流,通过他的手指直达心脏,传遍全身,令他感到一阵甜美的抽搐。他急忙收回手来,但是,再次触摸一下的念头却越发强烈。

我这是怎么回事?太不正派,太邪恶了!余征狠狠地痛骂自己。他急忙走出卧室,回到客厅的大沙发上躺下。

真是不可思议,从小到大,自己从来不讨女生喜欢。可是,工作之后,却总是遇上意想不到的桃花运。先前几个女朋友虽然没谈成,但那都是因为他的房子问题,后来漂亮的城里姑娘阿沅看上了自己,成了自己的老婆。现在又跟这年轻可爱的女孩同住一室,且恰巧在与老婆关系吃紧的时刻,难道这是命运的安排?不会不会!刚刚买下新房,好好过日子才是正道。况且对于莎莎跟余忠义的关系,他一直心存疑惑。再说,人家莎莎是蓁城的明星,单身贵族,怎会看上微不足道的自己。

卧室里响动了一下,余征连忙进去查看。这个莎莎,这么大的圆床还不够她折腾,只见她趴伏在床的一侧,伸长的手臂碰翻了床头的座机电话。

余征捡起滚落的电话,刚想动手把她归置原位,忽然停下。莎莎侧卧着,脸颊面向他这一侧,被子已翻开大半,起伏的线条一览无余。平心而论,洗尽铅华的莎莎并非完美无缺,她眼睛太小、嘴巴太大,骨骼稍显

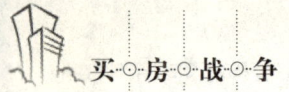

粗大，皮肤偏暗，肌理也不够细腻，但是，这依然无损她夺目的美丽和饱满的青春气息，比起单薄的阿沅，莎莎是如此性感，充满原始狂野的魅力。

无法遏制的欲望在余征心中涌动，他哆哆嗦嗦地向前迈了一步，可却不敢伸出手去。忽然，莎莎又动了一下，余征吓得坐倒在地。我这是怎么了？难道做人的原则发生了动摇？难道不再是负责任、知荣辱的正人君子？居然会堕落到这种地步。余征用力抽了自己一个耳光，这才清醒了不少。

回到沙发上躺下，沙发柔软舒适，他却翻来覆去难以入眠，各种乱七八糟的绮思杂念搅得他头昏脑涨、躁动难耐，直到天色将明，他才朦朦胧胧进入梦乡。

待睁开眼睛，天色已经大亮。有个人影挡住了阳光，余征揉揉眼睛定睛一看，吓了一大跳，莎莎就站在身边。

"大师，昨晚你很是快活啊？"莎莎阴阳怪气道。

余征赶紧起身，解释道："我可什么都没干，真的！"

早上醒来，莎莎发觉被子完全掉落在地下，不过衣服还算整齐，无甚异状，但她依然疑惑，不信自己熟睡之时，动作如此之大。

余征赌咒发誓，莎莎倒也觉得可信，却不忘调侃他几句。余征再三表示自己是正人君子，绝对坐怀不乱。

莎莎不禁笑道："如果你承认自己有问题，倒还情有可原。若说正人君子，我还真没见过几个，除非是我长得太对不起观众，所以你对我没啥兴趣，真是伤心。"

真是口无遮拦，一个未婚的小丫头，说话如此豪放，简直不知羞耻。余征差点儿把心中的想法说出来，急忙勉强克制住，又怕她自我感觉良好到无限膨胀，只得轻描淡写道，也许是路途劳累，他早就入睡了。

莎莎没再纠缠于这个无聊的话题，催着他梳洗用餐，下面的行程都已排满，每一分钟都是金钱。

第十九章　大美女的小算盘

还未驶到影视城正门，车子就被拦住。一个保安牛哄哄地说："有通行证吗？没有就不准进，停外边。"

余征扭过头询问莎莎，莎莎千算万算却没料到这茬。影视城里的摄制场地都已经过事先预约，后边还有大把剧组排队，不能更改时间。那么，扛着机器步行进去？余征倒是没有异议，设备虽重，他曾扛着步行更远的路程，这点路程小菜一碟。

莎莎说："我穿着高跟鞋，如何能走长路？再说，等走到目的地，早就已经超时。"她挤出笑脸，还指示余征递了根烟，与保安软磨硬泡了半天，保安始终不肯通融。不过，他指点道，影视城内设有电瓶车，专为游客和没通行证的剧组服务。

目前看来，也只能雇车。余征先进影视城，打听一下价格，再向莎莎报告。莎莎一听，立刻否定："不行，价格太贵，而且不开发票没法报销，我们亏大了。"

说话间，聚集在影视城门口等活儿上门的临时演员三三两两地凑了过来，他们一见莎莎的穿戴和架势，再看余征的装备，知道这两位肯定是雇主，于是七嘴八舌地询问是否需要雇人。

莎莎灵机一动，问道："谁可以提供包车服务，帮我们把设备拉到里面，我优先录取。"

响应之人竟然为数不少，莎莎比了比价格，又跟几人私下嘀咕了一阵，兴高采烈地对余征说："问题解决了，车子马上来。"

不一会儿，一辆面包车停在面前，把他们一行拉到了预约好的摄制点。

余征私下询问莎莎，雇这辆车一样需要出钱，估计比电瓶车还贵上几分。

莎莎了然他的大脑只有一根筋，只得耐着性子解释："临时演员跟

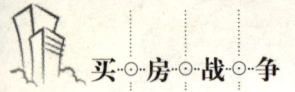

影视城里的商户熟悉得很,让他们出面联系车辆,不但价格公道,还能把这开支打进雇佣演员的费用里,一举两得。"停了停,她又说,"他们若是光干一行铁定饿死,不少临时演员都在兼职做生意,说不定,这车就是他们自己的,只不过雇个人给开着罢了。反正我们既需要人也需要车,这样大家双赢。学着点吧,大师!"

按照计划,当天需要摄制的场景是:在如茵绿草间放飞一批和平鸽。白鸽、人群、蓝天、绿草凸显生态主题。放飞鸽子的群众演员、上百只白鸽以及其他升降设备都由影视城提供。

早上,余征临时起意,跟莎莎提出,在放飞结束后,他想补拍几个演员放飞动作的特写。合同上没有这条,因此,莎莎亲自挑选了临时演员,她眼光不错,挑选的演员脸部轮廓都极为上镜。

影视城的草地有专人打理,绿油油的,清新可爱,让人疑心是不是喷了颜料。负责人经常接待剧组,已经熟门熟路。推拉摇移的轨道是现成的,早已架设完毕。草地上,上百只鸽子挤在几个笼子里叽叽咕咕,煞是可爱。

莎莎目光四下一扫,忽然皱起了眉头,冲着负责人道:"那谁,让你找的临时演员呢?"

负责人满不在乎地说:"喏,场边那几个不就是嘛?"

莎莎手搭凉棚一看,质问道:"就那么几个人,怎么放鸽子?"说着,顺手从包里掏出合同,"这上面写明,影视基地负责100只鸽子和放飞鸽子人员等事宜,你违约!"

负责人倒是不急不恼,笑着解释道:"合同上只说负责组织放飞鸽子的演员,却没写明具体人数。现在雇个演员一天100元,太贵,请你就通融一下。反正你也带来了几个演员,再加上你跟我,人数也就够了。"

"够你个头!"莎莎柳眉倒竖,发作道,"全都加起来10个人都不到,这里有近百只鸽子,你以为你是千手观音啊,一个人能放飞十几只鸽子?"她一手叉腰,一手扯过合同放进包里,说:"不行,我得打电话回公司。

第十九章 // 大美女的小算盘 //

你们不按合同办事，我们要解约！"说着，便掏出手机作势要打电话。

负责人这才着急道："小姐，有话好说。我这是承包经营，每月给影城交费的，吃碗饭不容易。你要是不满意，我现在马上再找齐演员，我马上就找，马上……"

余征插嘴道："要找就快点，这会儿光线刚刚好，再过一会儿光线太猛烈，到那时就只能等明天再拍了。"

这个时候，养鸽人走上前来催促道："你们到底拍不拍？要拍就快点儿。我一大早就带鸽子赶过来等着，还没来得及喂食呢。"

莎莎忽然道："余征，如果只有鸽子漫天飞翔的镜头，没有放飞的镜头，会不会影响效果？"

余征想了想，说："不会！"

她又问养鸽人："如果你吹起哨子，鸽群会不会统一起飞？"

养鸽人得意地拍拍胸脯："怎么不行？！我从小养鸽子，让它们飞它们就飞，让它们落就落。"

"那就行了！"莎莎一拍大腿，这粗俗的动作把现场的人吓了一跳。见大家不解地望着她，莎莎笑道："我有个办法。养鸽人把鸽食均匀撒在草地上，然后把鸽子放出来，让它们啄食，接着一吹鸽哨，鸽子一齐起飞。我们就拍鸽群在阳光下起飞的镜头，不就行了。"

余征提出异议："拍摄效果问题不大，可是万一鸽子忙于吃食，不肯起飞怎么办？"

莎莎说："这还不简单，让我们雇的几个临时演员分散在草地四周，吹哨时，再上前驱赶一下。"

余征瞠目结舌："这，这能行吗？"

莎莎不耐烦道："怎么不行？我老家的人就是这么驱赶偷吃麦子的贪嘴麻雀的！"

余征本想说"鸽子又不是麻雀"，想想还是住了嘴。

幸好,拍摄一切顺利,鸽子和演员们配合得不错。接着,余征补拍的单人放飞镜头也很成功。虽然已经入秋,气温不算太高,但这一番折腾,待到拍完,人人都是大汗淋漓。余征跳下脚手架,开始收拾机器。

只见莎莎板起面孔对负责人说:"今天的事我就不再追究,你雇的几个临时演员,我也照样付费,但是,你得按合同上所需演员的人数开发票给我。"

负责人千恩万谢:"那一定,那一定,我们每月都是定额发票,总归用不完。谢谢,谢谢!"

莎莎甩甩长发,不再搭理他,在几个临时演员的簇拥下,公主一般走着猫步回到车上。她数出几张钞票,对临时演员说:"今天多亏了你们,姐多给你们一人20块。我还要在这里待一个礼拜,你们天天都来帮忙行不?车子我也包了,费用等拍摄结束一起结账。"

除了剧组,几个临时演员难得遇上这么阔气的主儿,况且这位美女还包租车辆!他们忙不迭地答应下来。

一周的拍摄过程中,每当遇到实际问题,都由莎莎出面,兵来将挡、水来土掩、庖丁解牛、游刃有余。7天时间倏忽而过,拍摄工作告一段落,回去之后,就得进入后期制作环节。

最后一天的摄制完成,开车回宾馆的路上,莎莎掏出小圆镜整理仪容,嘴里抱怨着:"都怪那个负责人捣糨糊,这几天害我被晒死了,回去得赶快补救。"她左照右照,又掏出化妆盒修补残妆。

待莎莎补好唇膏,空出嘴巴。余征才问:"难得见你大发善心,不仅不克扣工钱,第一天还多给钱。可接下去几天,咱们并不需要临时演员,为何没跟他们解约?"

莎莎瘪瘪嘴巴,似乎好不容易把取笑他的话咽下肚里。半晌,才道:"我们设备多,雇个帮工一天150元,两个就是300元。临时演员一天才给100元。我们又不是剧组,没什么重活,用临时演员充当帮工比较划算,这就是我只雇男演员的原因。第一天每人多给20块,钓牢他们,第二天开始就按正常价格结算。影视城里面雇车一次400元,包一天开价600元,我们用的车是这些演员找的,包了一周才给了2500元。你说划算不划算?"

幸好正在开车,看不清莎莎的具体表情,但余征还是甚感惭愧。他一直以为,莎莎不过是凭着一张漂亮的脸蛋才一路绿灯,处处比他这位大师吃得开、混得好。经过几天的相处,他才发现,跟她相比,自己思维方式陈旧,处事能力低下,差距何尝是一个楚河汉界?他自认为是前辈,被她差遣显得丢份;事实上,她的胆识和智慧远在自己之上,他倒过来叫她一声师傅都不为过。想到此处,余征不由长吁短叹。

莎莎以为余征不太开心,急忙哄道:"忙了这么多天,一定累了。晚上妹妹带你去轻松一下。"

"这几天腰酸背痛,只想躺下好好休息,还是不去了吧。"

莎莎想了想,又说:"不出去也行,但是大功告成,总要庆祝一下,就在客房点餐,再喝点酒!这几天总吃客饭,吃得嘴巴都淡了。"

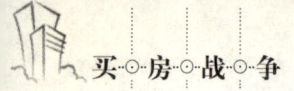

第二十章　酒不是个好东西

服务生送来了晚餐，莎莎事先挑了红酒和牛排，还别出心裁地点燃蜡烛，拉开窗帘，关上所有的灯，两人盘腿而坐倒也别有一番韵致。

"来，预祝我们，"莎莎肚里墨水不多，她歪着头努力思索的样子很是可爱，"预祝林董看得上我们的片子，预祝财源滚滚而来！"

余征刚抿了一口红酒，还没来得及咽下，冷不丁听到这番不伦不类的祝酒辞，险些被呛到，立刻咳嗽不止。

"土老帽儿。"莎莎说，"看来你真没有享福的命，这2000多元一瓶红酒就被你给糟蹋了。"

"多少钱？"余征以为自己听错了。

"2000多。"

"这也未免太奢侈了。"

"这算什么。公司高层宴请贵宾时曾开过10000多元的酒水。"

"10000多？"余征惊呼："这可是我们两个月的薪水。"

"傻瓜，如果人人都一样，谁还会去奋斗？奋斗还有什么意义？"莎莎给他洗脑，"你接受教育，才有资本求职，工作就是为了更好地享受生活，如果你的付出不产生生产力，那么你接受的教育等于是一种浪费。"

余征无语，低头喝起闷酒。

"人生在世什么都得尝试一下。否则太对不起自己。"莎莎把玩着酒杯一脸郑重，月光蓝灰色的影子打照在她脸上，余征第一次发现莎莎的眼中流露出一抹淡淡的忧郁。

"小丫头片子，你才多大，张嘴别那么老气横秋的，等你活到大哥这把年纪，才会真正懂得生活到底是怎么回事。"余征苦笑道，随即又说，"不对，你年轻漂亮又聪明能干，一定过得比大哥我风光多了。"

"哈哈，大师，你的嘴变得好甜。"话虽如此，莎莎对这番溢美之辞

第二十章 // 酒不是个好东西 //

很是受用,"对了,忘了告诉你一个好消息,幼儿园的事已经搞定,回蓁城之后,你可以直接去找园长。"

"真的?"余征知道莎莎不会乱开玩笑,大喜过望,赶紧敬酒,"刚刚才夸你聪明能干,看来没有说错。你门路这么广,真是让我羡慕。"

"羡慕我?开玩笑。"莎莎摇摇头,"你们都有家有口,为家庭奋斗,即使吃苦受累也值。哪像我,孤零零一个人——"

"一个人有什么不好,自由自在,我拖家带口混到现在,还是一无所有!"

莎莎笑道:"看不出大师这么愤世嫉俗,背后一定有段血泪奋斗史。"

余征一愣,随即自嘲道:"血泪还不至于,奋斗也谈不上,否则也不会混到现在还是个扛机器的。你知道吗,其实扛机器跟在肉联厂扛冻猪肉没啥区别,唯一的不同是稍微受点儿尊重。"

这些话不是余征的原创,是初恋女友阿珍对他做的定论。

余征是草窝里飞出的金凤凰,十里八乡唯一的大学生。可是,他毕业之后才知道,曾是天之骄子的大学生,已不再是社会的宠儿。当年,同学们彼此都以成为大导演相期许,事实证明不少同学的确在出道之后拍了几个片子便一飞冲天,开始走红,余征虽然孜孜以求,希望迎头赶上,但是,工作环境与经济条件的压力,令昔日自诩为大师的他,不得不掉入凡俗生活的窠臼。

幸好余征工作得早,那时学校还给安排工作,单位不错——广告公司。虽说比不上机关单位体面,但是胜在收入稳定。可是,余征的大学学历在这个专业人士云集的地方并不出色,只得从摄像做起。

余征的初恋女友阿珍,当时常拿他跟别人比较——没房、没车、没钱、没地位、工作忙、收入低,总之,他的一切她都看不上眼。两人针尖对麦芒,在恋爱几年后分了手,同时阿珍还奉送给了余征一番关于扛摄像机和扛冻猪肉的临别赠言。分手后不到3个月,阿珍就嫁给了一个外

科医生。"人家学历高、收入高……"阿珍说的。

幸好年纪还轻……

待从头收拾旧山河、迈开大步向前冲,余征到省城报了个摄像培训班,班上"大师"成群,最不济的也是地方电视台的首席摄像。不过,除了考试的时候全班座无虚席外,平时班上再多也就三分之一人口,同学们纷纷开着私家车偶尔来应个卯,要不就差遣个实习生或是手下来做替身。

余征心疼学费倒是其次,主要是为了学点儿真本事,不是真忙得脱不开身,那是一节课不落。于是,常常需要请假,面对广告公司的同事们半是戏谑半是认真的调侃,余征唯有苦笑,他并不是自期甚高,将来一定有喝令三山五岳开道、当大师的气概,主要是想成为一个真正的导演,出一口闷气。

之后,蓁城广告公司引进一拨一拨的中青年大学生,一下子人满为患,从来不觉得多么珍贵的正式工名额一下变得紧俏起来,逢进必考。最终,新人只能与公司某部门签约,以临时工的身份工作。

那一阵子,公司人心浮动,纪律涣散:新进的大学生们要么奋勇争位,夯实晋升基础;要么四处找门路,拉广告创收,奠定经济基础。而很多元老则萌生去意。但是这种局面很快被随之而来的金融危机打破,尤其是近几年,随着就业形势的日益严峻,即使是公司里待遇低、工作强度大的临时工,也成了万人争抢的香饽饽。余征这才着急起来,再不敢四处乱跑,收起心认真对待这份工作,不过他依然利用业余时间到处拍摄,积极参赛,期望杀出一条血路。为此,他连家庭都无暇顾及,可是他的作品依然无人问津。

余征奋斗多年,眼看成为导演的希望如天明前的星辰,一颗一颗暗下去,屡次更新的考核制度如孙大圣头上的金箍一次比一次更加严苛,这才悚然惊觉,从来没有什么救世主,原以为多年媳妇熬成婆,到头来那希望还是镜花水月,看着,很近,摸一摸就碎。

第二十章 // 酒不是个好东西 //

余征惊讶于今晚自己的滔滔不绝，即使是对着妻子阿沅，他也从未提及过这些隐秘的往事。酒精仿佛打开了他心中的潘多拉魔盒，在飘飘欲仙的酒意中，余征回忆起在阿珍离开之后曾经谈过恋爱的几个女孩儿。

余征喜欢跟女友一起在雨天漫步，一把小伞半遮半掩，微凉的雨丝落到女孩儿们裸露的光洁的胳膊上，加强了细腻的触感。同样的天气，不同的女孩；相似的感觉，一样的结局。她们离开余征的时候，都表现出痛苦，唯独没有犹豫。她们都真心喜欢过他，但是她们都不能接受他只有一套50多平方米的房子。余征是个孝子，一定会将父母接来养老，如果将来有了孩子，这狭小的蜗居如何容纳这一大家子的吃喝拉撒？余征并未责怪她们太过世俗，他明白，纯粹的情感在现实面前实在不值得一提。

每一个加班晚归的夜晚，余征竖起风衣的领子，踩着霓虹的碎影，顺着大路慢慢往家走去，目光不时与进出沿途商店的时尚女孩儿碰在一起。不过，他并不多看。

在这座城市里，他最清楚的一点便是，别去招惹那些青春靓丽的女孩子，免得到头来自讨没趣，男人必须有足够的资本才可以征服漂亮的女孩。这条真理仿佛是海关的钟声，不管它上没上发条，每次有了非分之想，都会适时在他心头敲打。

后来，余征经人介绍与公司前辈陆元稹的独生女陆加沅结婚。当年阿沅天真单纯，似乎并不在意阿堵之物。可是，今时不同往日，妻子对待他的态度早已与初婚时截然不同。所幸，公司里混得不怎么样的同病相怜者并不在少数，当然女生例外，女生即使混得不好，也不见得会被人多加指责。

与余征同部门的几十位同仁，起码一半是临时工，唯有主持人大眼的经济情况，余征还没有把握得太透，但可以肯定最多只是个新贵，这从他的衣着气质还有常常抠鼻挖耳的小动作就可以得出结论。而部门副主任袁弘诺近来肯定发了一笔横财，可能是股票大赚了一笔，或者吃了

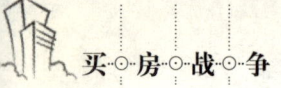

软饭,余征邪恶地揣测着。

主持人大眼很帅,很上镜,据说是公司不远万里将他挖来,原以为能将他打造成王牌主持,谁知道这位帅哥一录制节目就不停地卡壳,NG一遍又一遍。

广告公司为了节约成本,节目录制条件十分有限。各种类型的室内广告集中在有限的几个摄影棚拍摄,按时段分配给各个编导。每当广告旺季,摄影棚供不应求。大眼出错多、耗时长,常常拖延录制的进度,挤压了原本属于其他编导的摄录时间,招来很多不满。然而,每次绩效考核,他总是过关。后来公司里传出流言,说大眼是活动部主任贾华铎的亲戚,余征这才恍然大悟。

余征所在部门的副主任袁弘诺也是当兵出身,军校毕业后不知去何处读了个业余成人摄影班。虽说是主任,可是,这个袁弘诺始终神龙见首不见尾,除了每周一的例会,他才飘然而至,带着一身酒气,耷拉着惺忪睡眼作工作报告,日常的事务他主要倚仗余征。

虽说余征的资历不算最深,但是胜在技术过硬,平时公司接洽的重要广告——旅游景点介绍、房产、烟酒等软性广告,老总常会钦点余征上阵。

实际上,这些旁人眼中的肥差耗时长、强度大不说,还有种种难言的苦处。一部超过 5 分钟的介绍片需要灯光、摄像、化妆师、演员等等工作人员的集体配合才能完成。一组人吃喝拉撒在一起几天,难保不闹矛盾。原则上,全组听从编导指挥,可是年轻的编导专业强悍,却不善于处理人际关系。这个"和事佬"、"双面胶"的角色往往由余征扮演,仅这一点就让他头疼不已。更重要的是,这类片子的拍摄费用永远不会一步到位,拖欠一两年之久是常事。这就苦了余征,要知道,公司严格按照多劳多得的原则来制定考核制度,基本薪资极其微薄。

每次拍完这类片子,余征浑身像散了架,可是收入却还不及平常的一半。所以，每次部门接拍这类片子，袁弘诺在行动上总是讨好余征，可言语上却滴水不漏。

袁弘诺说："在行业里混个脸熟、混个名头比什么都强。把客户伺候舒服了，就是将来我们失业了，也起码有个投靠。"

余征打着哈哈："只有永恒的利益，没有永恒的朋友。指望客户提挈？扯淡！"

大眼在一边帮腔："袁弘诺你别光说不练，早点给大师要回提成才是正事。大老板眼高于顶，哪里会把你们这些草台班子小摄像放在眼里？还是赚点儿钱实际，万一失业了，靠这点儿钱还能开个工作室，接点儿小活儿混碗饭吃。"

此言一出，三人都有点儿沮丧。

怎能不沮丧？前几年，正规广告专业毕业的大学生一茬茬进来，个个都有来头。他们开始都安心拿着一年4万左右的收入，自我感觉相当良好。可是待了几年，眼见"铁饭碗"成了泡影，考核制度一年比一年严苛，待想要撤退，又谈何容易？

说起来，蓁城广告公司的确是个富有人情味的企业，每年业务都居榜首不说，且不论行业是否景气，它都很少主动裁员。可是，哪个企业有那么多钱养闲人？只能从考核制度上着手，业务不佳的员工会自动离开，以此来确保企业的竞争力。据说某位从外地聘来的主持人，每天起早贪黑，专主持那些贩卖保健品的小广告片，刚进公司那会儿他每年才拿一万多而已。但是，人家还是需要仰仗"蓁城"这个平台，迫于无奈，只好兼职卖保险维持生计。

目前，公司里起码有一半人，只求能顺利通过考核就行，其他时间，背靠着"蓁城"的招牌，纷纷发展"三产"：给企业拍宣传片专题、拉广告（各种媒介），要不就是炒股票、开公司——总之，什么赚钱就做什么。听说，袁弘诺就是这样，炒房、炒股、拉广告，还接拍很多"意味深长"

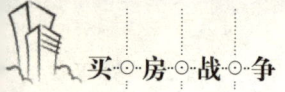

的片子。据说,袁弘诺的第一桶金——几套房子的首付,就是给人拍摄婚礼赚出来的。

大眼更绝。大眼专业不地道,可头脑绝不简单。他刚进广告公司便睁大一双火眼金睛,非富家女孩不追。

大眼命好,尽管"拼爹"拼不过,却天生一副好皮囊,层出不穷的"手段",外加有的是时间——主持人不用坐班,轮到配音或是出镜,完成配额即可。高、帅、闲三管齐下,"白富美"们都被他迷得晕头转向。虽然他在蓁城广告之星决赛现场爆出丑闻,但是此事之后,大眼还是没事儿人似的照常在公司晃来晃去。

相较袁弘诺和大眼,余征却有心无力。每天都得出去拍外景,回来剪辑片子,周而复始。虽然被人尊称为"大师",但他越发感觉,他做这个工作,就像书童陪着公子赶考,两下不相称。看来再不挣点儿外快,留不住老婆、还不上欠款事小,无法生存事大。这一点现实,真像"盲人骑瞎马,夜半临深池"一样严峻。

"我们还真算是难兄难弟,我刚来实习那会儿,说是让我当主持人,其实像我这样的菜鸟都不算的小角色,最多只有资格上一些几乎无人问津的节目——例如推销女性美腿袜的传销广告。哈哈哈……"

不知不觉,他们已喝下不少,翻涌的酒意令彼此晕眩。

"莎莎,你喝多了——"余征提醒莎莎,也是在提醒自己。

"我很清醒。"莎莎手中的酒杯倒在地毯之上,红酒淌了一地……

窗外的明月如此华美,却依然隐约笼罩着颓败的暗影,映射在莎莎酒醉的脸庞,愈发动人心魂。

余征闭上双眼,试图让此起彼伏的欲念飘离而去,但是被阻滞的郁闷却绵绵不绝。酒精终于令他放弃了最后一丝犹豫,欲念即刻如脱缰的野马无法控制,借着黑夜的掩护在连绵不绝的绮梦中恣意驰骋。肆无忌惮的狂喜尽管转瞬即逝,但是,至少在那一瞬间,浓雾一般的现实生活

第二十章 // 酒不是个好东西 //

暂时退远，纷纷扰扰的烦恼也仿佛被隔离在遥远的时空。

平静之后，余征恢复了理智。他扭过头端详着近在咫尺的莎莎。她双眼紧闭，不知正在想些什么。或许，这只是她这类自视甚高的女孩聊以自娱的方式，多虑的只是余征自己而已。

曾经以为，风花雪月之事与自己这样的平头百姓毫无关系，谁知命运如此不可思议，一切来得自然而然。莎莎是如此驾轻就熟，应该只是一时兴起，那么她对其他男人是否也是如此？譬如对林董，对余忠义？林董倒也罢了，如果她真的跟余忠义牵扯不清，那自己可就闯了大祸，不仅前途不保，是否能在公司混得下去也成为问题。一念即此，余征如芒刺在背，翻来覆去总不得安宁。

莎莎被搅得难以入眠，只得起身问道，"你怎么还不睡，是不是想念老婆了？"见他支支吾吾，她冷笑道，"劝你还是少想为妙，你在这里风流快活，她在蓁城也不会消停，想也是白想。"

听这意思，她话中有话，余征觉得不是滋味："有话你就明说。我们都这样了，还有什么不能开诚布公？"

莎莎呵呵笑了："从前我怕你接受不了，既然你非要我说，那我就提醒你一下。你认为余忠义那么热情地帮你是什么缘故？还不是因为你有个漂亮的老婆。"

"不会！"余征有点儿气恼，莫非她以为所有女人都像她陈莎莎那般开放。"阿沅绝对不是那种人！"

"知人知面不知心，你想想，她最近有没有什么反常？"莎莎循循善诱。不待余征苦思冥想，她便起床准备洗澡，临走还撂了一句，"听说，余忠义还帮她调动工作，这得多大人情啊。"

难怪阿沅最近总是找茬吵架，总骂自己没有出息；难怪照顾余忠义老婆如此辛苦之事她都乐此不疲，原来攀上高枝了！余征心里一阵愤恨。难怪余忠义借钱那么爽快，还为自己和林董牵线搭桥，原来都是因为阿沅。

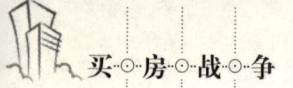

自己还蒙在鼓里,像个傻瓜似的对他感恩戴德。

余征忽然很想立即给阿沉打个电话,看看她是否正和余忠义在一起,可是,拨了几次电话都无法接通,余征心急火燎,恨不能立刻插上翅膀回家,问问阿沉,究竟意欲如何。

莎莎洗过澡回房,见他若有所思,不由笑道:"天要下雨娘要嫁人,她想如何你根本管不了。再说,你有了我,不就跟她扯平了。做人就得自找心理平衡,否则日子过不下去。"

还能怎样,只能忍气吞声。不过,如果阿沉太过分,那就离婚,反正今天已经有了后备人选。这样一想,一种占了便宜的得意将他的懊恼稍稍掩盖。

如果能够娶到莎莎,倒也是不错的选择。碍于独生子女政策,他跟阿沉不能再生,如果跟莎莎结婚,他当然还想要个儿子,莎莎的经济条件比阿沉好上太多,能力更在阿沉之上。但是,他还记得蓁城广告之星大赛期间那些真真假假、是是非非,因此一旦动念娶她,全面了解莎莎的情况就显得十分必要。

余征装作惊讶道:"咦?听你的口气,好像受过多大伤害似的?"

莎莎掠一下额前的湿发,趴在床上说道:"过来,给我按摩一下。这几天真是累死我了。"

这个女人,不知被谁惯坏了,简直把他当成她的佣人使唤。无奈,余征只得随意在她背上按了几下。莎莎很是满意,转身在他脸上亲了一下。余征借机又问:"你还没回答我的问题呢?"

莎莎伸了个懒腰:"每个女人一辈子至少总要傻一次。我念书的时候跟一个男同学好过。可我家里就是不同意,嫌他家里穷,我们说好先工作赚钱,再结婚,谁知毕业没几年他便跟别人跑了。后来,余总要我去蓁城拍广告,我就离开了原来的公司,到了这里。"

又是余忠义,看来莎莎果然跟余忠义关系紧密。一个念头从余征大

第二十章 // 酒不是个好东西 //

脑里倏忽而过：没准儿莎莎嫉妒余忠义帮助阿沅，或者因为她与自己的关系发生质变，所以故意中伤阿沅也很难说。

他克制着心中的惴惴不安，但今晚的愉悦依然被蒙上了一层疑虑。莎莎跟余总的关系始终是他心中的块垒。他还想继续追问，可莎莎早就呼呼大睡。他感觉窝囊，心中一片混乱，看不清未来的图景，仿佛他正在钻进一个圈套，却并非人为，而是他自觉自愿。他但愿自己无知无觉，随波逐流滑向未来，因此，他开始怨恨起莎莎的提醒。最终，他恨恨地想：听天由命吧，反正今晚他已经赚到了！

第二天，一直睡到日上三竿，两人才起床打包行李。莎莎拿出一堆票据，在计算机上滴滴答答算了半天，接着从包里数出一叠现钞，扔给了余征："这些是中间的差额部分，咱们一人一半，但是回去你可千万不能说出去。"末了，又补了一句，"跟你老婆也不能说。"

余征有点儿感动，他原以为莎莎准备独吞这笔钱，没有料到，她还有几分义气。犹豫片刻，余征说："这钱我不要了。在这儿一起这么多天，都是你在帮我做事，我却什么都没给你买，这钱就算我一点儿心意。"

莎莎抿嘴笑道："算你还有点良心，这份心意我领了。不过，你最近缺钱，先拿着吧。我等你拍完房产广告赚了大钱给我买个钻石。"

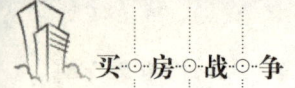

第二十一章 妒火冲昏了头

回到公司之后,余征立刻投入工作,不眠不休地待在制作部。后期制作他帮不上忙,但是他是主创人员,构思和主题的表达需要他的解说,技术人员操作起来才能达到更好的效果。另外,他需要从公司的资料库里寻找一些影像资料,在片子的细节上做些微调。毕竟,原作是环保微电影,与公益广告在趣味和表达方式上有本质的不同。

出差归来,莎莎便消失不见。她不用坐班,估计已经回到她那犬马声色的生活中去。不过,托她的福,9月初,女儿顺利进入一家私立幼儿园,一切手续都由阿沅办妥。

阿沅还在公司照常上班,调动的事情似乎没再听她提起,余征无暇去管这些琐事,潜意识里也怕再起波澜。余忠义照例业务繁忙,原本在公司就很难相遇,更何况是余征刻意回避。他打算一切留待公益广告完成再说。

越是回避,却越是难以逃避。余征正在制作部忙得昏天黑地之时,余忠义打来电话,要他去一趟,说有要事要谈。

不知所为何事?余征本想先打个电话给莎莎探探口风,莎莎那边正在忙着,敷衍几句便挂断了电话。余征无奈,只得单刀赴会,心里却难免七上八下。

这是余征第一次来到副总监室。公司为了节约空间,严格控制办公区域,余征所在的制作部集中在一个大办公室办公,用隔板格成一个个小方阵,鸡犬相闻却互不相见。因此,副总监室的宽敞安静,让余征好生羡慕,不由想起莎莎有关奋斗的理论。

见余忠义笑而不语,余征反而有点急躁:"哥,有什么事赶紧说,我下面还有一堆事儿。"

余忠义笑道:"找你来,肯定是好事儿。"

第二十一章 // 妒火冲昏了头

莫非事关阿沅？余征猜疑，心头阴影更甚。虽然他并不完全相信莎莎所说，但空穴来风，未必无因，他只是个普通的男人，很难做到心无芥蒂。

余忠义站起身来，给他倒了杯茶，才微笑着说："先要恭喜你，大师。拍公益广告之前，我把你的微电影先拿给关总监看过，他大为赞赏。关总监是电影艺术家协会的副会长，他把微电影送去行业内评奖，据可靠的内部消息，已经入围，获奖希望很大。"

余征大喜，刚想开口表示感谢，只见余忠义摆摆手，示意他继续听。

"我的意思是，你在行业内是个无名小卒，独自署名意义不大。关总监爱好电影艺术，又如此看重你的作品，对你有知遇之恩，我建议你把他的名字一起署上，这样获奖的可能性更大。"

余征一时怔忪，不知如何应对。瞧人家这马屁功夫简直炉火纯青，难怪人家能混得风生水起，而自己却还是个小职员，这水平根本不在一个标准上。可是，为了这部微电影，余征付出太多，跋山涉水、吃苦受累不说，钱也花掉不少。如今，余忠义一句话，就要自己将劳动成果拱手送人，这岂不是巧取豪夺？可是，如果严词拒绝，得罪余忠义不说，就连关总监也一并得罪了，以后再也别想有出头之日。

余征按捺住心中的不平，尽量平和地说："余总，人家都说搞摄影要穷三代，我自己私人出钱出力，这几年为这部作品可谓呕心沥血……"

没等他说完，余忠义便摆摆手："兄弟，你这么说就是不上道儿了。任何事物都有它的价值，这微电影搁在你手里，就是个赔钱货，但是如果署上老行尊关总监的名字，立马身价百倍、引人注目，而你，也马上和关总监拉近了关系，有他提携你，你还怕以后在行内没发展？这叫吃小亏占大便宜，你不要拎不清。"

余征仔细考虑，余忠义的分析不无道理。但他依然克制不住心中的悲怆：你余忠义想当未来的总监，就用我的作品去讨好关总监，全然不顾及我的感受，居然还口口声声说是兄弟！

不过，现在不是意气用事的时候。余征明白，自己只能同意，但是，必须向他摆明车马，免得他以为自己与他一般诌媚。余征正色道："余总，我为这部电影付出太多，实在舍不得拱手让人。但是，看在您的份上，我同意。"

余忠义满意地点点头："这才像话，也不枉我为你操那么多心。"

临走时，余征说："还有件事正想向您汇报，我和阿沉想一起去看看嫂子，不知道什么时候方便？"

余忠义一怔，随即沉痛道："去看看也好，她也没几天了。我最近比较忙，你们不用迁就我的时间，直接去就是了。"

出了公司大门，余征憋着一口气，他立刻致电阿沉，要她陪同前往医院。阿沉正在忙着，便让他购置好礼物先行一步，自己随后就到。

独自前往也好，借这机会把余忠义帮助阿沉调动的事抖搂出来，试探一下储英姿的反应，虽然这种做法对于一个病人来说有点儿残忍，但是为了家庭的安稳，他已经顾不得这么多。

吸取上次的教训，余征没再购置大件礼物，只买了盒补品。反正送礼只是个形式，重要的是心意。

储英姿依旧住在原来的病房，一个护工正陪伴着她。

秋天的阳光异常生动明艳，透过落地玻璃窗照进病房，但这样热烈的日光对于病人来说无疑是一种残忍的反衬，她已脱落殆尽的头发和形容枯槁的面容在这生机勃勃的光线下更显可怖。

余征走近储英姿，问了声好。储英姿认得他，显得十分高兴，还勉强跟他聊了几句。余征心中闪过片刻的不忍，却依然硬起心肠，装作感激告诉她阿沉调动之事。储英姿听罢，脸色明显变得很不好看。

看此情形，储英姿并不知情。如果余忠义帮忙的目的在于感谢阿沉对病人的照料，按理不会瞒着储英姿。余征的情绪沉到谷底。正在此时，

第二十一章 // 妒火冲昏了头 //

阿沉急急忙忙赶到了病房。

护工一见阿沉，赶紧站起身来，假装在储英姿身边忙碌，不时询问是否需要帮她翻身。看样子这护工平日里偷奸耍滑惯了，就怕阿沉怪罪。

储英姿没有说话，示意护工倒杯开水。阿沉见状马上放下皮包，倒了杯水放在床头的隔板上，正想找把勺子喂她喝水。忽然，储英姿抬起手，将那杯开水扫在阿沉身上，阿沉尖叫一声，缩手不及，已被烫伤。

余征站在床边，将此过程看得清清楚楚，但是事发突然，来不及救助。此时，他不及细想，一个箭步冲上前去，把阿沉拉进洗手间，打开冷水冲洗患处。冲了好长时间，红肿才渐渐淡去。余征赶紧护着阿沉走出病房，去找医生配置烫伤药膏。

临走，他听到护工暗自嘀咕："活该，人家老婆还没死，就急着来接班，贱！"

阿沉似乎听到了护工的咒骂，她低头不语，眼里却闪着泪花，任凭余征带她东奔西走、处理伤口。

这储英姿真是个恶毒的女人。余征愤愤地想，不管阿沉出于何种目的，任劳任怨照顾储英姿是不争的事实，她下手居然如此毒辣。看来，不是一家人不进一家门，夫妻俩如出一辙，都不是东西！

为阿沉敷上药膏，眼看伤口并无大碍，余征才放下心来。望着阿沉楚楚可怜的样子，他又怜又恨，一把甩开她的手，说："阿沉，你也算是个知识分子，怎么堕落到这种地步？"

阿沉惊异地望着他："你是不是气糊涂了，居然说出这种话？现在是你老婆被人欺负，你反倒来骂我？"

余征怒道："谁让你自己不检点，人家正房还有一口气，你就自动上门服务，赶着做人家的填房，你要人家怎么对待你？难道你没有一点点自尊？"

"住口！"阿沉气急交加，"嫂子是病人，我不能跟她计较；那个

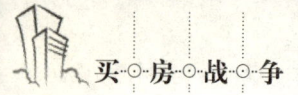

护工素质低下，我不屑跟她计较。可是，你是我丈夫，难道连你也不了解我是什么样的人？"

余征说："你从前是什么样的人，我很清楚；可是现在，我越来越看不懂你。也许，你认为余忠义处处比我优秀，如果你选择他，我也不会阻挠，但是现在，你还是我老婆，就必须要顾及我的脸面！"

阿沅含泪望着余征，半晌，才开口："余忠义对我们恩重如山，难道你忘记了？就算你忘记了，我也不会忘恩负义！可是我能用什么报答他，不就是干点儿体力活、帮着照顾一下嫂子？除此之外，还能做什么？为什么你的思想变得如此龌龊？如此下流？现在，我也一样看不懂你了。"说罢，阿沅头也不回地走了。

余征待要追赶，又觉得无趣。阿沅的话令他有所触动，余忠义确实对他有恩，他也并非忘恩负义之徒，可是这并不等于，报恩可以没有底线。即便阿沅没有私心，也不能保证余忠义没有绮念，以后如何，还不好说。说到底，自己还是要加把劲继续努力，否则不但留不住老婆，工作也会处处受制。正胡思乱想间，他发觉适才大街上的行人已在他身边围成一圈看热闹，不由呵斥道："走开，有什么好看的，没见过夫妻吵架！"

第二十二章　美女，总在物欲中徘徊

阿沉被储英姿烫伤事件，不知何故在蓁城广告公司不胫而走，各种版本众说纷纭。她索性请了病假，在家专心复习，备考教师资格证。只剩下余征在公司承受众人的指指点点、议论纷纷。对此，除了装傻充愣，余征别无他法。幸而，他不是一个神经敏感的人。

经过一段时间的忙碌，公益广告已经全部制作完毕，经过审批就可播出。林董似乎还算满意，只是不知他曾经的允诺是否算数。不过，这个应该是公司高层考虑的问题，跟自己这样的小角色关系不大，余征悻悻地想。

已经深秋，天气凉爽，正是装修房子的好季节，只是目前，家里乱成一团，摸摸囊中，依然羞涩。余征心中气苦，这一阵子，到底是为谁辛苦为谁忙啊。

莎莎依旧逍遥快活，还忙里偷闲购置了一辆马自达6。这辆色彩鲜艳的新车让她很是满足了一阵子。

自从与余征有了那层关系，莎莎对他倒是信任不少。或许是看中他老实忠厚，每次走穴，莎莎总是叫上余征充当司机，或多或少总给他一些报酬。若是来不及回转，两人便在外过夜，这样有吃有喝有玩儿的日子虽然短暂，却十分享受，余征乐得不回家看阿沉冰冷的脸色。

与莎莎正式交往之后，余征才真正体会到了"一文钱逼死英雄汉"的滋味。

有个美女做情人，表面风光，实则个中辛苦无法为外人道也。美女爱打扮，见到漂亮衣服就迈不动腿。还好，莎莎天生魔鬼身材，穿上什么都颇有星范，因为年轻，莎莎皮肤状况良好，对护肤品和化妆品要求不高。

余征常常劝说莎莎，不必像公司里那些半老徐娘的女主持人那般每天擦上三寸厚的粉霜招摇过市。每出此言，他暗自脸红，可是没有办法，公司发的那仨瓜俩枣，还不够他自己养家糊口，又怎够为莎莎的华服美饰甚至化妆品买单？幸好，这个行当经常有人请客吃饭，因此跟莎莎吃饭基本

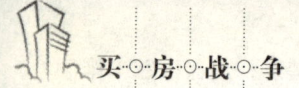

上不用自己掏腰包。况且,莎莎收入颇丰,需要余征买单的时候很少,她又租下了一栋小小的酒店式公寓,省下了两人相聚的开支。但无论如何,还是有种种难以启齿的费用需要支付,总不能事事倚仗莎莎,那样太伤余征男人的自尊。

如今的余征已经戒烟戒酒差点连肉都戒了,每月给阿沅的家用也减少了不少。虽然阿沅没说什么,可他见到阿沅总是讪讪的,心虚。余征的困窘,莎莎似乎也逐渐有所感觉。

交往了大半年,余征准备跟莎莎摊牌。可还是莎莎先打破僵局,说:"大师,你现在有什么打算,难道准备一直这么下去,那还清余总监的债务要等到猴年马月?"

余征表示抗议:"打人不打脸,这样揭短有点儿过分。"

莎莎听罢笑笑:"没想到你这么没志向。守着金矿却不会发掘。难怪在公司里这么多年还混不出个名堂。大师,我该给你洗洗脑了。"

"公司里年年说筑巢引凤吸引外面的俊鸟,可是城市不大,平台低,凤眼相不中巢,我们这些草根更是没戏可唱的。但是无论如何,这么大的广告公司,金字招牌扛出去,人家也得给几分薄面。看看公关部的那些美女们,浑身名牌,每年都出国旅游。还有那媒介部的那几个大婶,哪个不是穿金戴银,走到哪里都吃得开,人家凭什么?"

余征被教训得喉咙觉得干涩起来,半天才挤出一句:"那些都是交际部门。我们部门不一样。"

"哪里不一样?看看大眼,业务虽然不精,可是人家逮着机会就跟企业家套近乎,靠着他们做做生意,年底还能拉几个广告拿提成,这才工作几年,开的是宝马,戴的是劳力士。"

莎莎挥舞着筷子,宛若挥舞着指挥余征的魔法棒:"还有那个谁谁,他原来在设计部工作,觉得辛苦,专门跟领导套近乎,转到媒介部,借着工作之便跟高级客户建立私交,空余时间给人家拍婚礼拍庆典。你看人家穿戴朴素，可是人家光店面就有好多套，现在人家做了媒介部副主任，既有经济实力又掌握人脉关系。只有你每天傻乎乎的只知道出死力，尽做些捞不到实惠的事情。"

莎莎看似不谙世事、不问是非，如今跟他谈到公司里的领导和同事，却如数家珍。她此时眉飞色舞的样子，与平时在公司里那低眉顺眼的柔弱神情判若两人，余征一时间无法接受。也许，莎莎就是这样一种人，善于变化和伪装，时而脱俗清纯，时而恶俗市侩，却反而有一种令人欲罢不能的魅力。

平心而论，余征还是喜欢她庸俗的一面，不喜欢她清纯甜美貌似文艺女青年的伪装。因为从本质上来说，莎莎十分市侩，这似乎源自她那不敢恭维的文化底子。其实莎莎也算努力，出身农村的她学历不高，不知通过哪路关系来到广告公司实习，一开始只能打杂，经过一番拼搏才得到今天的地位。不知为何，她与余征文化层次的差异还是根深蒂固。但是，如果莎莎没有这一点儿故作清纯甜美的姿态，他还会被她所吸引吗？

"生活就像逆水行舟，不进则退。"莎莎引用了一句她所知道的为数不多的成语。"活下来很容易，活出质量来全靠物质来打基础。空有精神，没用。"

随后，莎莎利索地报出了余征每年的收入、目前应有的家底，几乎毫厘不差。

挣钱，势在必行！这其实不消莎莎提醒，只要摸摸空虚的钱囊，他就底气不足。

余征想说什么，可是莎莎的气场太过强大，令他透不过气来。他听到自己虚弱的声音嗫嚅了几句："总要有所为有所不为吧，难道你要我也去给人家拍婚礼？"

"你想拍婚礼还得有资源呢！"莎莎的训导又一次排山倒海般袭来。

"袁弘诺私人注册了一家广告公司，已经成了气候，是专门策划房展、车展的。可是以前他还不是扛机器起家，连婚礼策划还是人家可怜他接不到生意,才施舍给他做的。"

对于袁弘诺的故事,余征非常清楚。那才是一部真正的血泪奋斗史。袁弘诺老家在山区,兄弟姐妹8个,他是唯一的大学生。虽说是当兵后考的军校,文凭不过硬,但他确实因此交上了好运,先是一位"白富美"向他抛出了绣球,带他来到这个新兴的工业城市,又帮助他进了广告公司这个当时在他老家所有人看来可望而不可即的单位。袁弘诺也算不忘本,刚刚站稳脚跟,就立刻计算着把家里人一个个接到这边过上好日子。无奈囊中羞涩,老婆又管得紧,袁弘诺只好硬着头皮赚外快,先是跟人合开了一个小工作室,利用蓁城广告公司的资源,逐渐发展壮大。

可是,袁弘诺又为什么要把这些不为人知的发家史统统告诉给莎莎呢?

也许是鉴于余征态度不错,莎莎又恢复了温柔的表情,殷殷垂询他有何打算。

余征思忖半天,表态说,自己跟不上形势,愿听美女指点。这倒不是贫嘴,他确实云里雾里。

说来惭愧,大学生出身的余征,虽然游离在一帮龙腾虎跃、能挣会花的同事之间,可唯有他自己知道什么叫做"人在花丛过,片叶不沾身",他实在是一招半式没能学会,还是一介有勇无谋的莽夫。既然莎莎今天摊牌,那么一定有后招等着,余征乐得听她指示。

莎莎狠狠地放下筷子,下决心般地说:"我们以后都不要吊儿郎当了,做点儿事才是正经。我有个朋友开民营医院的,最近想拍个广告,在我们公司的网站里播出。他出经费,其他一切都由我们搞定。"

余征底气不足,道:"拍东西我不成问题。可是我不擅长编导,形象也差了点儿,男主角肯定当不了。再说,即使拍摄完毕,公司也未必同意在网站播出啊。"

莎莎看了余征一眼,目光略带鄙夷:"亏你还是个男人!放心,你说的那些本小姐早就想好了。"

第二十三章　点拨榆木脑瓜真费力

第二天下午，余征将手头的片子剪辑完，便载着莎莎去见她口中的朋友——爱慈医院的朱总。

一路上，余征无话，倒是莎莎叽叽喳喳说个不停："你怎么不问问我，是怎么跟朱总认识的？"

余征嘴上说："不用问，我信任你。"心中却是浮想联翩：爱慈医院，一听名字就让人联想丰富。

事实上，很多民营医院在借助电视、网络等平台播出广告，他也略有耳闻。

本地人看病锁定大医院，这些民营医院表面上是综合医院，实际上主要依靠一些旁门左道的项目赚钱，例如男性病、不孕不育、人流之类，且病人主要以外来务工人员为主。

记得袁弘诺曾经说过，这个城市外来务工人员数量多于本地人，民营医院一度非常牛气，不愿在地方投放广告。结果，广告一停，生意一落千丈，迫于无奈，只好又回头来求助。这类广告中的多数，不允许在地方电视台播出，只得借助大型广告公司的网络平台，这下轮到广告公司牛气了，狮子大开口不算，还以整治低俗广告为名，控制其播出时段，这些医院有苦难言，只好上蹿下跳、四处打点。在多方斡旋下，近期广告公司的态度也有所和缓。

想到这里，余征忽然记起一位培训班的同学似乎是一家民营医院老板的儿子。82年出生的他，年纪轻轻就已春风得意。平时基本不来上课，作业央求余征代劳；每当考试，他总是如期而至，带着日渐挺起的小啤酒肚和酒糟鼻子，百般讨好余征；考试的时候，他总能碰巧坐在余征身侧。余征一看监考老师那双回避实质的眼，就知道他早就被"打通"了。

不过，这位同学没有亏待余征，就在上个月，他出国回来送给余征

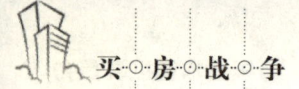

一个金光闪闪的纪念币。余征当时以为只是个小玩意儿，交给家人拿去一验，发现那玩意儿是纯金的，至少值几千。

在余征正统的大脑思维里，自己这种行为跟狗腿子接受主人的惠赐没有区别。莎莎倒是想得通：凡事都有价码，这是你劳动所得，受之无愧。那么，莎莎接洽的这个活儿会开给我一个什么价码呢？这倒勾起了余征的一点儿好奇。

爱慈医院离市区不远，应该说这位老板手笔不小，医院面积挺大，房屋也很气派。整个医院外立面皆为绿色，据说绿色能带给人宁静感和信赖感，但是无论如何，余征总觉得这一点儿美中不足。

不容他多想，余征已被莎莎带到院长办公室。坐在老板桌后面的是一个粗壮男子，戴着金丝边眼镜，穿着白大褂，打扮十分儒雅，目光却带着一点儿流氓式的玩世不恭。

莎莎称他朱总。余征也跟着叫了一句，"你好，朱总。"

朱总矜持地点点头，坐在老板椅上问了余征一些外行的问题，多数问题都是莎莎替他回答的。

余征百无聊赖，目光四处逡巡。门外视线所不能及的地方，偶尔传来一两声夹杂着哭泣的若有若无的呵斥声。

朱总不断地询问余征，一边偷看着莎莎，嘴角不知不觉堆起了白沫。

余征有点儿不自在，他猜想朱总一定在揣测他与莎莎的关系。直到朱总把他们带到专治不孕不育的诊室，余征还盯着朱总那张喋喋不休的嘴巴没醒过神来。很久之后余征才醒悟，朱总那微妙的态度是一只馋嘴的猫咪面对吃不到的小鱼的感觉，有几分遗憾也不乏几分向往。

尽管交流之时神游万里，但是，余征对于朱总的要求还是了解了个大概。无非就是找两个演员，假装夫妻，千方百计求子无果，求助于爱慈医院，结果一索得子，两下皆大欢喜。另外一个片子要求有点儿高，讲述爱慈医院帮助无能患者重拾雄风的。

第二十三章 // 点拨榆木脑瓜真费力 //

余征有些惶然，第一个片子还好说，第二个不知道怎么表现。刚想开口说话，便被莎莎打断了。

莎莎欢天喜地地挽着朱总撒娇，一边赔着小心地说着赞美和感谢的话，说得朱总龙颜大悦，喜笑颜开。

回到公司里，已是傍晚，加班的员工都在机房忙碌。这个时候，办公室里静悄悄的。见四下无人，莎莎兴致勃勃地抓住余征商量拍摄细节。

听了一下午的聒噪，余征饥火上升，急着找食充饥。莎莎不满地埋怨他就知道吃，不过还是体贴地抓起电话为他叫了个外卖。

"知道不知道我为什么刚才总是打断你？我看你的表情就知道你想说些不中听的话。"

莎莎头一偏，长发在余征眼前甩了几甩。

他读懂了她在抒情的含义，那是在等待自己的夸奖，可是余征实在不知从何夸起。自从上次长谈之后，自己在莎莎面前似乎失去了往日的自信，说话总会有意无意揣摩她的脸色。而莎莎，也越来越习惯于这种呵斥式的语气。他心中微微叹息，还是将自己的担忧和盘托出。

听过之后，莎莎不屑地笑笑："你到底只是个摄像，大脑就是刻板，方洞不认圆榫头。朱总现在是我们的财主，拍这个片子，1分钟给1.5万，10分钟就是15万，两个片子就是30万。所以，你得先把他哄高兴了，他需要你比他聪明的时候，你要比他聪明；他需要你比他笨的时候，你要比他笨，他才会把生意给你做。至于怎么拍，谁来导演，那是接下来的事，明白吗？"

见余征不置可否，莎莎继续教训道："说你笨你还别不承认，就算这个片子你没能力拍，但是你可以把它转包给别人拍，我们从中拿中介费，不费吹灰之力就能赚到钱。更何况，广告公司藏龙卧虎，你不懂怎么导演，自有人懂，请人指点一下不就行了？"

"赚外快属于违规行为，向别人求助，那这件事不就泄露出去了，我

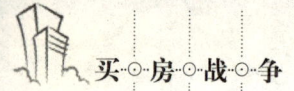

们会受处分的。"余征有点儿担心。

"你的胆子比兔子还小。"莎莎跳起来,手指差点儿戳到他的额头。"有袁弘诺罩着我们,谁会来处分我们?!再说广告公司赚外快的人多了,要查就查大人物,抓住我们两个小人物不放有什么意思。"莎莎低下头想了想,又说:"不过你的顾虑也有点儿道理,多一事不如少一事,我去找丁谣来帮忙,这样安全一点,到时候分给她一份也无妨。"

"哪个丁谣?"

"就是蓁城广告之星决赛退赛的那个单亲妈妈,她是个编导。"

第二十四章　代沟难以逾越

莎莎来电话的时候，余征正和丁谣带着几个演员在封闭的房间里埋头苦干。这是爱慈医院的一个诊室。为了拍出医院的专业效果，朱总吩咐手下将可以移动的诊疗仪器都推进这个诊室。

一男一女两个演员就在各种叫不上名字却又看似专业的诊疗仪器环绕的病床边做出希望、失望、沮丧、欣喜若狂等各种表情和动作。

已经是人间六月天，外面蝉声嘶鸣、热浪翻滚。为了避免机器运作的嗡嗡声影响同期声效果，室内没有开空调。

在不足40平方米的密闭空间内，机器运转和打灯光产生的温度，再加上4个大活人所产生的热量，让不停地盯着显示器的余征几近窒息。他在电话里跟莎莎抱怨，忙活几天下来，自己几乎被蒸成粉蒸肉了。莎莎冷冷地说："什么粉蒸肉，多少钱一斤？这种机会人家求还求不来呢。"

余征抗议，说莎莎不讲人权，这种嗟来之食不吃也罢。

莎莎谆谆教诲道，嗟来之食也不是那么容易就能吃到的。

的确，用莎莎的话来说，如果没有她上蹿下跳地交际，这么大块肥肉早就让别的狼叼走了。

这话虽然粗俗，余征也不得不在心底赞同。所以，这阵子莎莎的颐指气使、不可一世，甚至像幽灵一样神出鬼没的行踪，他都一一忍耐。可是，忍耐是一回事，他无法阻止自己去想象，莎莎在另一时空的所作所为。

上一部专治不孕不育的广告拍摄过程中，莎莎只蜻蜓点水般露过几次面。广告杀青后随即就被放到公司网站上滚动播出。正式播放那天晚上，莎莎邀请他去她的单身公寓共同观看。

余征到达的时候，莎莎还没有回家。他有房门的钥匙，便自己进门，半躺在床上，懒洋洋地玩着莎莎的电脑。

　　七八点钟，莎莎回来了。她一身名牌服饰，且妆容明艳、光彩照人。从前，莎莎的服装惠而不费，包包是虚张声势的地摊货，即使出镜也只是略施粉黛。她的变化，余征看在眼里。对此，莎莎曾经特意做过解释：出门拉广告，接触的人群非富即贵，总不能太过寒酸。

　　莎莎不假思索地一甩坤包、脱鞋上床，扳过他的脸狠狠亲一下："朱总让我代他向你表示亲切慰问，余征同志辛苦了。"

　　余征刚想说话，浓烈的香水味直冲鼻翼，不由打了个喷嚏，揉揉鼻子道："你都说我是同志了，这种慰问也该失效了，怎么都得来点实际的对不？"

　　莎莎搂着他抛了个媚眼，随手拿过精巧的坤包，掏出一沓钞票在余征面前晃晃："来，小余子，给本大小姐笑一个，这些就都归你。"

　　余征大度地摆摆手："这些赏给你做小费，只要伺候好本大爷，有你的好处。"

　　话还没说完，莎莎一声尖叫，掐住他脖子，做用力状。余征就势晕倒，口吐白沫，把莎莎吓得魂飞魄散，不知所措。余征偃旗息鼓，恢复原状，任由莎莎在他身上一阵捶打。两人相拥着缠绵了一会儿，余征鼻子痒痒的又想打喷嚏，刚支起身子，莎莎忽然把他推开，凑到电脑边就着荧屏整理头发。女为悦己者容，莎莎对形象的注意无可厚非，然而就在那一瞬间，余征忽然有点迷惑，这个"悦己者"是否还是自己。

　　莎莎不止一次地教育过他，做人要知趣，要知道自己所扮演的角色。那么在两人的情感世界中，现在的自己究竟扮演怎样的角色？

　　对于莎莎，余征还有很多未知，包括她的经历、背景甚至具体的年龄，一切的一切，莎莎不说，他不敢也不想去追问。这种现状，对于过去的余征来说完全不可思议，是"纵容"、"回避"，还是"将错就错"？他看不清楚自己的内心。

　　余征与莎莎生于两个不同的年代，上个年代的传统与理想他有所继

第二十四章 // 代沟难以逾越 //

承却并不坚定,而莎莎这年轻一代纯粹追求物质和感官刺激的享乐主义,他又不能完全苟同。

此刻,余征真切地感受到与莎莎之间的本质差异,这导致了他与她观念和行为上的一系列不同。

当然,他也明白,世上没有任何一对情侣会完全相同,可他终究无法亦步亦趋地跟随着莎莎的脚步。也许正是这种差异才吸引了彼此。

莎莎喜欢的是目前的他、真实的他,她对他不抱不切实际的幻想;这或许是正确的情感观,但是这种情感并不稳固。

谁知道未来会发生什么?只要今天开心不就可以。莎莎经常嘲笑余征,讥讽他不是知识分子却胜似知识分子那般患得患失、多思多虑。对莎莎来说,生活就生活,每个人都有权利选择自己所喜欢的方式,无需思考、没有对错,快乐才是第一要义。话说到这个份儿上,余征的满腹狐疑更无从启齿,唯有埋头投入拍摄。

莎莎找来的两个演员倒是很敬业,据说他俩是她读书时的校友。

眼下工作难找,这两位帅哥美女曾经也做过明星梦,无奈现实残酷,毕业之后四处碰壁、求告无门,这才明白先填饱肚子才是王道。

不过在余征看来,凡事都讲究天分。经过多日的接触,这两位演员敬业有余,天分实在平平。对于各种情绪、肢体语言的表现难以到位,料想也不会有什么大的作为,倒是丁谣让他刮目相看。

台上十分钟,台下十年功,别看广告正式播出时只有十来分钟,拍摄时却得花上很多工夫。首先剧本必不可少,虽然区区几页A4纸,聊聊数句台词,但是也需要有简单的剧情支撑,才能令人信服。

剧本通过之后,需要演员到位。拍摄地点也需千挑万选,力求令观众对爱慈医院过目难忘,达到客似云来的目的。

莎莎说话算话,帮着找齐了演员,配好了灯光和设备。等这些硬件都已到位,莎莎就撒手不管了,只是时不时打个电话询问进度,其他准

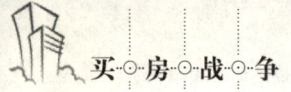

备工作以及现场指导、调度……全靠丁谣来协调。

余征从显示器上注视着丁谣,这几天她奔前跑后、劳心劳力,消瘦了不少,可是却不发怨言,令他钦佩不已。

对于丁谣,虽然曾在蓁城广告之星大赛中有所接触,但仅限于工作,余征对她实在知之甚少。如果不是这次私下拍摄广告,余征可能永远不会发现她的才华。想到此处,余征自嘲地一笑。在这个讲究实惠的年代,"才华"这个词就像"信仰"、"崇高"之类字眼似乎已经十分遥远,但是它的熠熠光辉却总在不经意间拨动人的心弦。即使像莎莎这样务实的女人,在内心深处对拥有才华的人也会怀有一丝敬意和仰慕,即使莎莎永远不会承认这一点。

可是,再有才华、再有天分又如何能不为五斗米折腰?

在丁谣加盟之前,余征心里一直惴惴:他眼中辽远而神秘的丁谣,是否愿意接洽如此恶俗不堪的工作,他实在没有把握。

出乎意料,丁谣与他一拍即合。她也不隐瞒,大方地承认自己需要钱,因为她是个未婚妈妈,独自抚养着儿子。

拍到下午,房里的温度愈发让人难以忍耐,腹部的隐痛若有若无的袭来,余征有点烦躁,不小心碰到了机器,发出一声巨响,把大家吓了一跳。

"没事、没事,你们继续。"余征急忙解释。

丁谣转过头,体谅地一笑:"大师,太热的话你先出去喝口水、抽支烟,我代替你拍一会儿。"

余征有点儿感动,在这溽热的午后,丁谣温柔的言语宛若一剂凉药在他烦躁的心上摩挲了几下。

早在开拍之前,丁谣曾经提出过,片子可以用配音,这样拍摄时就可以不用在意杂音的干扰。这个提议被莎莎一票否决,理由是请配音演员也需要额外的支出。事实上,莎莎本身是主持人,可以兼做旁白和女演员的配音,只需多请一位男配音员,花销不会多于1000元。这一点,不知是莎莎忘记了，还是她根本不想提起。

第二个广告片需要将爱慈医院塑造成治疗男士难言之隐方面的权威。就如之前预料的一样，有很多隐晦的情节只可意会不可言传，除非是出现限制级镜头，否则无法表演。

就这个问题，余征跟莎莎和朱总做过探讨。朱总大手一挥，认为只要没有露点镜头，打点擦边球无妨。莎莎没发表意见，很多时候沉默可以视作默许。

男女演员却不答应，认为这类表演牺牲太大，如果为艺术献身还说得过去，为这种不入流的小广告而贻笑大方实在太过不值。

丁谣沉吟半响："这样吧，我们拍一些模拟镜头，譬如滴水的水龙头、出水顺畅的茶壶之类，用双关的手法表现治疗前后的效果，其他镜头则用简单的动画代替。"

莎莎杏眼圆睁，提出异议："这样能行吗？观众会不会看不懂模拟镜头？还有动画制作会产生新的费用，拍摄经费已经很紧张，也不大可能追加吧。"说着，转过头的瞬间变换成一双媚眼觑着朱总。

余征不置一词，眼神溜出窗外。在这方面他是外行，经费问题更不容置喙，不过他不是不懂莎莎的潜台词。

窗外一只麻雀斜掠过去，不一会儿又改变了航线，回转过来，若有所思地绕着一棵柳树飞了几圈。

还是丁谣打破了僵局，她直截了当地对着朱总说："这样，这些技术问题我来处理，费用不用增加，就当大家交个朋友，以后有机会再找我合作。"

"好说，好说。"朱总和莎莎相视而笑。

余征心道：莎莎现在算是个小人精了，单纯的丁谣哪是她的对手。

动画制作和剪辑，需要借用广告公司的机器，不过，白天机房人来人往，人多眼杂，所以不得不等到夜深人静、曲终人散之时，才能像特

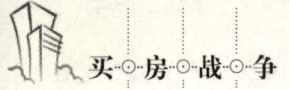

工那样潜入作案。

　　这天晚上,余征又跟丁谣工作到凌晨。午夜的机房,空空落落,只有鼠标滴滴答答的单调声在寂寥的空间里回荡。在这一刻,他忽然无比想念莎莎。

　　余征忽然站起身来,走出机房,下了电梯,来到广告公司大院里,他深呼吸几下,便拿出手机拨通了莎莎的电话。

　　手机那头欢唱了许久,莎莎的声音才在耳畔响起。在那腻腻乎乎的嗓音之外,鬼哭狼嚎般的乐声、歌声穿越而来。

　　在这暖风沉醉的夏夜,空气中浮动甜蜜而潮湿的气息,他对着话筒,想诉说思念、诉说爱意,可是不知为何,脱口而出的竟是质问。

　　莎莎十分镇定,解释说在陪着某某老总,对方许诺给她生意。随即娇嗔,不许余征胡思乱想,干涉她的自由。

　　余征无言以对。他知道她的阅历丰富,丰富得与她的年龄毫不相称,这种直觉令他嫉妒、令他疯狂。

　　他无法想象莎莎被任何一个类似朱总那样的男人轻薄亵渎;他更不敢想象,在那些她独处的夜晚,究竟是和谁在一起。大眼就曾多次不怀好意地告诉过他,常常看到不同的名车到公司门口接她下班。细微的疼痛如蛛丝网一般绵密地袭来,呆站许久的余征被这疼痛唤醒,这才听到听筒里传来的纷乱的忙音。

第二十五章　到手的广告被抢

到了12月，气温已经低至10摄氏度左右，莎莎却依然穿着短裙，只是高跟鞋换成了长筒靴，外批一件长褛，显得更加妩媚动人。

这天，余征刚刚走到公司大门，老远便看到莎莎驾着她的马自达6快速驶来，刷地停在他身边。莎莎从车窗里探出头，使劲儿朝他挥挥手，"快，快上来，双喜临门啦！"

余征见她一脸喜色，估计房产广告合同已经到手，不过无论如何猜测不到另一件是什么好事。

莎莎把驾驶座让给余征，随手戳了他一指头："我真怀疑你是不是余总的兄弟，怎么消息那么闭塞。告诉了你，你可别高兴得找不到北，公司已经决定提拔你当制作部副主任了，原来的副主任袁弘诺当主任。"

"真的？"余征喜上眉梢。

"我还能骗你不成，太不相信本小姐的能力了。还有一件更大的好事：林董给了我们第一个房产广告，已经拨给公司一大笔钱。从前说好的，这个合同跟广告部签，但因为是依靠我的关系，所以我才是负责人，你负责摄制组，本来公司只想任命你当摄制组长，但是余总坚持说，摄制组长只是临时职务，为你力争一个名正言顺的职务，上面这才提拔你当副主任。你说是不是双喜临门？"

又是依靠余忠义，难道离开他自己就没法进步？不知他是否借此来讨好自己，达到他不可告人的目的。余征脸色一沉，哼了一声。莎莎看出了他的想法，开导道："你想太多对人对己都没好处。如果他跟你老婆没什么，那他就是看中你的才能；否则，你权当是精神补偿不就行啦？总之，不管余总出于什么目的，你总是已经得到了实惠。"

说得有点儿道理，但是余征依然感觉这个职位来得屈辱。虽然他还是无法释怀，莎莎却已自顾自地说下去："这下好了，可以把买车的钱

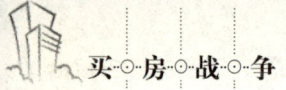

省下了。"

见余征不解,她诡谲地笑笑,得意地说:"买这车子的时候,我就留了个心眼,让卖方把发票抬头开成公司,经费一到就可以报销。"

余征奇道:"那这车岂不是成了公车?"

"名义上公车,其实还不是归我一个人使用。是公车更好,油费都能让公司报销。"

余征觉得不妥,这丫头太过胆大妄为,上次私吞差旅费已经很不应该,现在居然敢用公款买车。其实,对于莎莎经常走穴赚取外快的行为,公司上下本来就议论纷纷,如今她拉来如此大额广告更是树大招风、惹人嫉妒,如果被人举报,她恐怕吃不了兜着走。再劝她几句,可她根本不听。余征只好换个说法:"钱虽然到账,可转入的是公司的账户,名义上是广告部的经费,不可能说领就领,需要部门的审核,至少需要部门主任的签字。"

不等他说完,莎莎便抢着说:"广告是我拉来的,当然是由我签字。以前我拉到的广告,也是由我来经手钱款。"

"那不一样,"余征解释道,"从前那些展览广告由你们部门负责,只要主任同意,财务当然不会跟你较真。化妆品广告是由对方提供样片,我们只负责找地方播映,其实就是起个中介的作用。房产广告可是真刀真枪的组团拍摄,涉及方方面面的问题,你不懂!"

莎莎尖声说道:"还没上任就开始教训起我来了,以后等你真的有了权势,估计会把我一脚踢开!"

话讲到这个份上,余征不便再说,只得沉默,心中却有所触动。如今,他跟莎莎关系良好,跟余忠义也还未撕破脸皮,因此,他们都允许余征分一杯羹。将来,若是自己对他们失去了利用价值,恐怕被一脚踢开的人不是莎莎,而是自己。微电影已经署上了总监的名字送出去评奖,他是如此渴望这部影片能够为他带来事业的转机,只是一切都是未知之数,眼前,也只能走一步看一步。既然公司信任他,让他负责房产广告

第二十五章 // 到手的广告被抢 //

的拍摄,那他必然尽心尽力。且不说自己能从中得到多少经济利益,在地级市,能接拍大型广告的机会并不多见,如果拍不好不仅对不起林董,对不起公司,更对不起自己。

莎莎到底还是没听余征的劝说,独自跑到公司财务部,报销汽车的发票。财务是个40多岁的胖女人,最看不惯莎莎这种浓妆艳抹的小美眉痴头怪脑的样子。她在电脑上查了一会儿,说:"这笔钱是广告部的,得有广告部主任的签名才可以报销。"

莎莎解释道,这个广告是她拉来的,而且她也参与广告的拍摄,所以她有签字权。

财务把电脑啪地一关,说:"我不管是谁拉的广告,这上面也没有注明。账上写明是哪个部门的经费,那报销或是预支经费的时候,我们只认部门主任的签字。"

还真被余征说中了,如果只有余忠义才有权支配这笔钱,那么自己忙活了半天岂不是为他人作嫁衣?莎莎不死心,反复跟财务解释。

财务恼了,说:"别胡搅蛮缠了。如果你说的是真的,就让广告部主任签个委托书,委托你负责支配这笔经费。当然,公司会按规定扣除一部分。"

莎莎悻悻而归。看来,只能去找余忠义,不过,她相信,凭她跟余忠义的关系,他一定会写委托书。

最近,余忠义正焦头烂额。

竞聘事宜直到现在也未出台具体细则,储英姿吃醋烫伤阿沉事件却在这个当口弄得人尽皆知,余忠义竟然最后一个得知此事。他知道阿沉委屈,也猜测余征肯定为此对他产生了想法,可是,人家没找他算账,他也无从解释。

问题在于,储英姿一时意气,却为余忠义带来不小的麻烦。总监关景朋是储英姿父亲的继任,一般前后任之间总有些说不清道不明的宿怨。阿

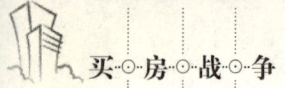

沉事件一出，关总监开始有意无意地力推新人贾华铎，大有支持贾华铎担任下任总监之势。外人都以为，余征担任制作部副主任是余忠义力荐的结果，其实这是关总监的意思。余忠义的本意不过是让余征担任房产广告的摄制组长。

余忠义虽然窝火，却并不忍心责备时日无多的储英姿。在公司，他依然表现得神采奕奕、意气风发，背地里，却加紧了对广告部各项业务和账目的管控，对于新老广告客户更是殷勤备至。他明白，唯有这些才是他的立身之本。因此，对林董的这个房产广告，余忠义的重视程度前所未有。

莎莎可不明白这其中那么多弯弯绕，她闯进余忠义办公室之时，他正和编导们策划广告脚本。见莎莎连门都不敲就长驱直入，他有点儿不高兴，但碍于外人，不好发作，只得努努嘴，示意她在一边坐下。

过了好一阵子，编导们才告辞。等待时间太长，莎莎早已不耐烦，还没等余忠义收拾好桌面，她便要求他写个委托书。

余忠义耐心听她叽里呱啦嚷嚷了半天，终于明白了她的意思。这丫头，真是被他惯坏了，提出的要求越发无理，他不禁有些恼火。

在余忠义看来，林董委托蓁城广告拍摄固然不能排除莎莎的作用，但是公司雄厚的实力以及广阔的播放平台才是林董的主要考虑。莎莎只是负责公关，若是没有他余忠义在背后支撑，人家堂堂一商会会长，怎么敢把如此重要的广告，交给一个初出茅庐的黄毛丫头？但是这些道理，余忠义无法直说，即便向莎莎解释一番她也未必理解。思忖之下，他婉转地说："广告策划方案没有出台，具体的预算表也无法制作，所以财务上的事还是缓缓再说。"

仿佛当头一棒，莎莎惊得目瞪口呆。她再笨也明白了余忠义的意思——他盯上了这块大肥肉，不想放手。胃口真够大的！莎莎情急之下，口不择言："余总，这可是我的广告，当然由我来具体经办费用。如果您在操作过程中需要资金，我都会答应。"

第二十五章 // 到手的广告被抢 //

这哪是下级对上级应有的态度,分明就是逼迫。余忠义想发火,却又不敢。毕竟,从表面上看,房产广告确是她的功劳,一旦闹翻,大家面子上都不好看,他只得采取怀柔政策:"莎莎,这笔经费由房产公司打到我们广告部账上,公对公,无论是在法律上还是公司制度上,都是应该由部门主任负责。在使用经费过程中万一出什么事,也只能由我来扛,你一个外部门的职员是担负不起这么大责任的。"

余忠义的口气和财务部那女人如出一辙,言辞之间更是滴水不漏,莎莎明知被他摆了一道,却理屈词穷、无从争辩。但是,如此之多的经费,一下子就打了水漂儿,她心痛难当,情急之下,趴在余忠义的办公桌上呜呜大哭起来。

余忠义心里明白,莎莎要他写委托书,就是想独自操作这个广告,将他一脚踢开。真是个忘恩负义的女人!别人不清楚她的底细,他余忠义却清楚得很。

还记得多年以前,余忠义带领广告部的员工前去南方学习广告行业的先进经验。当晚,对方招待他们一行到夜总会娱乐,他在那里遇到了陪酒小姐莎莎。那个时候,莎莎还很纯真,她告诉余忠义她家中贫困,为了让弟妹读书,她中专毕业便走上社会。别的行当赚不到大钱,她一咬牙下海陪酒。

余忠义见她不似其他小姐那般轻浮,举止也非常斯文,当然,更重要的是她那非凡的美貌令他惊艳,于是动了恻隐之心,将她带到了蓁城广告。在南方,他也曾与莎莎有过几夜缠绵。但是,一旦回到蓁城,他再也不敢越雷池半步。这些年,他没少扶持她,莎莎接到的不少广告订单都是他故意相让。如今,她认为自己翅膀硬了,便不再顾念以往的恩情,想要单飞,真是不知天高地厚!

当然,如今的莎莎已经修炼成精,在客户面前,她永远又乖又纯。据他判断,就连老谋深算的林董,也未在莎莎身上占到实际的便宜。但

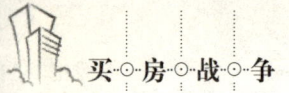

是,她现在面对的是余忠义,可不会吃她那一套。

可是,莎莎如此啼哭,让他头疼。阿沅事件已被外界传得沸沸扬扬,再加上个莎莎,他还要不要做人,还要不要前途?人们并不关心真相,只相信流言,因为流言总是香艳离奇,满足了大众窥私猎奇的隐秘心态,况且传播流言并不需要负责。

余忠义把纸巾往莎莎那边推了推,耐着性子劝慰道:"大型广告的运作并不简单,在这过程中会发生种种意想不到的问题,还得应付各种复杂的人、事,掌握了经费就等于承担了巨大的责任。"说着,他向莎莎保证,"等到策划方案出来之后,你可以参与制作预算。"

莎莎不愿再听余忠义的解释,他只会站在他的立场考虑问题,绝不会顾及她的感受。但是,她也明白,再哭下去,不会有结果,徒增他人的笑料而已。现在,唯一能帮助她的就是林董,广告是林董给的,只要他一句话,公司不敢不听。

第二十六章　失效的救命稻草

公司里到处都是耳目，只有自己的车里相对安全，莎莎躲进车中，才敢拨通林董的电话，抽抽噎噎地把情况细说了一遍。

林董耐心地听完她的叙述，思考片刻，说："有实力的广告公司很多，如果不是为了你，我犯不着找你们拍摄。我当初以为，姓余的跟你一条心，而你们活动部又跟拍广告八竿子打不着，所以才跟广告部签了这个合同。但是，现在他要插手，我已经没有办法，如果用迟付尾款的方法来挟制他，那按合同赔钱的是我。"

莎莎一听，急了："那就是说，连您也拿他没办法？"

林董回答："你不用太伤心。我估计，他只要得到该得的部分就会满足，只要你善于处理跟他的关系，他再黑心也不会吞掉你的利益，毕竟这广告是你拉来的，如果惹恼了你，你跳了槽，下个房产广告就是别家公司的，他不会那么傻。能坐到他这个位置的，心里自然有一杆秤，总会维持一个动态平衡，把别人逼急了，对他也没有好处。"

满心以为，林董会为她做主，谁知一点建设性的意见都不曾给她。其实，林董对她一直都有点儿意思，但是她恼恨他在蓁城广告之星决赛关头撤资，害她差点儿失败，对他总是若即若离，从不认真相待，也难怪人家在关键时候不肯帮她。

莎莎软软地倒在座位上，无法动弹。失去这笔经费的使用权就仿佛生生挖去她一块心头肉，这是一个大手术，可她无计可施，唯有在疼痛中苦苦煎熬。

如果是从前，遇到这种情况，还可以找袁弘诺商议，可是，人是会随着境遇的变化而改变的。如今余忠义将袁弘诺升做制作部主任，他正感恩戴德，哪里肯帮着她与余忠义为敌？再说，袁弘诺今天的地位来之不易，他才不愿为了她而再受影响。思来想去，只有找余征诉诉苦，此时，希望

他能充当麻醉剂的角色，让自己稍稍好受一点。于是，莎莎有气无力地拨通了余征的电话。

过了好一阵，余征才过来，他坐上副驾驶座，问莎莎想要去哪里，要不要他来开车？

余征的温言软语让莎莎原本稍稍麻木的心再次刺痛起来，她一把抱着他，放声大哭起来，吓得他慌了手脚。

"到底出了什么事？"他一迭声问道。

莎莎属于那种神经大条的女人，如果不是遇上大事，绝不至于如此，莫非她贪污公款的事发了？那他也脱不了干系。余征一下子吓得六神无主，感觉大祸临头，颤抖着声音再次问她。莎莎哭了一会儿，才抽抽搭搭地把事情说了一遍。余征松了口气，真被她吓死了！以后这种昧心的钱千万不能再拿，已经拿到手的也得退赔，幸好不是东窗事发，否则真得万劫不复。

不过，莎莎这事儿也真够棘手。近来，就是余征这种两耳不闻窗外事的人物，耳中也灌满了有关总监宝座究竟花落谁家的窃窃私语。如果余忠义顺利当上总监，那他将有更高的追求，绝看不上这点儿小钱。可是依照目前的状况，他的心态恐怕和从前大不一样。

莎莎又哭起来，边哭边捶打余征："你倒是说句话呀？坏事你没少干，遇到事情就怕了，真不像个男人。"

余征刚想辩解，但他明白莎莎不过是拿他出气，就没再多说。莎莎一哭，他的心就乱成一团，此时他才理解，岳父为何对奚宁百依百顺，也许，男人就是这样一种喜欢逞强的动物。莎莎的眼泪令他生出一种从未有过的相濡以沫之情，他隐约希望，彼此之间多点儿这样相互扶持的时刻，至少可以抵消掉一部分弥漫在他们之间无处不在的急功近利的污秽气息。

思考了半天，他依然无计可施，只好对莎莎说："我脑子笨，没有更好的办法。要不你明天去跟余忠义赔礼道歉，然后说你为这件事没少吃

第二十六章 // 失效的救命稻草 //

苦受罪、欠人人情，很多时候都是自掏腰包，至少让他把这笔钱给你补上。按我的经验，男人总是喜欢漂亮女人的，尤其受不了女人的哀求。"

如果可以事先支取一笔费用，就算不够买车，至少也能让心理得到平衡。但是想起余忠义刚才那副装模作样的嘴脸，莎莎完全没有信心。

余征给她打气："尽管去试试。公司规定，每笔广告都有提成，你虽然不是专职的业务人员，但谁都知道这广告是你拉来的，索要提成天经地义。他要是不给，以后就没法服众。"

对啊，怎么把公司的这条规定给忘了。只怪自己从前太顺，现在才经受不得一点挫折。莎莎的心情稍稍好转。没看出来，关键时候余征这个榆木脑瓜还有点用处。看看手表，早就过了晚饭时间，无奈怨气冲天，胃部鼓胀，哪怕是满汉全席都难以下咽，莎莎让余征送她回家。

一路上，两人默默无语。莎莎望向窗外，斑斓的夜景中匆忙归家的人们宛如蚁群涌动，清一色疲惫晦涩的面孔令她更觉沮丧。可是，即使平凡如余征，总也有家可归，而自恃美貌与智慧并重的她，却是孤家寡人，一旦遇事，连个可以商量、可以依靠的人都无法找到。

莎莎将视线收回，靠在座椅上默默想着心事。广告行业是个外表光鲜的特殊行当，似乎赋予了圈内人堂而皇之出入浮华世界的特权，由于接触的客户非富即贵，目力所及的美轮美奂、多彩多姿的物质世界常常影响着广告人对自己未来生活的设想与规划。

至少，对莎莎来说，她早已将自己同芸芸众生区别开来，再也无法满足于乏味平淡的人生。如此一来，她的世界便将多数人拒之门外，包括那些具有婚嫁前景的适龄男子。但是，自视甚高的结果是，想象中的惊喜从未眷顾，即使连平常琐碎的快乐都不易感受。唯一能令她大喜大悲的，似乎只剩下超乎寻常的利益。

转头对着车窗上模糊的影像，莎莎顾影自怜。天生丽质难自弃，且又生逢其时，她原以为自己八面玲珑、左右逢源，其实不过是心比天高

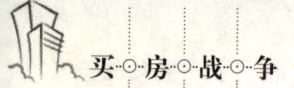

命比纸薄。拨开花团锦簇、风花雪月的假象，打回原形，她依然是个没有根基的外来妹，又有谁会真正对她负起责任？那些所谓商业大鳄、成功人士，哪个不是满腹花花肠子和精刮算盘？当然，总有例外，可是，德才兼备的高富帅出现的概率原本便微乎其微，她又有什么把握成为那万分之一的幸运者？现实就是，在没有硝烟的隐形战场上，她根本没资格成为他们的对手。

莎莎轻轻抚摸着脸颊，脸颊冰冷而干燥，仿佛是一块生铁，她心中空落、黯然神伤，扭过头不愿再看，视线便不由自主转移到余征身上。其实，有个余征这样平平常常的丈夫倒也不见得是件坏事，至少他朴实本分，不会算计自己、伤害自己。只可惜，他早已有了家室。

莎莎租下的一居室小户型公寓，离公司不远，若非堵车，转眼便到。回到家中，莎莎不愿更衣，一头栽倒在床上，一边观察余征，看他如何表现。

余征默默帮她脱掉鞋袜和外衣，还绞了热毛巾给她擦脸。莎莎一把推开毛巾，尖叫道："明知道我洗脸要用卸妆油，还拿来毛巾做什么？"

余征唯唯诺诺地应道，放下毛巾，也不知道该如何是好。

莎莎躺了片刻，忽然支起身子，抱住余征："今天留下来陪我好不好？我受了那么大委屈，一个人待着难受。"

余征看看表，还不算晚，这个时候离开也确实不近人情，只得坐下，搂住她，轻轻抚摸她的背部，做无言的安慰。莎莎在他怀里小声哭了起来，余征虽然轻声抚慰，心里却直打鼓：今天没跟老婆请假，老婆知道自己没有出差，如果不回家，明天不好交代。安慰几句，他忽然感觉莎莎今晚的表现实在反常。难道忽然对他有了托付终身之想？重创之下，也不是没有可能。

这下糟了！余征暗叫麻烦：尽管嘴上常说离婚，但那不过是句气话，阿沉与他曾经那美好的恋情，这辈子都无法忘记。何况，他依然深爱阿沉。抛弃感情的因素不谈，阿沉才貌双全，作为妻子真的挑不出一点儿

第二十六章 // 失效的救命稻草 //

过错。但是，她跟余忠义的关系以及最近对待他的态度，还是令他嗔怒。如果阿沉不思悔改，那么自己是否变心就很难说。至于莎莎，她的优点不言而喻。如果莎莎愿意嫁给自己，倒也并非坏事，至少可以借此杀杀阿沉的气焰。

莎莎见他许久不作表态，问道："你在想什么？"

余征说："也没想什么，享受跟你在一起的时光。"

"哎哟，什么时候学的如此油嘴滑舌？"莎莎喜笑颜开，趁热打铁道，"那你是否想过跟我长相厮守？"

余征不愿说谎，却不知该如何作答，考虑了半天，只得直说："我不知道。"

不知道？莎莎大失所望，原本以为，她肯下嫁于他已经是莫大的恩赐，可他居然犹犹豫豫，难道还妄想长期脚踩两条船？她气呼呼地转过身子，不再搭理余征，不一会儿居然打起了呼噜。

说句实话，在这一点上，余征十分佩服莎莎。无论发生多大的事情，她从不寻死觅活，更不会影响睡眠。现在，只留下他一个人躺在床上胡思乱想，不知不觉也去见了周公。

第二天一早，又是莎莎先行起床，化完妆穿戴好，她便催着余征送她上班。余征明白，莎莎急于再找余忠义。

回到办公室上了会儿班，余征感到心神不宁，他很想拨个电话回家，试探阿沉的反应。昨晚，他考虑很久，决定欺骗阿沉，就说临时接到个通告，所以出差去了。虽然这个借口有点儿牵强，只需致电公司一问就会揭穿，但他了解，以阿沉的性格，绝对不屑做出如此掉价之事。

正在犹豫之中，桌上的内线电话已经响起，余忠义召唤。无奈，余征只得稍事收拾，来到总监室，莎莎也在，看她那副眉开眼笑的样子，仿佛捡到了金元宝，估计余忠义满足了她的要求。

余忠义要他坐下，又让莎莎给他倒了杯水，便开始询问拍摄事宜。余

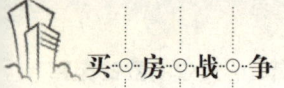

　　征谈了初步想法，譬如拍摄地点、拍摄人员、机位数量、机位分布位置以及所需辅助设备等等。这些，他早就成竹于胸，一一道来。余忠义和莎莎屏息凝神，听得十分认真。

　　余征汇报结束后，余忠义满意地点点头，先夸赞几句，接着又说："把你的计划形成书面文字提交上来。广告脚本已经写好，我让莎莎先拿给你。主要的拍摄地点由林董提供，毕竟是给他的楼盘做宣传。具体细节，我们几个部门再开个碰头会，定下完整的方案，再协调分工一下，避免各自为政。估计本月底就可以正式开拍。"

　　余忠义的要求，余征自然不能有何异议，他又陪着寒暄了一阵，才告辞出来。莎莎轻手轻脚地跟在余征身后，冷不防在他肩头一拍，吓他一跳。

　　"昨天还愁云惨雾的，今天余总给你点儿阳光你就灿烂了？"余征揶揄道。

　　"你看！"莎莎掏出手中的票据，"他给我签了！车子也给我报销了，我太开心了！"

　　虽然一辆马自达6的价值在整个房产广告投资额中所占比例微乎其微，但是这个结果还是让余征惊疑，同时他更加确定，莎莎跟余总一定颇有渊源。不过，应该不会太近，否则也不至于闹出这场风波。

　　快到午饭时间，莎莎坚持要先去财务那里转账，却并未要求余征同去。余征猜想她可能另有一些票据，不愿自己知道。不知道最好，省得终日提心吊胆，难道他还没受够惊吓？余征向莎莎挥挥手，转身回家了。

第二十七章　流行性婚变

家里静无声息，难道阿沉不在家？余征打开卧室门，阿沉正斜倚在床上看书，表情刻板，不带情绪。余征干咳一声，没话找话道："女儿上学去啦？"随即意识到自己的问题很弱智，已经中午，女儿正在幼儿园吃着午饭。唉，到底是心虚，任他如何努力都无法装出若无其事的样子。

见阿沉不语，余征主动靠近她，解释道："昨晚我，我——"他刚想说出已经编好的理由，但是磕磕巴巴总也说不顺畅。

"昨晚你做了什么？"阿沉一甩手中的书本，盯着他问道，"过来，看着我的眼睛，把你编造的谎言说一遍。"

余征大惊失色，难道她已经知晓一切？绝对不会！他为自己打气：她只是怨恨自己夜不归宿，又不事先做个交代，一定是这样！余征战战兢兢，勉强挤出一脸笑容，说："你看你，我这不是回来了吗？"

阿沉定定地瞪着他，又陷入了沉默。

余征的心忽地放下，按照阿沉的脾气，如果已经知道真情，早跟他吵闹开了，断不会如此平静。

可是，阿沉不软不硬又说了一句："你可以不必回来了，反正你也有地方可去。"

难道她真的知道了？她又是如何知道的？余征刚刚放下的心又提到了嗓子眼，他仔细回忆昨晚的状况，判断她是否只是猜测，只是气话。

事到如今，他居然还想隐瞒！阿沉仿佛被万箭穿心，几近窒息。

骨子里，余征是个老实人，根本藏不住秘密。阿沉从未怀疑余征会背叛家庭，但是近来他经常夜不归宿，电话也比以往繁多，其他种种鬼祟的行为无不昭示着他的异常。

昨晚，余征直到半夜都未回家，阿沉担心出事，便打电话到公司询问。值班人员恰好是贺艳红，她不怀好意地告诉阿沉，余征开着莎莎的车子早

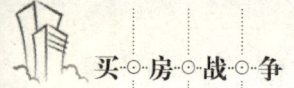

已离开,还主动提供了莎莎的住址。阿沉担忧丈夫为人老实、被人算计,只好按照地址寻找过去。在大门外,她听到了余征的声音,但始终没有勇气敲门进去,只得站在楼下等待。本来,她还抱着幻想,或许余征和莎莎只是同事之间的正常交往,可是等了许久,都不见余征出来。

阿沉认识莎莎,听余征谈起过她的风流韵事,更晓得女儿能读幼儿园也是莎莎的功劳,可是近来,余征绝口不提莎莎。这样看来,他们的关系早已不是一天两天了。

此刻,他居然还能装作若无其事,厚着脸皮企图继续欺骗自己。原本以为,跟余征这样的男人结婚,虽然享福无望,至少可以平平淡淡白头到老,看来,自己真是大错特错。

婚后的熟稔,令余征对她不再关注、呵护,似乎她的存在对他而言已经习以为常,她也曾失落也曾抱怨。但是,阿沉一直以为,在双方的关系之中,先行放手的那方必定是自己,可是,余征率先跨出的一步,令她的自尊和自信节节碎去。她此时才发觉,他与她之间,情感关系早已腐败,女儿居然成了稳定关系的重要砝码。

他的目光躲躲闪闪、难以捕捉,然而她已经失去探寻的兴趣。如果说,曾经,她愿意花费精力去争吵、去质疑、去争取,那是因为对他依然有爱,依然抱着期待。如今,最后一丝美好都已打碎,除了女儿,还有什么值得留恋?

余征还在解释,似乎在说他的出轨情有可原,是阿沉和余忠义暧昧在先。

居然还会倒打一耙,看来莎莎的教育颇有成效,短短几个月就让一个老实的丈夫演变成了无赖。阿沉真想冲着他那张喋喋不休的嘴巴打上一拳,可是她的愤怒经过一夜的发酵似乎已经昏昏欲睡,即使是他言语中的残酷意味亦不能唤醒它的响应。阿沉默默拉开大门,走了出去。

完了,完了,以阿沉的性格,这次恐怕真会离婚收场!余征很想追

第二十七章 // 流行性婚变 //

出家门,但是双腿好像缀满了铅块,半步也挪动不得。他仿佛分裂成了两个自己,维护家庭还是任其自然,双方正在争执不休。

过了几天,余征接到了岳父陆元稹的电话,让他晚上过去一趟。难道阿沅去找岳父告了状?不会。自从岳父娶了奚宁,阿沅大有与他老死不相往来之势。不过,也很难说,红尘万丈,割不断的总归是血缘亲情。

岁月真是把杀猪刀,初婚时的青涩甜蜜、你侬我侬犹在眼前,为何转眼就消逝在一路风尘之中?如果说,他不爱阿沅,那是假话,但是为何又深陷与莎莎的情欲纠缠,不能自拔?或许,他爱的根本不是莎莎本身,而是她所能带来的精彩纷呈的生活?不过,有一点余征可以肯定,阿沅和他必然是属于同一时代的。而莎莎,她是开放的、狡黠的,富有激情又精于世故,她不带包袱、轻装上阵,如鱼得水般游走在传统道德的边缘。无论如何,余征感激莎莎带他走进一种全新的状态。但是,这并不等于,他愿意放弃道德的底线,抛妻弃子奔向全新的生活。

他为自己出了道德上的难题,孰是孰非?是非之间隔着宽阔的界限,这界限又是如此微妙。纷乱的思绪剪不断理还乱,余征迫切需要有人为他指点迷津。

即使岳父不来电话,他也很想和岳父谈谈。当初如果不是依靠岳父,他这个乡里娃不可能在蓁城安家落户,更不可能娶到阿沅。但是,尽管岳父待他像亲生儿子一般无微不至,可岳父毕竟是阿沅的生父,事关女儿的幸福,又有哪个父亲能做到无动于衷?何苦用这些话题折磨岳父?

江南的初冬,已有几分肃杀之气。余征独自走在冬夜的街头,更觉瑟缩,他却但愿这条通往岳父家的道路无边无际,永远走不到尽头。

岳父亲自为余征开了门。余征耷拉着脑袋进屋,仿佛即将被审判的罪人。岳父亲切地让他坐下,还为他端来温过的牛奶。

余征心头一热,几乎掉下泪来。这么好的岳父,这么好的老婆,这么温暖的家庭,自己却不知珍惜,真是鬼迷了心窍!

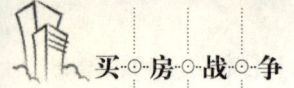

岳父说:"事情我都听阿沅说了。"

阿沅果然来了,余征下意识抬起了头,四处张望。

"她带着女儿出去买东西了。"

一定是为了避开自己!可是奚宁母子为何也不在家?

岳父看出了余征的疑惑,说:"上次多亏了你,把奚杰从派出所领回来之后,我就寻思着孩子这样下去肯定不行。于是跟奚宁商量,把奚杰送去当兵。这次秋季征兵,就把奚杰送走了,让军队这个大熔炉好好锻炼他吧。"

余征点点头,怪不得阿沅愿意搬过来同住,原来暂时解除了警报。

"奚杰打电话回来,说军营里供应的东西用不惯,这不,阿沅出去给他买些东西。"

啊?余征愕然。阿沅最讨厌奚杰,一口一个小流氓,何时转了性?再说,奚宁为何不关心儿子?

岳父长叹了一声:"奚杰走了之后,奚宁每天在家无所事事,她以前的牌友一来找她,她就又赌上了。"

不会吧。余征惊得从沙发上弹起。这赌瘾就像吸毒,最难戒除,况且,奚宁牌臭,十赌九输,还不自量力。从前,为了给她还债,岳父苦头吃足。

陆元積害怕吓到余征,说得轻描淡写。实际上,奚宁的情况比这严重得多。

迎娶奚宁时,陆元積不到60岁,精力还算旺盛。当初,聘请他这位老行尊的企业几乎踏破他家的门槛。可近年来,他明显感到精力不济,再也无法身兼几职,最让他无奈的是,他的技术结构也开始老化。目前,非线性编辑系统已全面取代数字设备,而他却完全不懂使用电脑,只能做一些简单的拍摄指导工作。最近,他已经彻底退休在家,与奚宁朝夕相对。如此一来,原本隐藏在两人之间的种种差异愈发明显,当然,年龄差异是最重要的因素,奚宁风华正茂,正是享受生活的年纪,如何能忍受一个老年人缓慢的生活节奏和俭省的消费模式？这样一来，两人纷争频起，虽然最终总以陆元稹的退让告终，但也令奚宁逐渐失去了共同生活的兴趣。

岳父外表还算俊朗，只是经不起仔细端详，头发近乎全白，脸上皱纹纵横交错，原本挺拔的背也佝偻起来。真是造孽！还以为娶了年轻老婆能多享几年清福，没想到居然会是这样的结果。命运对岳父真是太不公平，难怪连阿沅都改变了态度。余征猜测阿沅搬来的主要目的，还是为了照顾岳父。

"阿沅跟我说，你们闹了点矛盾，所以她回来住几天。我批评了她。夫妻之间要相互宽容体贴，不能动不动使小性子，这样才能圆满。"岳父慈祥地望着他。

看来阿沅没把自己的丑事告诉岳父。也对，这种情况下，不宜再让老人受刺激。余征松了口气，心里却依然发虚，支支吾吾地应付着。

"阿沅过几天要去给奚杰送东西，你要是有空就陪她去一趟，顺便哄哄她。这孩子我最了解，没什么城府，你只要说几句好听的，她就回心转意了。"

余征不想应承，因为他不愿欺骗岳父，但是也不能不答应，那样太过残忍。只好含糊其辞地说些其他的话岔开话题。幸好，阿沅带着女儿小皮球回来了。

"爸爸！"小皮球一见父亲便开心地扑了上来。余征抱起女儿猛亲了两下，伺机观察阿沅。阿沅没有表情，她把女儿抱下来，交给岳父，说："爸爸，你带小皮球先睡吧，明天她还要上学。"

陆元稹一心撮合女儿女婿，连连说好，拉着小皮球进了卧室。看着一老一少进屋，余征心里酸酸的，他知道阿沅不会妥协，也许这已是自己最后一次以家人的身份，跟他们团聚。

阿沅示意余征出去说话。余征明白，房子太小，谈话瞒不过岳父。虽然最后老人总会知道，但是瞒住一时也好。他默默无语地跟在阿沅身后，

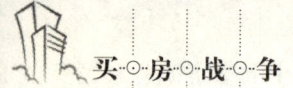

走上了街头。

蓁城的夜晚很是繁华,街上打扮时髦的红男绿女川流不息,情侣们牵手徜徉于人群之中,不时发出悦耳的欢笑。这令余征回忆起与阿沆恋爱的时光。那时阿沆只有20岁出头,刚刚学成归国,天真烂漫。莎莎现在似乎也是这个年纪,却比当年的阿沆老成得多,在他的记忆中,莎莎从未纯真过。

真是不可救药,此时此刻,怎会想起莎莎?余征痛骂自己一番。他明白自己此刻最最适当的行为就是,单腿跪下,乞求阿沆看在女儿的份上放他一马。或者,承认一时糊涂,再动之以情,晓之以理,软磨硬泡,求阿沆原谅他。

再看阿沆的表情,她似乎有所松动,这样很好,也许她根本不想离婚,且看她什么反应再做打算。

路边有家咖啡店,阿沆示意余征随她进去。服务员以为他们是对情侣,赶紧将他们让进包间,包间最低消费200元。

真是坑爹!不过,余征不好表露,只得乖乖坐下。等待服务员聒噪完毕,退出包间,阿沆从包里拿出一份文件。余征接过来一看,"离婚协议"几个大字映入眼帘。

空调刚刚打开,还未开始制热。余征的心随着冰冷的室温窸窸窣窣地剧痛起来。虽然,此时的场景早在脑海中预演过无数遍,但是事到临头,他依然手足无措。

他咧咧嘴,努力表现得洒脱一点:"看来,你已经想好了。"

离婚不是儿戏,阿沆当然经过了深思熟虑。热恋之时,他们也曾山盟海誓永不分离,可是婚后,他逐渐暴露出的固执性格,刻板思维方式,唯我独尊的大男人主义,令婚姻生活毫无情趣可言。如果仅是这样,还不足以动摇她对他的感情,莎莎事件才是压垮婚姻的最后一根稻草。"协议上写得很清楚,女儿、旧房子和存款归我,新房子归你,以便你和莎莎双宿

第二十七章 // 流行性婚变 //

双栖。"

"你就这么心狠,忍心让女儿没有爸爸。我们就再没有转圜的余地?"

居然如此颠倒黑白。阿沆心里涌上一阵悲凉。是他怀疑自己和于忠义在先!是他恶语相加在先!是他夜不归宿在先!如果在乎女儿的感受,在乎家庭的完整,那么又为何要出轨?事情都已经做下,再装出一副痛心疾首的样子又有何用?更何况,直到今天,他从未做过一次忏悔。勉强在一起又有何意义?不过,她不想戳破,她依然顾惜他的体面,这是她的周全。

阿沆目光茫然,她不愿多说,多说无益。"如果没有异议,抽时间一起去趟民政局吧。"

余征的眼泪来得毫无征兆,成串成串从腮边滚落。阿沆措手不及,她从不知道,这个鲁直粗犷的男人也会有这样一面,他的反应令她颇受震动。他一把抓住阿沆的手,她轻轻挣脱开,默默地看着他流泪。一度,她想出言安慰,却已无从说起。

沉默了半晌,待他收住眼泪,转为抽泣,阿沆忽然又说:"虽然要离婚,但有件事我还是想求你。爸爸是否告诉你,奚宁又开始赌博?我听说,你快要荣升制作部主任,以后如果有活儿,能否让爸爸和奚宁都去帮忙?工资低一点没关系,毕竟是临时的。奚宁有了工作就有了寄托,也许就戒了赌。至于爸爸,他不喜欢闲在家里,但是年纪大了,外面的剧组也不会再请他。"她顿了顿,低下头,小声说,"你毕竟也不算外人,他们在你手下干活,我比较放心。"

余征忍不住道:"阿沆,这是你第一次肯定我的能力。难道,你就不能再想一想?"

阿沆摇了摇头,却忍不住眼泪汪汪,仿佛为了回应他一般。

"好吧,"余征咬咬牙,恢复了常态,"我尊重你的选择。这次,你不委托余忠义而委托我,证明我在你心里还不算太无能。你放心,就算我

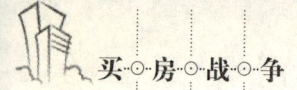

们离了婚,爸爸对我的恩情我不会忘记,只要我有能力,一定会照应他们夫妻。只是,爸爸如果知道我们离婚,还愿不愿意到我组里工作?"

"爸爸那边,我会劝他的。"

余征沉重地点了点头。

"新房子和存款归你,我每月给你抚养费。"他继续说。

"不用。忘了告诉你,我快要调到工艺美术学院。新房子离学校太远,我又买不起车,还是留给你再婚用吧。"

见她执意如此,余征没再坚持。多年夫妻,即使分手,却依然存有太多牵扯不清的情愫,他承受不了这种场面、这种煎熬,狠下心肠站起身离去。

第二十八章　妻子的遗言

公司忽然公布了竞聘通知，事先却无一点信息漏出。这次换届形式不算新颖，除了总监岗位之外，各个中层岗位也一并空出，虚位以待。但是，此次，竞聘资格大大放宽，机会面前人人均等。譬如，上届规定，有资格竞聘总监岗位的人员，需担任中层正职3年以上，而有资格竞聘中层岗位的，必须担任中层副职两年以上。可本届规定，即便是无名无分的公司临时职工，均有资格参加竞聘。

仿佛一盆冷水兜头泼下，余忠义心都凉了。这个竞聘细则，明显是针对他而来。其他参与者都有多重选择，可以平行竞聘，更可竞聘上级岗位，唯有余忠义，他已是中层正职兼副总监，如果改换其他部门根本没有意义，唯一值得瞄准的目标便是总监职位。但是，此次竞聘细则一出，为他带来无数的对手。如果他原地不挪窝，也行，但是被人耻笑不说，做事也束手束脚，诸多掣肘。

余忠义找到关总监，假意请教自己竞聘什么岗位为好。

关总监说："你可以报原岗位，也可以报总监，细则上说了，能者居上嘛。就像余征，虽然刚提了副主任，但我觉得他完全可以竞聘制作部主任，把重担挑起来。"

简直就是废话，如果都是公事公办，那还来找你做什么？余忠义认为关总监故意装糊涂，他怎会不知余忠义前来的目的？

事到如今，余忠义干脆把话挑明："关总监，我当广告部主任多年，为公司做了不少贡献，在广告圈里也算是能说得上话的人物。又加上兼着副总监，公司的各种事务，我已经非常熟悉。现在我想要更进一步，希望得到您的支持。"

关总监说："你为公司做的贡献大家有目共睹，广告部是公司的重点部门，离了你肯定不行。但是目前广告形势愈发吃紧，部门业务你都

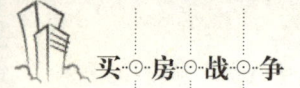

忙不过来,又怎能兼顾公司的管理?"

余忠义说:"我可以不当广告部主任,专心运作公司业务。"

关总监皱皱眉头道:"工作怎么可以挑肥拣瘦,再说,广告部做的都是实事,你把广告部搞好,业务量节节攀升,不是比当个总监有意义得多?"

开国际玩笑!广告部主任再好,也是为他人作嫁衣,怎比得上总监要风得风、要雨得雨?再说,如果这次竞聘总监失败,自己将威信扫地,广告部那帮红眉毛绿眼睛的家伙,哪个还会把自己这个落了草的凤凰放在眼里。不行!还得再求求关总监。

余忠义换了一种姿态,用近乎哀求的语气说道:"关总监,对于公司,我有很深的感情。如果我能更上一步,做事将更加名正言顺,能为公司谋取更大的利益。"

关总监看了他一眼,冷冷地说:"你是否能当上总监,不是我一个人说了算,既要看民意又要看上级集团的意见。"

看来,关总监铁了心不会支持自己。这个老狐狸,不知肚里打的是什么算盘。亏自己鞍前马后服侍他多年,就连兄弟的心血之作,都拱手献出,为他退休铺路,还要自己怎样才算尽心?现在倒好,翻脸比翻书还快。还有余征,也不是玩意儿!早知今日,又何必让他跟关总监搭上关系。余忠义恨得牙痒,却也一时无计可施,只得先行告退,再做打算。

还能有何打算?岳父早就不在了,精明过人的妻子又奄奄一息,再也没人能够助自己一臂之力。虽然还未到最后的时刻,但是,可以想象,那灰暗的前路已经缓缓铺陈开来。

余忠义漫无目的地开着车子,不知不觉驶到储英姿所在医院的楼下。看来,在潜意识中,老婆依然是自己的主心骨。虽然明知她已经无法再帮助自己,但是当他面临困境,依然不由自主回到她的身边寻求安慰,哪怕只是在她病床边坐坐,看她一眼。

第二十八章 // 妻子的遗言 //

虽然空调制造出温暖的假象,但是病房里依然显得阴冷空荡。偌大的病床上,浑身插满管子的储英姿显得那么渺小单薄。

或许因为妻子永远不可能再回到公司主持工作,而自己目前又是如此不上不下的尴尬处境,已经许久不再有人前来探望。

有时候,并不一定人走茶凉,现实就是,人未走,茶已凉。

余忠义挥挥手,让护工出去,他只想独自与妻子相处。明明知道妻子不一定能够听到,他还是断断续续将目前的境况说了一遍,等了好久,储英姿毫无反应。

病房里静悄悄的,只有监护仪滴答滴答的响声不紧不慢。余忠义忽然悲从中来:放眼望去,身边人都需要仰仗于他,再也无人能够支撑起他的世界,从此漫漫长路只能独自跋涉。瞬间,深深的孤独和恐惧攫住他并不强大的心灵,他忍不住号啕大哭。

或许他的哭声感动了上苍,原本只有出气没有进气的储英姿忽然睁开了眼睛,她吃力地抬起手摸了摸余忠义的头发。余忠义大喜过望,他赶忙紧紧抓住她的手。但是,他随即反应过来,这不过是妻子最后的回光返照。

储英姿嘴唇翕动着,似乎想说些什么。余忠义以为她要交代遗言,赶紧把耳朵凑近。

"莎莎……林董……"储英姿口齿不清地发出了几个含糊的音节。

听了几遍,余忠义蓦然理解了妻子的意思,继而羞愧不已。

原来,她竟然什么都知道。

可是,现在已经不是忏悔的时候。余忠义心如刀割,却无计可施,唯有含着眼泪向她点点头。储英姿见他明白,似乎微笑了一下,又闭上了眼睛。不一会儿工夫,心脏监护仪滴的一声显示出一条冰冷的横线。

第二十九章　老友间的交易

储英姿的后事由阿沅帮着余忠义一起操办。储英姿是独生女，父母早已去世，老一辈的亲戚多数都已作古，同辈之间来往甚少，因此，追悼会现场除了本公司同事以及与余忠义关系较好的客户之外，再无他人。

原本，余忠义准备避嫌，不愿阿沅插手。可是公司事务千头万绪，实在无从分身，便也由她去了。不过，追悼会当天，阿沅却没有到场。

余忠义将骨灰带回家中，却见阿沅等在门外。

"我怕众目睽睽给你惹麻烦，所以还是回避为好。现在，再来送送嫂子。真没想到，嫂子这么命短………"阿沅眼睛一红，低下了头。

阿沅的眼泪再次勾起了余忠义的哀伤，他忍不住要流泪，赶紧努力克制，摸到钥匙打开家门，将阿沅让进屋里。

屋里一片狼藉，自从储英姿去世，余忠义将保姆辞退，再也没人收拾过。阿沅帮余忠义安置好香案，便开始打扫房间。

余忠义浑身无力，不想动手，他虚弱地倚在沙发上，望着阿沅忙碌的身影，不由得有点儿感动。这些年，他的发展一帆风顺，平时围在身边阿谀奉承的大有人在，受过自己恩惠的人也不算少，可是，这风一转向，他们却跑得比兔子还快。

帮助阿沅，对他来说不过举手之劳，她却一直记着，一直念着报答。患难见真情，老话真是一点儿不假。但是，在这个敏感时期，他还是跟她保持距离为妙。余征很有可能竞聘成功，正式成为中层干部，如果自己跟阿沅太过亲密，难保他不倒戈相向。

如今，自己唯一能为阿沅做的，就是迅速将她调往学校。再不抓紧，万一自己失势，苏文岳翻脸不认人，也不无可能。

想到此处，待阿沅走进卧室打扫，余忠义赶紧拿起手机，先给苏文岳发了条短信，告知他储英姿去世的消息。不一会儿，苏文岳的电话便

第二十九章 // 老友间的交易 //

追了过来："老同学，节哀顺变啊。要不我们大伙儿一起过来看看你？"

到底是老同学情深义重，余忠义感动之余又勾起心中丧妻之痛，联想到如今的处境，忍不住在电话里哭出声来，为了避免阿沉听到，他不得不强行忍耐。

苏文岳大惊失色，连声问道出了何事，是否需要帮忙？

余忠义趁此机会，把目前境况一五一十告知，并再三托付他要对阿沉调动的事多多上心。

苏文岳调侃道："你小子，不知道该说你是多情还是无情，这老婆才去世，就忙着帮女朋友。"

余忠义赶紧辩白道："她不是我女朋友，是我弟妹。我对她是有那么点儿好感，但是这反而害了她，连累她被烫伤，又害她被人戳脊梁骨。如果不能给她一个交代，我良心不安呐。"

苏文岳动容道："看不出你老兄还算有情有义。不过，这件事我真的做不了主，那天吃饭你也看到了，马校长可不是个善茬，除非——"

"除非什么？"余忠义见他话中有话，知道这事有戏，急忙追问。

"我们是老同学，我才跟你明说，你可别说我敲你竹杠。"苏文岳把丑话说在前面。

"你放心，我还不了解你？只要在我能力范围内，我绝不会说个不字。"余忠义信誓旦旦。

苏文岳犹豫了一下，终于说："学校的校舍年头久了，有点儿老旧。但是学校经费有限，现在正到处化缘，希望社会各界帮助。"

余忠义沉吟一下，估计阿沉暂时不会从卧室出来，这才捂着话筒悄声说："你说个价吧。"

苏文岳说："你这么说就见外了，我还能蒙你不成，让你破费太多也不好意思，只要把图书馆装修一下就成，我想，对你来说，应该是小意思吧。"

"行!"余忠义一口答应下来。

"还有一点儿小事,是我私人的。"苏文岳有点忸怩,"我女朋友赵晴,你见过的。她最近缠着要我给她找个工作,可是她是职校学汽修的,学历实在太低,你看能不能安排在你公司,哪怕是个临时工也行,我也算是对她有个交代;否则,搞不好后院起火。"

这老小子,花头还真不少。不过,既然他有事相求,那大家就不存在谁求谁,彼此扯平,这样也好。余忠义问:"好好一个漂亮姑娘怎么会学汽修?有驾照吗?"

苏文岳说:"她说是她当过兵的老爸逼着学的。驾照她有,我常叫她帮我开车。"

余忠义爽快地说:"有驾照就好!公司刚好缺个司机,明天就可以来上班。"

"那好!"苏文岳高兴地说,"你的办事效率我是知道的。我现在就跟马校长汇报,你就等我的好消息吧。"

阿沅打扫好卫生,又开始做饭。余忠义不便阻止,也想尝尝她做的家常菜,便走进厨房,帮着她择菜剥葱。见她默默不语,余忠义问道:"阿沅,你参加教师资格证考试了吗?"

阿沅点点头,语调平平地说:"成绩刚出来,已经通过了。"

"那太好了!"余忠义兴奋地说,随即意识到刚刚遭受丧妻之痛的他不该如此,只好平稳了语气,问道:"对了,余征怎么没跟你一起来?"

阿沅没有说话,半晌,才开口:"我们已经分居了,正准备离婚。"

分居?离婚?余忠义感到震惊。他一直以为余征夫妻感情良好,怎会闹到如此地步?莫非,是为了自己?看来,储英姿吃醋也不无道理,阿沅可能早已对自己有意。他暗暗叫苦,可是话题一开,也只得硬着头皮询问原因。

"他早就跟公司一女同事好上了,就是活动部的主持人陈莎莎。"

第二十九章 // 老友间的交易 //

阿沅伤感地说,"是我亲眼看到的,他也承认了。"

莎莎?余忠义更是愕然。如果此事从别处听说,他断然不信,但是,阿沅一定不会说谎。这两个人是何时搞在一起,自己居然毫不知情。怪不得莎莎现在也敢顶撞他,原来是攀上了后起之秀,腰板硬了。哼,你们觉得我余忠义没戏了,不把我放在眼里,我还偏要争口气!

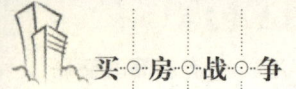

第三十章　最后的王牌，打还是不打

虽然储英姿临终时语焉不详，但是余忠义明白，这是妻子为他订出的最后一个计策。储英姿的意思，是要余忠义去找林董帮忙。林董是平岭商会会长，而平岭商会的广告业务占整个蓁城广告公司年业务量的三分之二，其中以房产和医药广告居多，如果商会撤走广告，蓁城广告将会坍塌半壁江山。所以，只要林董支持余忠义，利用平岭商会的力量向上级集团施压，总监的位子还是有希望的。可是，林董凭什么要帮助他余忠义？他们并没有过硬的交情，而且人家家财万贯，自己能用什么作为利益交换的资本？

这就是妻子的高明之处，她虽然病重，但是脑子依然清醒。她早知余忠义与莎莎的关系，也清楚莎莎的利用价值，因此始终引而不发。本来，余忠义觉得，妻子的计谋未免残忍，不忍使用，但如今看来，莎莎是他手里最后一张王牌。或许，对待莎莎这个忘恩负义的女人，也唯有如此才能解他心头之恨。

送走阿沉，余忠义查询号码，给林董打电话，寒暄几句，他便提出要请林董吃饭。他晓得林董业务繁忙，应酬也多，未必会赏脸。果然，林董婉言拒绝。

余忠义特意换了诚恳的语气，说了一大堆感谢和恭敬的话，接着提到了莎莎。余忠义知道，林董对莎莎垂涎已久，只是还未得手。说来有趣，世人总以为莎莎这样的女人一定私生活随便、放荡不羁。其实，恰恰相反，这种女人明了自己的价值所在，更要装腔作势、待价而沽，绝不肯轻易就范。

林董犹豫了一会儿，最终还是答应下来。余忠义赶紧报上时间地点，问是否派车去接，林董说不用，要自行前往。

放下手机，余忠义长吁一口气，擦了擦头上的冷汗。接着，他打电话叫莎莎来自己家，莎莎搪塞说正在忙着，余忠义不容置疑地要求她一

第三十章 // 最后的王牌，打还是不打 //

定要来，否则后果自负，没等她回话，便挂断了电话。

莎莎还是来了，一进门，便皱着眉头道："你家一股阴森森的味道，吓得我都不敢来。"

余忠义不悦地瞪了她一眼，让她先坐下，然后面对她正襟危坐，严肃地说："你听好了，今晚我要请林董吃饭，由你作陪，你给我好好表现！"

莎莎瞪大眼睛凝视着他，仿佛无法置信："余总，你这是什么意思？你是要把我塞给林董？"

余忠义说："你别把话说得那么难听。林董是什么人，有多大能量，相信你比我更清楚。你跟了他，有享受不尽的荣华富贵，我这也是为了你好。"

"哈哈！"莎莎一阵狂笑，"余总，你拿我当无知少女？其实是你想利用我去讨他欢心，让他为你办事，还美其名曰为我好，虚伪！"

余忠义尴尬万分，但箭在弦上不得不发，他咬了咬牙，正色道："你说得很对，把你送给他，我也舍不得；但是为了你的前途，我不得不忍痛割爱。"

莎莎冷笑一声："咱们明人不说暗话，余总监，要是我不答应呢？"

"莎莎，你是个聪明的姑娘。我既然能够扶持你，也能让你万劫不复，这都在我一念之间。如果别人知道你的过去，他们会怎么看你，余征又会如何对你？所以，如何选择，应该不用我来教你。"

最后几句话，余忠义几乎咬牙切齿。莎莎不寒而栗，她明白，自己没有其他选择。原本以为，来到蓁城，经过一番打拼，自己早就摆脱了任人玩赏的命运，可是今天，她才知道，自己依然是余忠义手中的一颗棋子，任由他摆弄，她不禁伤感道："余总监，我一直当你是恩人，是长辈，但是没想到，你竟然如此下作，我……"莎莎哽咽着，说不下去。

余忠义站起身来，不再看她："没有意义的话不用多说，对于你，我太过了解。现在我遇到了难事，若非如此，你一定会袖手旁观。所以，你

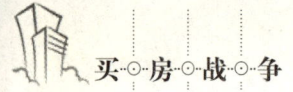

必须照我的话去做，否则，别怪我不念以往的情分。"

莎莎沉吟了片刻，说："如果我答应你，以后你会不会再用这件事来要挟我？"

余忠义转过身来，看着她的眼睛，认真地说："绝对不会，我说话算数，只要你这次帮了我，以后你遇到困难，我一定不会不闻不问。"接着又承诺道，"如果我成功了，一定保你当公关部主任。"

这个诱惑令莎莎欣喜，她终于点点头，答应下来。她要求先回去补妆，说罢，转身出了门。

余忠义猝然跌坐在沙发之上，脑海中一片空白，仿佛刚才的对白出自另外一个自己口中。余忠义意识到，走出这一步，他再也不是从前的自己。

桌上摆着阿沉做好的午饭，很是丰盛。虽然没有胃口，余忠义还是勉强吃了几筷，身体是革命的本钱，晚上还有一场硬仗要打。凡事要从坏处打算，他边吃边考虑，如果今晚林董不肯接纳莎莎，或是莎莎这张王牌无法起到应有的作用，那么下一步他又该如何是好？

对了，怎能忽略了余征？莎莎当然不至于傻到把她跟自己的真实关系告诉余征，但是，也不排除余征介意阿沉与自己的关系，而在关总监面前说三道四。若是余征有了异心，倒是比较麻烦。

现在，权当林董可以搞定公司决策层。但是，也得防着下面起火。追悼会上，虽然余征也到场吊唁，但是人多嘴杂，余忠义无暇招呼他。

余忠义放下碗筷，决定去找余征聊聊，假装诉苦，试探一下他的反应。如果余征真的心存芥蒂，那么刚好解释清楚，顺便许以利益，确保自己能够当选。

出门之前，余忠义来到妻子遗像面前点燃三支清香，恳求她保佑自己马到成功。

在公司找到余征，他正在制作部跟一大群人商量着什么。看到余忠义，大家纷纷围拢来，说着节哀顺变之类的话。余征见他到来，始料不及，

第三十章 最后的王牌，打还是不打

稍显尴尬，却没有丝毫怨怼之意。余忠义知他不善作伪，便稍稍放下心来。

"在家里待着睹物思人，还不如出来工作。"余忠义一边解释，一边四下张望。这群员工都很脸熟，应该均为摄制组成员。桌上横七竖八放满了便当盒子，烟缸里塞满了烟蒂。

前几天，房产广告的策划方案已经定稿。余征向余忠义汇报说他们正在讨论拍摄方案，计划赶在明年春天，把广告毛坯拍好，否则入冬后，阳光微弱、景色凋敝，视觉效果不佳。

余忠义点了点头，心里却有几分惭愧。关总监经常批评他做事浮在表面，好搞面子工程，跟余征一比，的确如此。如果这次竞聘总监成功，自己一定好好改改工作作风。

余忠义假装跟余征谈点儿私事，把他叫出办公室。先谈了储英姿的后事，两人唏嘘了一番，接着，余忠义便切入正题："听说你准备竞聘制作部主任？"

余征说："关总监找我谈过，但是我不想干，我还是想老老实实把片子拍好，当了主任有好多杂事，再说我也没能力胜任主任一职。"

余忠义不置可否，又问："我想竞聘总监，你觉得怎么样？"

余征马上说："你当总监是众望所归，别的部门我不知道，但是我们制作部肯定一致支持你。"

说话间，余忠义仔细盯着余征的双眼，判断他是否说谎，见他目光坦然，并不躲闪，这才放下心来。接着，随便聊了一些拍摄广告的注意事项，两人便回到了办公室。

临走，余忠义打电话叫了肯德基的外卖，说好由广告部买单，又从包里掏出一条香烟，要余征发给大家，便匆匆离去。

大家七嘴八舌地夸奖余忠义大方、关心部下，余征却觉得他来得突然、问得蹊跷，他致电莎莎，欲跟她商讨一下，但是莎莎的手机总是不通，他也只得作罢。

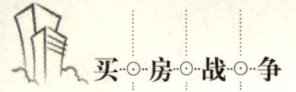

第三十一章 "大鳄"上钩了

招待林董的晚宴定在7点,余忠义早早就到了。他是常客,领班早已把菜配好,等他定夺。落实好菜单和酒水,又跟相熟的服务员交代了几句,他便等候在大堂。

三个人占一个包间有点冷清,但是此事不宜让外人知道,冷清就冷清吧,反正,醉翁之意不在酒。余忠义倒是不担心莎莎会失约,反而担心林董有事,那今天便白忙了一场。

6点半,莎莎出现在大门口。余忠义赶紧迎上前去,帮着拎包讨好她。莎莎扭捏了几下,自顾自走进了包厢。香水味甚浓,熏得余忠义连打几个喷嚏,希望林董的鼻子别太敏感。

"放心!他说过,最喜欢这款香水的味道,所以才买来送给我。"莎莎斜倚在包厢的贵妃榻上,懒洋洋地说。

那就好,只要林董满意,一切都好说。

隆冬季节,室外气温估计只有零摄氏度出头,莎莎却穿着皮质的短裙和深V领紧身衣,看得余忠义直起鸡皮疙瘩。她脸部化着浓妆,深色的眼影衬得眼睛闪闪发亮,嘴唇涂了厚厚的口红,10个指甲染成黑色,乍一看,真是惊心动魄。也许,林董就好她这个范儿?天知道。

余忠义干咳了一声,想表示一下,又不知道该说些什么,只好按照莎莎的喜好跟她聊些化妆品之类的话题。聊着天,心却挂着外面。

时间到了,林董还没出现,余忠义有些着急,频频看表,莎莎倒是表现出了难得的体贴,安慰道:"那老小子就好迟到,不晚个把小时,显不出他的派头。"

余忠义有些感动。莎莎今晚的装扮,让他回忆起第一次见到她的情景。那天她便是这副埃及艳后般的尊容,不过跟南方那些夸张浮华的夜总会倒也十分相称。那时候,蓁城依然传统守旧,余忠义早就听说南方风气开放,

第三十一章 "大鳄"上钩了

第一次来到那种场合,感觉非常新奇。一来二去,他便跟陪酒的莎莎搭上了关系。或许是一时冲动,或许是色令智昏,总之不知中了什么邪,他不顾危险把莎莎弄来了蓁城。只是他万万没有料到,回到蓁城之后,由于家庭和事业的种种顾忌,他从此失去了猎艳的勇气。一直以来,他认为自己做得天衣无缝,却不想亡妻早已知情,且在最后一刻,揭穿了这个秘密。

回忆往事,余忠义心中生出片刻温柔,那时莎莎纯真可爱,远不是现在这副嘴脸。不过,眼下,即便后悔也已太迟,事到如今,他没有回头路可走。

左等右等,林董终于姗姗来迟。余忠义急忙上前,迎林董入座。林董没有搭理他,目光越过他的肩膀,忽然停顿,眼中仿佛要闪出火苗。

莎莎盈盈巧笑,今晚,她想要的就是这个效果。不待余忠义召唤,她便站起身,款款走来,扶住林董的手臂,拉他过来坐在自己身边。

余忠义故意坐到离林董较远的另一侧。

林董故意询问莎莎使用什么牌子的香水,香味如此浓烈?莎莎咯咯娇笑一阵,说:"你猜?"林董假装猜不到。莎莎不依,要他再猜。林董说:"让我闻一下,就能猜到。"莎莎便半推半就让他闻了一下头发。林董还是不愿揭晓香水品牌,改口夸赞莎莎今晚特别漂亮。莎莎撒娇说林董耍赖,猜不出要罚酒。林董便就着莎莎的手喝了一杯。如此一来一往,便有了由头,有了情趣。

原本,余忠义还担心莎莎会带着情绪,不肯合作,现在看来,倒是自己多虑了,林董已经完全沉醉在与莎莎的调侃斗嘴中,仿佛身边再无他人。记得初见莎莎之时,自己也是如此贫嘴、卖弄风趣,只想引起美女的注意。与美女春风一度倒是在他的意料之外,现在想来或许是莎莎故意为之。

莎莎从包里拿出一盒女士烟和打火机,弹一下烟盒,贝齿咬住香烟,余忠义急忙凑上前去点火,莎莎斜睨他一眼,自行点上,细长洁白的烟

身、纤细手指相映成趣，吸了几口，她趁手将香烟递到林董嘴边。动作熟练优雅，仿佛正在表演。

林董再次爆发出一阵大笑，余忠义在一边呵呵赔笑，林董这才想起还有外人在座。他扭过头对余忠义说："真是名师出高徒，余总带出来的徒弟果然非同凡响。"

余忠义晓得，林董对他和莎莎的关系始终有些疑虑，而对于莎莎态度的突然转变，林董同样有所猜测。如果不打消林董的顾虑，今晚这台戏恐怕很难唱下去。他赶紧端起一杯酒，说："林董，您可折煞我了。莎莎是我一个远房表亲的孩子，托我带来城里，找个工作。乡下丫头不太懂事，不过，自从有了林董的提携，我们莎莎变得活络多了。来，我代我的表亲敬您一杯。"

余忠义说罢，一仰脖干了一杯。似乎所有的言辞都不如烟酒的交流来得轻松和默契，三人一起大笑，彼此心照不宣。

见林董高兴，余忠义很想趁机提出自己的事，又觉得火候未到，便暂时按下不表。其实，不提也无妨，一旦提出反倒显得交易的意味太过浓厚，只要跟林董拉近关系，不愁大事不成。

林董是何等角色，他早就猜到余忠义一反常态必然有事相求，便装作随意问起公司近况。余忠义挑了些无关紧要的事情随便说说，话题不由自主地转到这次竞聘上来。

林董说："我刚到蓁城开发房地产时，便听说过你的大名。后来承蒙弟兄们信任，我任了会长，跟你接触就更加频繁了。你老兄的能力为人，我都十分佩服，这个总监非你莫属。"

余忠义自问对得起公司。他为公司拼死拼活，多少不干活、白吃饭的部门都仰仗广告部养活，就连老婆生病，他都无暇照顾，如今公司已经做大做强，却要把他架空，哪有这种道理？

此时向林董提及此事正是绝好时机，不过，他不愿把此事的复杂背景

第三十一章 "大鳄"上钩了

和盘托出,那样林董很可能不肯趟这蹚浑水。斟酌了一下,余忠义决定轻描淡写:"我侧面了解了一下,公司员工对我当选总监的呼声很高;但是,总监关景朋可能有点儿私心,当然,老人家嘛,想法难免保守,跟我们确实有点儿差异。"

林董吃惊道:"怎么,难道关总监不支持你?"

莎莎插嘴道:"老头子比较古板,觉得你们这些平岭人是外来人,是暴发户,抢了本地人的饭碗不说,还炒高了房价。他一直都反对公司接洽你们的广告,就算接了也不愿大力推介。"

"有这种事?"林董若有所思,"商会周年庆时,我跟你们关总监接触过一次,邀请他剪彩,他却不肯,稍坐了坐就走了,的确不太上道儿。"

莎莎嫣然一笑,拨弄着林董的领带:"我们关大总监是艺术家,电影艺术家协会副主席,他连我们这些广告人都看不上,更何况是生意人?要不是余总监一直对你们大开绿灯,估计你们这几年不会发展得这么顺利。"

余忠义皱了皱眉头,莎莎说话信口开河,内行人一听真会为之汗颜。

幸好,林董并未在意,或许在他耳中,不管莎莎说出什么都宛若仙乐飘飘。林董一手搂紧了莎莎,一手拍着胸脯,大着舌头说:"我跟你们总监不熟,但是平岭商会的兄弟个个听我号令,如果有人不支持你,我们就联名向你们上级集团公司抗议,集体撤、撤广告。老小子,我就不信,玩儿不过他。"

余忠义和莎莎对视一眼,异口同声道:"当真?"

"当,当然,"林董醉眼蒙胧地看着莎莎,腆着脸说,"哥答应你的,什么时候没兑现过?"

余忠义松了一口气,眼看林董快要醉倒,当然,真醉还是假醉不得而知。余忠义赶紧叫来服务员,协助莎莎送林董回去休息,他朝莎莎使了个眼色,意思是,接下来就看你的了。

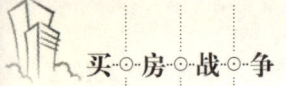

第三十二章　聘请了前任岳父岳母

天地豪城第三期的宣传广告已经正式开始拍摄，余征带着摄制组进驻林董提供的摄制基地。这是提前建造完毕的天地豪城第三期工程的样板房群——精装修公寓。余征购买的是第二期毛坯房，离摄制基地不远。

按原计划，余征想将拍摄时间定在来年春天，但是林董认为，房产广告的重点是房子，不用太过讲究外景。再说，小区的绿化、泳池等休闲设施得等房屋完全竣工才能跟上。待那个时候再拍广告，黄花菜都凉了。

莎莎取笑余征，每个楼盘都是先卖楼花再建楼房，先用电脑制作的效果图去忽悠买主，何必那么认真。

余征无奈，只能提前开始拍摄。他依约聘请了陆元稹和奚宁夫妇。陆元稹本就是公司元老，经验丰富，聘他做顾问最合适不过。如何安排奚宁，他倒是着实为难了一阵。最后，他决定找莎莎商量，看看她有何办法。

余征与莎莎的关系还未公开化，除了余忠义，知道实情者并不甚多。阿沉打算跟他离婚的事，他也没瞒莎莎。因此，当听说余征意欲安排陆元稹夫妇到摄制组工作，莎莎凤目圆睁，道："看不出你还是个好女婿？你跟岳父还有那个年轻的岳母关系很不错啊。可是，离了婚，你跟他们就毫无关系了，到时候，你准备怎么跟他们相处？"

余征说："岳父年纪大了，受不了刺激，所以离婚的事暂且瞒住他，反正摄制组是临时的，最多几个礼拜，拍完广告就会解散，好歹先让奚宁收收心。将来的事，将来再说，我不可能管他们下半辈子。"

莎莎撅着嘴说："谁知道你是不是真心要离婚，说不定，还真会照顾他们一辈子。一家人在一起工作，也不怕被人笑话你假公济私，说你农民意识。"

余征火了，反唇相讥道："农民怎么啦，你也是农民出身。我这个农民，就是靠着岳父这个城里人才有今天。靠山吃山，靠水吃水，我就那么

第三十二章 // 聘请了前任岳父岳母 //

点儿能力,照顾他们一下也不为过。如果你不乐意,可以不来现场,反正你的戏份很少,摆几个 pose 就可以收工。"

莎莎惊讶地看着余征,认识他这么久,他对她的语气从未如此激烈,看来真的恼了。她赶紧换了一副嘴脸,温柔地说:"做人饮水思源是应该的,我当然支持你,我就是担心人家说三道四,影响你的前途。"

见余征脸色稍缓,她又说,"这样吧,本来摄制组订餐、茶水和其他一些琐碎的杂事都由场记兼做了,我们现在增加一个后勤人员,这些事交给你岳母来做,怎么样?"

余征一听,觉得合适,表示同意。

莎莎顺势一把搂住他的脖子,娇声说:"我知道,你对陆加沅心中有愧,所以,我给你机会补偿,免得你心里总有阴影。"

见余征不语,莎莎又缠着问他意见,直到他点头才罢休。缱绻了一阵,莎莎忽然说:"要不趁这机会,把新房一并装修了?"

余征不解。莎莎用手指一杵他的脑袋,说:"笨哪。装修需要监工,费用也节节上涨。现在,我们天天在附近拍摄,正好趁这机会,在拍摄间隙过去盯着,谅那些工人不敢偷懒。"

莎莎原本以为,余征自称买下天地豪城的房子只是吹牛,后来实地勘察,一见房子如此宽敞,她兴奋地又蹦又跳,搂住余征亲了又亲,连声夸他会抓老鼠的猫不叫,不声不响置了个大件。

话糙理不糙,余征笑纳了。不过,莎莎并不知道,存款都留给了阿沅,他再也拿不出一分钱用来装修。

听他这么一说,莎莎立马说:"真笨!先用拍摄经费预支一部分,以后再找机会填上。"

"这能行吗?"

"怎么不行,包在我身上。我认识一家装修公司的老板,签个全包合同,限定时间和费用,什么都不用操心,到时候收房子就可以了。至

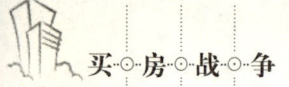

于家具电器,等以后有了钱,再慢慢买。"

余征听莎莎的口气,已经完全以自己的老婆自居,处处站在他的角度分析问题,这是一个好现象。原本,余征一直拿不准自己在莎莎心中的具体定位,尽管如今他们已出双入对,甚至住在同一屋檐下,她也曾表示过与他长相厮守的意愿,但谁能保证那不是一时兴起。一旦他真正离婚,万一莎莎反悔,那自己可真是赔了夫人又折兵。

莎莎还在掰着手指头算计着如何装修,余征却心酸不已。房子是他跟阿沅一起选中的,为此几乎跑断了腿。如今,女主人却换作莎莎,不知道阿沅会作何感想。

竞聘过去很久,余忠义终于等到了担任总监的正式任命。不知是林董起了作用,还是集团内部认为只有他才适合担此重任,或许两个因素都有,只是现在已经不再重要。不过,余忠义明白,这次只是险胜。关总监力荐的活动部主任贾华铎依然担任原职,但兼副总监;余征被迫竞聘制作部主任,竞聘成功;原制作部副主任袁弘诺担任广告部主任;储英姿已经去世,媒介部主任的位置不可能长期闲置,余忠义事先安排了一个心腹前去竞聘,一举成功。至于其他非要害部门,基本还是原班人马。

走马上任之后,余忠义碰了第一个钉子,他本想以莎莎为公司业绩作出突出贡献为由,支持她当上公关部主任,但这个提议被贾华铎带人否决。争来争去,莎莎被任命为广告部副主任,余忠义心里不大畅快。

莎莎却欢欣鼓舞,以她的条件能混个一官半职已属不易,更何况,余忠义竞聘成功,意味着他将从广告部抽身,不可能再直接插手林董的房产广告。袁弘诺是旧相识,虽然以后关系如何还很难说,但他刚刚上任,谅他不会在这个广告上为难于她,而余征已经升职,这就意味着房产广告如何运作,从此由她和余征说了算,怎能不令她心花怒放?

到财务部办理好房产广告经费的交接手续之后,莎莎和余征一起提出要好好为余忠义庆祝一番。余忠义笑着说:"低调,要低调。我们几个

第三十二章 // 聘请了前任岳父岳母 //

私下吃一顿饭就好,不可以太张扬,免得公司的人以为我们拉帮结派。"

莎莎说:"整个公司现在都是您说了算,还怕别人做什么?"

余忠义笑容可掬:"大家选我当总监,那是信任我,我可不能搞家天下。"见莎莎不懂,他也不以为忤,简要解释道,"如果公开跟你们走得太近,以后一旦为你们说话,大家就会说我偏私。再说,我刚上任,根基还不稳,所以,还是低调点儿比较好。"

余征说:"余总对我们这么推心置腹,说明信任我们。好,我们就听您的,不过以后我们的工作,还是请您继续关心。"

余忠义说:"那是当然,不过你们也得尽心尽力,房产广告是今年的大头。"

余征和莎莎赶紧表态,一定不会让他失望。余忠义新官上任,杂事缠身,没空与他们多聊,叮嘱几句便匆匆离去。

见余忠义走远,莎莎不顾公司里人来人往,一下扑在余征身上:"真是命里有时终须有,命里无时莫强求,这个广告,终于回到我的手中了。"

余征吓得赶紧把她的手拨开,又四下看看,还好,暂时没有同事经过。他把莎莎拉到车里,关上车门,正色道:"现在我们不比从前,要时刻注意形象,尤其是你,不可以胡闹。"

莎莎娇嗔道:"你已经决定要和我结婚,那为什么还怕别人看到我们亲热?莫不是你现在后悔了吧。"

余征说:"工作场合就要注意形象,否则威信大减,工作不好开展不说,人家心里还瞧不起你那张狂的样子。"

莎莎笑道:"看不出你还一套一套的,好吧,就听你的,晚上再说。"说罢,朝他抛了个媚眼,扬长而去。

余征依然坐在车里。最近发生太多事情,他实在应接不暇。停车场很安静,他刚好趁此机会将思绪好好理顺。婚姻已经无法挽回,跟莎莎也算订下婚约,岳父那里肯定得继续照应,那么目前最重要的就是广告

的拍摄。

对于广告制作，莎莎是个外行，余忠义的抽身，令这个担子完全压在自己身上。如今，他的每个决策，直接影响着广告质量的好坏，他必须小心谨慎，还必须督促莎莎合理利用好每一分钱，不可以随意挪用。否则，一旦经济上出问题，工作不保不说，日后想要平静地生活，估计也不再可能。

胡思乱想没有意义，还是把心思放到工作上更为妥当。余征暗自盘算：拍摄基地的使用时间十分有限，最多3个礼拜之后，林董便会把这些样板房收回，重新装修后出售。这就意味着，如果拍摄有所失误，他将不再有机会回到原地补充镜头。那么，前两个礼拜便显得至关重要，之后得迅速剪辑出毛坯，赶在样板房被收回之前，将该补充的镜头都补充完毕，这样才比较稳妥。

第三十三章　意外抱得美人归

余忠义前来拍摄基地视察时，正是夜色朦胧、华灯初上之际，摄制组正在拍摄小区夜景。五盏景灯错落有致地安置在不同方位，营造出温馨又不失华丽的归家感。扮演小区业主的男演员西装革履、皮鞋锃亮，顶着一头喷满发胶、即便遇上七级大风都纹丝不动的发型，一次次驾车来到小区楼下，下车、熄火、上楼、打开电子门……

余征站在高处的脚手架上，用耳麦和对讲机调度现场；其他工作人员各就各位，忙着各自分内的工作，无人顾得上招呼余忠义。

在冷风里站了一会儿，余忠义便感觉腰酸背痛。岁月不饶人，一天工作下来，他早已疲乏不堪，若不是重视这个广告，他也不会结束应酬之后，还驱车前来查看。

忽然，一阵香风袭来，有人给他端来一张简易的椅子，又给他递上一杯浓浓的热茶。余忠义忙不迭地接过茶杯，坐下，道了声谢。来人是个漂亮的女人，黑暗中看起来更显年轻妩媚。她仿佛注意到余忠义对她甚感兴趣，不由娇羞而笑。

余忠义搜肠刮肚，却依然想不起来此女是谁，又不好冒昧相问，只得借着喝茶掩饰尴尬。

对方倒是落落大方："余总，你一定不认识我，但是，我却久仰你的大名。"

"噢？"余忠义来了兴趣，"你是公司新来的？我怎么从没见过你？"

"我做梦都想进你们公司工作，只可惜没那个福气。"她的语气略微有些遗憾。说罢，又是一笑。"来，我给你加点茶水。"

若有若无的香味随着她的动作愈发浓烈，余忠义原本便带着几分酒意，此时更是醺然。但见灯光折射在她精致的脸上，窈窕的身材在黑暗中凸显出神秘的韵致，在这月色迷离的夜晚，颇有几分花妖狐仙的感觉。

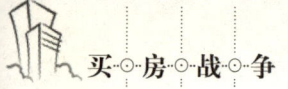

"我自己来,自己来。"余忠义嘴里重复着,却仿佛三魂飘不见六魄,任由她摆布。

"余总监!"有人在不远处大喊一声。余忠义一激灵,清醒过来,赶快应答。

今晚的拍摄告一段落,大家乱哄哄地准备收工。余忠义刚刚上任,急于笼络人心,只见他大手一挥,豪迈地说:"别急着散,我请吃宵夜,大家都去!"

摄制组一阵欢呼,奔走相告,不一会儿便聚了一群人。

余征说:"我这儿还有点收尾工作,要不我就不去了。"说罢,又对陆元稹说,"爸爸,你跟阿姨一起去吃宵夜,吃完早点儿回去休息。"

见到陆元稹在场,余忠义并不愕然,因为余征事先汇报过此事,但让他奇怪的是,刚才为他端茶倒水的美女站在陆元稹身边。来不及细想,他已被一群人乱哄哄地挟上了车。摄制组有两辆车,余忠义坐其中一辆与众人一起回城,自己的车待会儿由余征开回公司。

吃宵夜的时候,余忠义特别注意那位神秘美女。令他大惑不解的是,她又紧挨陆元稹坐着,且嘘寒问暖,态度十分亲密。可是,他似乎从未听说阿沉还有姐妹。

"您不认识她?这可是我们公司的传奇之一啊。"正在余忠义暗自纳罕之际,袁弘诺凑近他的耳朵,悄悄说道,"她是陆元稹的小老婆,比他小近30岁呐。"

余忠义惊诧万分,他知道阿沉的母亲定居在海外,却全然不知她父亲还有这段艳事。阿沉似乎对此讳莫如深,此间定有隐情。

袁弘诺继续说道:"我也是最近才听说,这女人叫奚宁,在蓁城是个出了名的赌徒。还不是瞄准了陆老头有钱,带着儿子嫁给了他。现在她又欠了一屁股赌债,看不把陆老头那把老骨头榨干,哈哈!"

原来如此,余忠义恍然大悟,不由得多看了奚宁几眼。奚宁有35

第三十三章 // 意外抱得美人归 //

岁左右，但由于保养得当，显得比实际年龄年轻很多。奚宁不似阿沉那般冷艳，也不是莎莎那种绝色，而是温婉柔媚的家常的美丽，甚是惹人怜爱。难怪陆元稹倾家荡产也要娶她进门。只是，一边是红颜，一边是白发，夫妻宛若父女，越看越觉刺心。

广告行业也算半个娱乐圈，尤其是这群灯光、摄像等人，跟专业剧组几乎没有区别，晨昏颠倒那是家常便饭。因为平时工作辛苦，到了夜晚，不尽情欢乐似乎对不起自己。吃过宵夜，他们更是来了精神，呼朋引伴地还想活动一番，正在讨论是去按摩还是足浴。

余忠义心中一动，大包大揽说，为了慰劳大家，还是由他做东，不过这么多人去足浴不合适，还是一起去唱卡拉OK。

总监一发话，大家纷纷响应。

余忠义偷偷注意奚宁，她似乎也十分踊跃。只是，陆元稹面露难色，说年纪大了，熬不了夜。

奚宁嘟起嘴巴，卖萌道："真没劲，难得有机会跟大家一起玩儿，人家想去嘛。"

陆元稹不忍奚宁失望，便提出自行打车离去，让奚宁跟大伙儿去玩儿，奚宁马上笑逐颜开。陆元稹又叮嘱了几句，这才回家。奚宁朝余忠义这边挤挤眼睛，竖起剪刀手比了个胜利的手势，余忠义差点儿没笑出声来。这个女人，还真有点意思！

到了量贩式KTV，余忠义让人定了个大包间，向大家表示，酒水饮料水果小吃随便点单，众人又是一阵欢呼。

余忠义笑眯眯地靠在沙发上，看着大家哄闹。包间里划拳的划拳，斗酒的斗酒，几个麦霸为了争抢麦克风几乎打起架来，气氛很是热烈。

奚宁大大方方地走近，坐在余忠义身边，为他倒了杯啤酒，然后端起自己的杯子，说："余总，我叫奚宁，第一次见面，请您多多关照。"

余忠义笑道："你这口气，怎么跟日本人似的。"

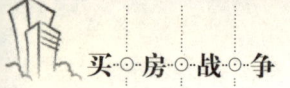

奚宁叹了口气说:"余总就会说笑,我倒还真想去日本看看,可惜一直没机会。"

余忠义一杯啤酒下肚,亮了一下杯底,说:"美女为什么总是妄自菲薄?像你这么漂亮的女人,别说去趟日本,就算想到月亮上去,也不是没有可能。"

奚宁觑了他一眼,说:"月亮再好,也不过是个广寒宫。花花世界这么精彩,我才不乐意当嫦娥。"

"哈哈哈!"余忠义乐了,"那你的意思是要学那七仙女思凡?"

"那就看董永是谁了。"

余忠义心脏一阵狂跳,奚宁的直接让他吃惊。美女固然可爱,但是顾忌她是阿沉的继母,这才初次相见,不宜唐突,他赶紧岔开话题,说些笑话逗趣。

奚宁见余忠义不接茬,也不强求,又与他碰了几杯,问道:"余总喜欢唱歌还是跳舞?"

余忠义从小五音不全,最怵唱歌,跳舞也不擅长,但勉强能够走几步。不过他倒很想听听奚宁的歌声。

奚宁让DJ点了歌曲,又试了试话筒,低吟浅唱了一曲,获得了满堂喝彩。虽然余忠义不懂音律,但凭着本能感觉奚宁嗓子不错,唱的也还算有点儿味道。放下话筒,奚宁一伸手,做出邀请的姿势。美女相邀,余忠义怎能拒绝,便走上前去,搂住她的纤腰,随着旋律晃动起来。

跳舞的时候,余忠义夸赞了奚宁几句,奚宁眉飞色舞,话也愈发多了起来。她告诉余忠义,自己从小就喜欢唱歌跳舞,学习成绩却不是很好。可是爸妈觉得从事文艺行业没有前途,逼着她报考职校的财会专业,毕业之后进了公司当上财务。财务工作本来就很乏味,每天眼见钱进钱出,却没有一分钱是自己的,这种感觉更是苦闷,闲时便跟同事打打麻将消遣。后来的事,余忠义知道个大概,便也没有细问,专心搂着她跳舞。

第三十三章 // 意外抱得美人归 //

奚宁是典型的江南女人,骨骼纤细、腰肢柔软,与她一起跳舞十分惬意。而且她甚是懂得余忠义的心意,他要往左她绝不往右,时时随着他的脚步。

还记得大学时代,他也曾邀请女同学跳过舞,那时心里紧张,对方也没这么顺从,结果一连踩了对方好几下,女同学一声笨蛋,令他颜面尽失,从此再也不敢主动邀请女士跳舞。

今晚,余忠义第一次感受到跳舞是一种享受,不由自主跟奚宁接连跳了好几个曲子,直到大家起哄抗议,这才作罢。跳过舞,奚宁与余忠义的距离一下子拉近了不少,她主动问余忠义要了手机号,余忠义当然不会拒绝。

回到家中已是凌晨,余忠义却久久不能入睡,双手似乎还残留着奚宁的体温和香味,他忍不住凑近闻了一下。

妻子去世之后,给他介绍对象的媒人快要踏破门槛,但是他始终不为所动。这并不是因为他用情专一,而是江湖险恶,外面的女人不知底细,多数看中物质利益,很不可靠。如果选择再婚对象,还是阿沉比较合适,她年轻貌美,性格温柔且文化素质颇高。如果与她结婚,生下的孩子不但遗传基因良好,教育问题更不用发愁。

可是,理智往往不能战胜本能。刚刚从婚姻的枷锁中解脱,又经过竞聘这场恶仗,余忠义不愿轻易再受束缚,却有些耐不住独守空房的凄清寂寞。阿沉虽好,却稍嫌古板,保守传统,自视甚高,断不会忍受没有名分的男女关系;莎莎虽然豪放,但是太过精明,一旦沾上恐怕很难甩开,再说,她已和余征谈婚论嫁,又跟林董牵扯不清,应付两个男人已属不易,哪里还有精力分身;奚宁与她俩不同,她债务缠身,丈夫又垂垂老矣,所以,她不但需要金钱还需要婚外情的刺激。作为临时的慰藉,奚宁是最合适不过的对象。可是,她毕竟是阿沉的继母,余征的前岳母。余忠义闭上眼睛长叹一声,好事多磨,还是先得养精蓄锐,此事待改天再行斟酌。

第二天，余忠义便接到了奚宁的短信，提醒他气温变化无常，注意添加衣物，令余忠义心头一暖，便顺手回了一条感谢她的好意。这下一发不可收拾，奚宁几乎每天都给余忠义发短信，有时候是慰问几句，有时却是发个荤段子，搅得余忠义心里痒痒的，如此一周下来，若是不收到奚宁的短信，他反而浑身不自在。

虽然反复提醒自己少安勿躁，切勿行差踏错，可是余忠义依然无法控制自己隔三差五前往拍摄现场的脚步。名义上是视察，可实际上，他只想借机见到奚宁，有时候人多，没法说话，远远看上一眼，便觉得心情舒畅。

如此过了几天，就连迟钝的余征都看出了异样。莎莎忙着装修，成天神龙见首不见尾，余征只得等到收工回家，才告诉她这一异常。莎莎怀疑余忠义视察是假，监工是真，答应第二天前来现场看个究竟。

第三十四章　打倒无良开发商

拍摄已进行到一半，今天的重点是拍摄小区的内部环境和会所等各种娱乐便民设施。余征等人刚刚踩好点，将机位布置完毕，冷不防冲过来一群人，领头的几个男子打着横幅，上面写着"打倒无良开发商"之类的标语。这群人涌上前来，不由分说地打砸机器、推搡摄像，嘴里还含混不清地怒骂着什么。摄制组平时受人尊重惯了，哪受得了这种对待，立刻跟这群人纠缠在一起。

摄制组以青壮年男子居多，拍摄广告经常需要室外作业，体力绝对良好，打起架来毫不吃亏，不一会儿就把这群人教训得落花流水。可是，对方却并不散去，三三两两地聚在一起，高喊着口号，对摄制组怒目而视。

余征眼见形势不对，一边叫莎莎报警并且通知公司，一边跟对方交涉。对方领头的是个老大爷，他大声呵斥着余征，却不敢贸然动手。

"老先生，请问你们这是什么意思？我们哪里得罪了你们？"

听到余征发问，那群人立刻七嘴八舌，乱纷纷的压根听不清楚谁在说话。还好，领头的老大爷转身叫大家静静，然后对余征说："我们都是天地豪城的住户，一起反对你们为无良开发商做虚假广告。"

见余征纳闷，老大爷继续说道："我们听信了天地豪城的广告，买了这天价的房子，但是买来之后才发现上当了。房屋面积缩水不说，这才住了几年，不是栏杆生锈，就是墙体开裂，一到下大雨天，小区就成了汪洋大海，水漫到膝盖。"

余征诧异道："既然这样，你们为什么不找物业，不找开发商理论？"

老大爷说："物业顶屁用，至于开发商，更不讲理，说什么当初验房时，我们这些业主都签过字的。现在出了问题，只能自己负责。"

"就是，"一个中年妇女插嘴道，"我家住顶楼，去年阁楼的墙上裂缝，吓得我都不敢住了。可是，杀千刀的开发商非说是天气太干，墙

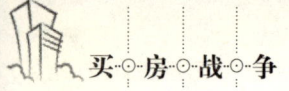

上的涂料开裂。"

莎莎打完电话，走到余征身边，撇撇嘴说："别瞎说，我也是业主，刚买了二期的楼盘，怎么不见你说的那些情况？"

又有个妇女挤上前来，控诉道："他们住的是第一期多层公寓。找开发商闹过之后，二期的质量稍微好了点，但是小区下水道一塌糊涂，我住10楼，一到黄梅天，墙上都是霉斑。你肯定是后来才买的，装修的时候，工人把墙面重新铲过了，到今年雨季，走着瞧！"

莎莎没再说话，余征知道，这妇女说的肯定是实情。领头的老大爷大吼一声："这日子没法过了，砸，砸烂他们的机器，看他们还敢帮黑心的开发商做虚假广告。"

双方正剑拔弩张，物业保安带着警察赶到了。看样子，这警察跟他们是老相识，也许他们这样闹事已经不止一次。警察劝说他们别再生事，最好用法律的途径解决问题。这群人大喊着，法院都宣判了，要开发商负责整改，开发商要么拖延，要么干脆不予理睬……

很快，余忠义带人赶到了现场。发生类似事件，首先要维护公司的形象，他害怕此事被外界扭曲，因此第一时间通知媒介部到现场善后，防患于未然。

看这情形，今天的拍摄计划肯定泡汤。余忠义安抚了大家一阵，又提出请大家吃顿午饭，然后今天暂且休息，待媒介部的同事妥善处理之后，明天再恢复拍摄。也只能如此了。除了莎莎，其他人都义愤填膺，吵吵嚷嚷着收拾设备，装车撤退。

吃午饭时，余忠义明显感到大家情绪不佳，他明白，今天若不加以安抚，恐怕会影响摄制组的积极性。于是，他特意让酒店上了几瓶好酒，又朝莎莎使了个眼色，莎莎立刻嘻嘻哈哈地开始逐个单独敬酒，再讲些段子助兴。酒一喝开，席上气氛就缓和了很多，只是余征还板着脸，一脸沉思状。

第三十四章 打倒无良开发商

余忠义见火候差不多了，便清清嗓子说："今天的事情纯属意外，让大家受委屈了，我保证以后不再发生。"

陆元稹提出异议："余总，如果那些业主说的是实话，那问题一天不解决，他们还会找我们麻烦，我们岂不是连安全都得不到保证？！"

余忠义说："大家要相信媒介部同事们的能力，他们一定会协调好、安抚好。至于房屋质量问题，那些闹事者也只是片面之词，真实情况如何，不好妄下断言。"

陆元稹还想说话，奚宁坐在一边拼命扯他的袖子。与陆元稹结婚以来，最令她不满的就是陆元稹自视甚高，总是摆出一副老资格的模样指点江山。事实上，在别人眼中，他根本就是个笑话！这次他们夫妻进入摄制组工作，明眼人一看便知，是靠着前任女婿余征的关系，可是，陆元稹偏偏还以为自己奇货可居，拿捏着架子不肯来，要不是奚宁跟他闹了一场，他没准真会放弃这送上门的好事。现在，可不能让这糊涂老头多嘴多舌，得罪了余总。想到此处，奚宁赶紧赔笑道："这人老话多，余总千万别往心里去。"

余征一直没有吭声，他认为岳父的顾虑不无道理，但他明白，他只能就这些担忧私下问问余总的看法，却不能当众质问。否则，有损余忠义的威信。

酒足饭饱，大家作鸟兽散。余忠义刚想去洗手间，余征却把他叫住，有事相询。余忠义知道他所为何事，不等他开口，便说："我们只是广告公司，不是仲裁机构更不是质检机构，我们只负责拍广告，明白吗？今天的事有很多错综复杂的原因，但是你，只要负责把这个广告拍好就ok了。其他的不用多想，都由我来搞定。"

余征知道他只是胡乱应对，但依然追问了一句："如果天地豪城真有质量问题怎么办？"

余忠义急于去洗手间，心里埋怨余征没有眼色，嘴上却还不得不应

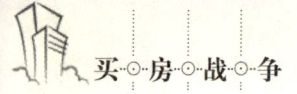

付道:"我知道你买了他家的楼盘,所以才这么担心。莎莎正在帮你装修,房屋质量如何,你去问她不是更清楚?"

不好,再不走就要出丑,余忠义暗自叫苦,小跑着出门方便去了。

从洗手间出来,余忠义浑身轻松,想到今天自己的当机立断,不由得有几分得意,一边点烟,一边哼起了小调,冷不丁看到奚宁亭亭玉立地站在面前。余忠义左看右看,没见陆元積,难道她是专程等着自己?

"余总,今天在现场,您可威风了。"奚宁笑吟吟地说。

"别,别开玩笑了。"奚宁的突然出现出乎余忠义的意料,"你没跟陆老回去?"

"老头子精力差,回家午睡去了,我是专程来向余总赔罪的。老头子喝了点儿酒,在场面上顶撞您,还请您大人不计小人过,别见怪。"

奚宁的声音软绵绵的,还作势做了个万福的姿势,余忠义赶紧俯身搀扶她。奚宁掩口一笑,余忠义不由心神荡漾,身体酥了一半。

此处虽然人少,但毕竟是公共场合,余忠义立即正色道:"需要我送你回家吗?我有车。"

奚宁莞尔。余忠义天天来现场点卯,她早就看穿了他的想法,见他不敢直截了当,还在出言试探,心中暗自好笑,却仍然装出惊喜状:"真的吗?余总亲自为我开车,我太荣幸了。只不过,余总您喝了酒,要不要先歇一歇,再送我回家?"

余忠义知道酒店楼上就是客房,但是奚宁如此主动、如此直接,他担心她此举是否会有什么目的,会不会给自己带来麻烦。

见余忠义犹豫不决,奚宁悠然道:"你们这些男人就是这样,既想吃鱼又怕腥,这世上哪有十全十美的好事。放心吧,我不会给您惹麻烦,最多就是求您给我安排个工作之类的,一定是您力所能及的小事。"

此时的余忠义早已冲昏了头脑,奚宁此言一出,他的心立刻放下了一半,待与她交换过心领神会的眼神,两人一前一后,进了电梯。

第三十五章　彩旗飘飘总有代价

余忠义让余征前去询问莎莎,然而,莎莎才不会告诉余征实情。余征购买的天地豪城二期尾盘,虽然有一些小问题,但总体质量还过得去。小区积水,墙面返潮的问题,莎莎早已发现。但是,林董承诺,一旦墙上出现霉斑,便差人帮她免费粉刷。其实,与林董好上之后,装修费用均是林董出资,他还要求装修工人加班加点帮她搞定。况且,莎莎早就想好,婚后不会在此长住,林董答应三五年之后将新开发的别墅折价卖给她一栋。因此,余征得到的答案是,房屋状况一切良好。他这才放下心来,带领摄制组继续投入拍摄。

余忠义果然说话算话,接下去的拍摄一切顺利,再也无人骚扰,这段小插曲很快就被众人抛在脑后。

这天,余征正在机房剪辑素材,忽然接到阿沅的电话。离婚之后,阿沅没再主动跟他联系过,这次,却提出要见他一面,余征猜测她遇上的一定不是小事,赶紧答应下来。

下了班,余征告知莎莎,晚上需要招待同学。恰好,莎莎早已约好搭子打通宵麻将,于是,两人各行其是。

阿沅过日子省俭,不想太过破费,便和余征约定在家中见面,反正旧小区里的同事们早就搬得七七八八,也不怕被人看到传闲话。

阿沅提前接了女儿放学,女儿一见父亲,兴奋地扑上前来,要余征抱抱,嘴里"爸爸、爸爸"叫个不停。他见阿沅提着一包蔬菜,开门吃力,赶紧右手抱着女儿,腾出左手帮她拎包。阿沅扭过头冲他一笑,霎时,两人都回忆起从前的时光,一阵默然。

房子还是原来的模样。结婚那年粉刷一新的墙壁涂料早已翘起脱落。窗户是老式的木框玻璃窗,风吹日晒木框变形,几扇窗子已经无法合拢,只能用铁丝钩住。几盏式样极其简单的吸顶灯即使一起打开,屋里光线

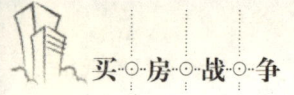

也不甚明亮。从前，夫妻俩若是想要读书写字，必须合用一个台灯，因为只有一个书桌。

余征想起自己占用新房，且已经装修一新，更觉得过意不去，他本想提出资助阿沉，又怕阿沉不肯接受，只好改口提出增加女儿的抚养费，同时建议阿沉把房子重新装修一下，由他来出部分费用。

阿沉说："不用破费了，这样挺好。"顿了顿，她又说，"再说，说不定以后我跟女儿也不住这儿了。"后面一句话，她声音极小，脸颊微红。

未等余征发问，女儿又来打岔，缠着余征说这说那："爸爸，你看我的新书包漂亮吗？"

女儿还没读小学，暂时不需要书包，不过如今的幼儿园，早教风气日盛，经常需要一些课本、剪纸工具，一个小书包倒也是必备之物。书包很是精致，看来所费不赀。余征赞叹道："妈妈的眼光就是好！""不是妈妈买的！"女儿抗议道，"是忠义伯伯送的。"余征一愣，随即有点醒悟过来，木然看着阿沉。

阿沉有点儿羞涩，但是见女儿已经揭破，只得低声说道："忠义已经向我提出，让我和女儿搬过去住。但是我觉得嫂子去世不久，搬过去还不是时候，心理总有障碍，所以，缓缓再说！"

余征大脑里一阵轰鸣，隐约听到阿沉还在说着什么，似乎是她计划等到女儿读了小学，再考虑再婚的事。

看来她真的想嫁给余忠义！余征心里仿佛打翻了五味瓶，不知是何滋味。真是个虚伪的女人，当初还口口声声撇清和余忠义的关系，这才离婚多久，就忍不住露出了狐狸尾巴。不过，也怪自己太不争气，被她抓住了把柄，才被扫地出门。唉，事到如今，多说无益，余征按捺心中的悲愤，冷冷问道："你今天找我有什么事？"

阿沉似乎并没有觉察到他的不快，十分真诚地说："谢谢你，给爸爸找了份工作，听他说，待遇很不错。"

第三十五章 // 彩旗飘飘总有代价 //

余征很是惭愧,嗫嚅道:"哪里话,承蒙爸爸不嫌弃,临时工一天工资才几十块钱。"

阿沉说:"后来奚宁又给了爸爸1000块,说是公司给的顾问费。"

奚宁?余征莫名其妙,这事跟奚宁有何关系?

"对了,奚宁的事更要感谢你。她说你帮助她进了公司财务部工作,虽然只是个临时工,但公司效益好,每个月也有两千块工资呢。"

余征惊得合不拢嘴,他不知自己何时有此般能耐?

阿沉见他如此表情,觉得好生奇怪,狐疑道:"这事儿,难道你不知道?"

余征点点头,又猛地摇摇头。他努力把这些天发生的事情连贯起来过滤了一遍,忽然豁然开朗:原来如此,余忠义每天在拍摄现场的出现,一切的一切,原来是为了奚宁!这,这真是太可笑了,阿沉这个傻女人,还痴痴地以为,余忠义会跟她结婚。她被骗了!

余征刚想揭穿,又觉此事对她来说太过残忍。罢了罢了,犯不着由他余征来拆穿,免得她以为他气量太小、故意使坏。

阿沉又说:"今天找你来,一是为了谢谢你。但是,最重要,还是为了奚杰的事。这小家伙吃不了苦,从军营里逃了回来,现在不是躲在家里打游戏,就是出门满街闲晃,眼看又要学坏。"

"上梁不正下梁歪,有个奚宁那样的母亲,能生出个好儿子反倒是件怪事!"余征恶狠狠地说。

阿沉笑了:"这话仿佛从前我曾经说过,怎么被你学会了?"

余征有点儿感慨,是啊,奚宁母子与他有什么相干?若不是与岳父、与阿沉总有千丝万缕的联系,彼此都是陌路人罢了。

"人需要相处才能相互了解。之前我对奚杰抱有成见,后来我到军营给他送过东西,有机会与他交流了几次,觉得他本性善良,为人也挺仗义,小小年纪如果就这样沉沦下去未免可惜。你跟他关系不错,又都

是男人，"她不好意思地笑笑，"我想请你去开导他一下，不知道这样算不算强人所难？"

阿沉就是这样，自顾尚且不暇，还为别人着想。余征的心忽然柔软下来，刚才的愤恨也消解不少。也许，阿沉确实不是为了余忠义才与自己离婚，自己的出轨的确伤透了她的心。唉，往事不可追，再刨根问底已经失去意义。那去找奚杰谈谈吧，不管是否有效，也算遂了阿沉的心愿。

想到此处，余征闷哼了一声，算作答应了。

阿沉很是开心，说："其实，我这么做也是为了爸爸。奚杰少惹麻烦，爸爸也能少操点心，晚年过得安稳一点。"

只怕，你爸永远安稳不了。余征暗叹。

第三十六章　儿子跟踪辣妈

余征早有奚杰的手机号码，找到他并不是难事。这小子在市中心娱乐城的游戏厅里泡了几天，余征找到他时，他正玩儿得昏天黑地。

余征照着他肩膀一拍，他还没反应过来，低吼一声："老子正忙着，别烦老子！"这一吼，围在边上看热闹的几个半大不小却打扮得千奇百怪的男孩子纷纷围拢过来。

余征有点紧张，壮着胆子又狠拍了奚杰一下："兔崽子你长本事了，连我都不理！"

奚杰扭过头，定睛一看，见是余征，赶紧赔笑道："姐夫，你怎么来了？稍坐坐，我打完这盘就来陪你。"

"打你个头。"余征照着奚杰头上给了一个爆栗，"快出来，有话跟你说！"

奚杰眼中恼怒之色一闪而过，他拦住周围起哄的男孩们说："没事没事，这是我姐夫。我们出去谈点事。你们先代我玩会儿。"又向余征解释道，"这些都是我兄弟。"

说罢，跟着余征穿过喧哗无比的走廊向外走去。

找到安静的地方坐下，不等余征开口，奚杰劈头盖脸地问道："你为什么和阿沉姐离婚？"

"你都知道啦？"余征半信半疑。

奚杰做出一副无所不知的模样："我有啥不知道，告诉你，爸爸正准备找你算账！"

余征暗自好笑，又不便教训他，只好说："大人的事小孩不要管。"

奚杰皮笑肉不笑道："我好歹也算是个男人。我知道，你们离婚是因为那个老色狼，他骗了阿沉姐，又霸占了我妈。"

余征明知故问："你胡说什么呢？"

奚杰说:"你不用骗我了。我回来这几天,我妈总不在家,每天都打扮得花枝招展的,也不像去打牌。我跟踪了她好几次,发现她背着爸爸跟那个老家伙约会。爸爸一直很疼爱我,比亲爹还好,妈妈这么做太不仗义。"

"哪个老家伙?"余征心脏乱跳,却还是心存一丝侥幸。

"就是你们公司的总监!"

真是余忠义。余征本来只是猜测,以为这家伙只有贼心没有贼胆,谁知他当上总监后居然如此明目张胆。余征气得牙痒,更为阿沅不值。

"前几天我去找阿沅姐要点儿钱,发现那老家伙的车停在阿沅姐楼下,上楼一看,他跟阿沅姐有说有笑的。"

"你告诉你姐了吗?"

"还没,我怕她伤心。"奚杰说,"我早就打听清楚了,那家伙是你们公司的头儿,是不是?所以你们不敢找他算账。你不敢,我敢!"

"打断他的腿才好!"余征愤愤不平。

奚杰抓住话柄,说:"姐夫,这可是你说的!"

"就是我说的。"余征拍拍胸脯,心里却并不认为奚杰真有这个胆量。

"好,那我就放心大胆地干了!"临走,奚杰说,"姐夫,能不能借点儿钱给我?最近手头紧。"

第三十七章　老头子恋爱就像老房子着火

告别奚杰，余征寻思着去找岳父谈谈。既然离婚的事岳父已经知道，也好，省得他还得亲自说出这个揪心的消息。刚才忘记询问奚杰，岳父是否知道奚宁的事情。其实，不必多问，就连儿子奚杰都瞧出了端倪，同在一个屋檐下生活的丈夫又怎会懵然不知？

岳父独自在家守着电视，奚宁母子不在，家里越发寂寥空荡。他见到余征显得开心异常，急忙张罗着倒水沏茶，还找出了一盒瓜子给余征嗑。

余征赶紧说："爸爸，我就来坐坐，您别忙活了。"话一出口，两人都有些伤感。

陆元稹悲伤地说："现在，我们已不再是翁婿关系，你也不用再叫我爸爸了。"

余征热泪盈眶，哽咽道："爸爸，虽然我跟阿沉离了婚，但只要您不反对，我就是您儿子。"

陆元稹十分感动："我晓得你是个好孩子，也不知你跟阿沉怎么会闹到这个田地，我事先一点也不知道。那个，那个什么莎莎，她哪点比阿沉好，值得你要抛家弃子地跟她去？"

余征无话可说，只得沉默。

陆元稹说："你跟那个莎莎，结婚了吗？"

"还没有。"余征低着头，像个犯了错误的小孩，老老实实地说。

陆元稹眼前一亮，又问："那你有什么打算？"

余征不忍告诉陆元稹他与莎莎的真实进展，只得说："还没想好。"

陆元稹仿佛看到了一线希望，说："婚姻大事，要考虑清楚再做决定，不能随意。其实，以我现在的身份，不再适合对你的婚事说三道四，但是我以过来人的身份提醒你几句，娶妻要娶贤，人品才是最最重要的，不能光图对方年轻漂亮，否则日子过不好不说，你的前途也得搭进去。"

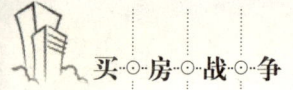

不知岳父是否暗指奚宁，但余征明白，他说来说去，还是希望自己能够回头是岸，与阿沉复合。也许，阿沉从未瞧得起过自己，但是在岳父眼中，他这个女婿近乎十全十美。余征感激之余感动万分，但还是硬起心肠说道："爸爸，其实是阿沉不肯原谅我，不肯跟我继续生活下去。我已经尽力了。而且，她，她也打算再婚了。"

"什么？她要再婚？跟谁？"陆元稹讶异道。

"听说，听说是我们公司的余总监。"余征吞吞吐吐地说。

"不行！"陆元稹的脸色由青到白，急剧变化着。

余征焦急道："爸爸，您别激动，我只是听说。"

陆元稹老泪纵横，一下子跌坐在沙发上，吓得余征后悔不迭，一手伸进口袋摸到手机，随时准备拨打急救电话。

过了好一会儿，陆元稹才缓过气来，他哀叹一声："上辈子作孽，上辈子作孽。余征，家丑不可外扬，有件事本来我不想告诉你，我这心里也憋得难受。但是现在，不说是不行了。奚宁跟你们余总好上了，只要余总一个电话，她就巴巴地赶出去，有时候连家都不回。我想去找她，又怕得罪了余总，给你和阿沉惹麻烦。你是那个余总的弟弟，能不能去跟他说说，他总能听你一句。你跟阿沉虽然离了婚，但是毕竟夫妻一场，你不能眼睁睁地看她往火坑里跳啊。"

余征暗叹一声，找余忠义谈谈无妨，关键是，这两个女人的态度。阿沉倒是好办，只需让她得知余忠义的真实嘴脸，只怕她即刻便会弃之如敝屣。

难办的倒是奚宁。

陆元稹皱纹满面、胡子花白，双眼下挂着黑黑的眼袋，纯粹一个老人形象，如此状态又如何与年轻美貌的奚宁相配，要她回头似乎不大可能。再说，奚宁天生爱慕虚荣，即使离开余忠义，也未必会死守着丈夫。

陆元稹见余征长时间不表态，不满道："余征，你是不是不敢去找

第三十七章 // 老头子恋爱就像老房子着火

余总?"

余征缓和了语气道:"爸爸,阿沅是个聪明人,她的工作好做。问题出在奚宁身上,她本身就不是安分的女人,以后等您真的老了、病了,她更不会心甘情愿地照顾您,只怕连夫妻都做不长久。所以,不如趁这个机会,跟她了断,另外找个老实本分的女人,安安稳稳伺候您下半辈子。"

陆元稹张大了嘴巴,显然没意识到余征会出此言。半晌,他才叹息一声:"其实,我何尝不知道奚宁是个什么货色,可是我就是喜欢她,离不开她。所以,我只能装糊涂。孩子,我还有几年活头?你就让我糊里糊涂开开心心过完这剩下的日子吧。"

余征彻底蒙了,他终于看清,岳父依然爱着奚宁,这个老糊涂!虽然谁也说不清楚爱情是什么,但是一旦发生,旁人无计可施。不过,他还不死心,试探道:"如果奚宁坚持要跟着余总,情愿离开您怎么办?"

"那我就去死!"陆元稹斩钉截铁地说。

余征吓得魂飞魄散,难怪人家说老头子恋爱像老房子着了火,何况岳父如此顽固。阿沅也算执拗,但比起陆元稹还真是小巫见大巫。岳父撂下狠话,继又可怜巴巴地望着他。余征不敢再多言一句,只得默默离开了陆家。

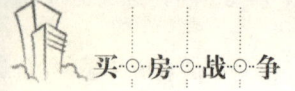

第三十八章 广告不等于虚假夸张

新房还不能居住,余征暂时无家可归,只得暂住在莎莎租住的公寓。带着心事回到家里,莎莎正躺在床上生闷气。余征想出言相询,以示安慰,又觉得浑身乏力、头脑涨痛,陆家的事搅得他心神难安,无暇再去顾及莎莎。反正,莎莎肚子里藏不住话,不用多问,她自己就会说出来。

果然,待到余征洗完澡回到床上,莎莎忍不住开了腔:"真是气人!今天去林董公司,出门的时候,被一群人围住了,还被泼了一身脏水。"

余征问:"又是因为房屋质量?"

"才不是呢,是因为小区面积有限,开发商前期许诺的绿地、游泳池之类的配套设施无从兴建,只好取消。一帮野蛮人,开发商按时交房不就得了,外部环境有那么重要吗?"

"他们介意的不是外部环境,而是开发商的承诺没有兑现。再说了,小区的配套设施是业主集体出钱建的,包含在房款里面,怎么可以说不建就不建了?"

莎莎说:"你是只知其一不知其二,林董告诉我,实际拿到的地皮面积,与筹建时估算的不太一样,能确保房屋的面积已经很不错了,哪里还能顾得上配套设施。"

余征疑惑道:"目前我们拍摄的天地豪城三期的广告,小区配套设施部分都是用三维效果图替代,难道这些将来也无法兑现?"

莎莎说:"如果建好之后,情况与二期相同,那配套设施估计是泡汤了,不过,林董答应我,如果真是如此,会退给你一部分房款,你不用担心。"

余征震惊道:"那我们岂不是做了虚假广告?"

莎莎抛给他一个大感不解的眼神:"大师,莫非你是第一天拍广告?哪条广告不夸张、夸大?如果任何商品没有一点水分,不折不扣按照广告上的标准,那生意人都得喝西北风去了吧。"

余征往边上挪了挪,与莎莎拉开一点儿距离,正色道:"从前,我

第三十八章 // 广告不等于虚假夸张 //

拍的广告以景区宣传片居多，实景拍摄，绝无虚假。食品和服装等广告也拍过不少，但基本都是实事求是。"

莎莎揶揄道："难道你没拍过化妆品和保健品广告？莫非那些东西真的可以让人返老还童？"

余征认真地说："你说的这两种广告我从来不接拍，所以我每个月的业绩都很一般。"

莎莎瞪了他一会儿，发现他不像说笑，不满地嘟囔了一句："有病。"便转身睡下了。

余征等了一会儿，见莎莎没有反应，便上前摇动她的肩膀。莎莎刚刚睡意蒙眬，被他吵醒很是不爽："这大半夜的，你还让不让人睡觉？"

余征说："刚才的话题，我们还没讨论完。"

莎莎一激灵坐起身来，仔细看着余征，见他一本正经，暗想这下坏了，今天这个傻瓜跟她较上劲了。

果然，余征严肃地说："莎莎，广告可以适当宣传，但是不可以夸大，这泳池、绿地估计很难不打折扣完工。而且，现在明知天地豪城的质量问题如此之多，我们怎么还能助纣为虐？"

莎莎不愿恋战，柔声道："你管那么宽干吗？再说，这种情况也不一定真的会出现，即使出现，林董已经答应给你补偿。乖，快点儿睡吧，我困死了。"说罢，打了个长长的哈欠。

"我是获得了赔偿，但是还有广大受欺骗的业主呢，他们怎么办？不行，在我找林董问清楚之前，这个广告不能播。"

莎莎百般忍耐，已经到了极限，她终于不客气地说："余征，你怎么这么死脑筋，人家林董够意思了。再说，广告已经拍好，播出问题也不是你说了算。你就别再干这些挡住别人财路的事情了，吃力不讨好！"

"你！你！"余征刚想反击，手机忽然唱起歌来。余征悚然，他最怕夜半铃声，似乎每次都不是好事，这次，不知又有何变故。

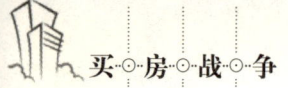

第三十九章 儿子打了妈妈的"黑马王子"

两人暂时休战,余征战战兢兢摁了接听键,奚宁带着哭腔的声音传来:"余征,你在听吗?奚杰把余总给打了,你快来!"

"啊?"真没想到,奚杰还真敢打伤余忠义,自己当时不过是一句气话。怎么办?警察会不会找上门来,给自己按上一个教唆罪?余征大脑里瞬时一片空白,举着手机不知如何是好。

房间里十分安静,莎莎躺在一边听得清清楚楚,不由变了脸色。见余征无措,莎莎一把抢过手机问道:"不要慌,暂时不要报警,告诉我,你们在哪里。"

奚宁哭唧唧地说,她跟奚杰都在家,陆元稹也在。

看来余忠义的伤势并不严重,否则那小兔崽子早该关在派出所里了。莎莎吁了口气,又问:"余总现在在哪里?"

奚宁说,她已经把他送去医院,但是他怕人看见,坚持叫她回家。

让一个小孩打伤本就不是光彩的事,余忠义如此处理还算明智。哈,余忠义,你居然也有今天。莎莎幸灾乐祸了片刻,决定先到陆家了解具体情况之后,再做打算。

放下手机,她见余征还在发呆,鄙夷地大叫一声:"穿好衣服,走!"

余征在莎莎的一声怒斥下悠悠醒转,顿觉惭愧,遇事就如此惊慌失措,自己简直太不像个男子汉。不过,出事的是陆家人,莎莎似乎不宜出面。

莎莎不胜其烦地说:"谁爱管你那些破事儿,只怕到时候,你还得再回来求我。"说罢,摔摔打打以示不满。

余征来不及多想,三下五除二收拾好,开上莎莎的马6,直奔陆家。一路上,他还急于知道此事发生的过程,但是一进门,见着愁眉苦脸的陆元稹等人,他反而不再着急上火。就那么回事儿吧,还能演出什么新花样?

第三十九章 // 儿子打了妈妈的"黑马王子" //

陆元稹苦着脸坐在一边,奚宁不住地啼哭,边数落奚杰莽撞不懂事。

闯了祸的奚杰垂头丧气地站在墙角,一见余征,便说:"姐夫,这人可是你让我打的,你得给我做主。"

见陆元稹夫妇惊讶地盯着自己,余征训斥道:"小孩子不要乱说话,我什么时候让你去打人了?"

奚杰以为余征不愿帮他,负气道:"你放心,我一人做事一人当,绝对不会把你供出来!我现在就去自首!"说罢,抬腿就往门外走去。

奚宁见状急忙将他拉住,气急败坏地说:"我的小祖宗,你给我惹的麻烦还不够多吗?这个时候就别再添乱了,否则,你不是逼你妈去死吗?"

奚杰挣脱开她,愤然道:"我没你这么不要脸的妈!爸爸对你哪点不好?你还要出去勾三搭四。今天终于让我撞破了,我只恨我下手太轻,应该把那老家伙的腿打断了才好!"

奚宁哭道:"我生你出来,把你养这么大,吃了多少苦头,操了多少心?你居然这么说我?好好,你不认我这个妈,我也没你这个儿子,我,我去死,你称心了吧!"说完,转身跑出门外。

陆元稹忽然冲上前去,狠狠地抽了奚杰一个耳光,说:"臭小子,你无法无天了!还不快去把你妈追回来。"奚杰吃痛,又羞又怒,只得追出门外。

余征目瞪口呆地看着岳父,半晌,才说:"爸爸,我早就跟你说过,这个女人不会跟你好好过日子,你趁此机会跟她离了,再找一个多好。"见岳父不表态,余征以为他有所触动,也乐于让他仔细考虑,便向他告辞道:"爸爸,我现在去探望一下余总,看看他那边情况怎样,希望能帮你们把这件事平息。"

陆元稹点点头,说:"余征,爸爸老了,腿脚不便,你开车出去时帮我找找奚宁母子,劝他们快点儿回来,这么晚在外面,我不放心。"

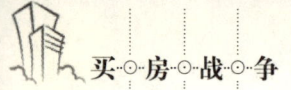

真是没救了！余征知道，自己再不可能改变岳父对待奚宁的态度，只得悻悻离去。

不幸中的大幸，余忠义没啥大碍，只是部分软组织挫伤，面部稍有些淤血，按医嘱敷药，过几天就可以痊愈，饶是这样，他也受惊不小。

余征事先跟他通话，知道他已回家休息，便到他家探望。本以为阿沅会在余忠义身边照料，进门才知道，仅他一人而已。也是，这么丢人的事，他怎会告知阿沅？！

见到余征，余忠义羞愧万分，红着脸说："那女人，我是再也不敢见她了。早知道她有个那么如狼似虎的儿子，我说什么都不敢沾惹她啊！我真是后悔死了！"

余征心里痛骂道：王八蛋，勾搭良家妇女，拆散别人家庭，现在才知道后悔，早干什么去了。想归想，恨归恨，面上却不敢流露分毫，毕竟余忠义是他的顶头上司。

余忠义接连叹息道："你嫂子去世后，我很寂寞，你也知道，一个男人单身生活诸多不便。"他顿了顿，偷看了一下余征的脸色，见无异样才继续道，"你快跟莎莎结婚了，所以我才比较看好阿沅，可是阿沅推说女儿还小，不愿意搬来跟我同住。奚宁只比我小几岁，跟我属于同龄人，温柔体贴不说，也比年轻姑娘更加理解我，她又一直很主动。当然我也有责任，一时鬼迷心窍，唉！"

余忠义如此坦白，倒是令余征理解了他的心情，刚才的愤恨之气也消散了不少，便问道："这件事你准备怎么处理？"

一句话似乎勾起了余忠义的怒火，他一拳捶在床沿上，大声道："那个小王八蛋，我好歹也算帮过他，这次他居然敢向我动手，我非把他送到工读学校去不可。"

自己有错在先，不知悔过，却还迁怒于一个孩子，余征适才的同情之心一扫而空。他冷冷地说："你的伤不算重，而且奚杰还没成年，就

第三十九章 // 儿子打了妈妈的"黑马王子" //

算闹上法庭也会从轻发落。再说,这件事闹大了,对你也没有好处。"

余忠义沉吟不语,余征知道他的内心极其矛盾,既咽不下去这口恶气,又怕此事公开会影响他的前途。要知道,尽管余忠义已贵为总监,可是公司上下依然有不少人对这个宝座虎视眈眈,等待机会取而代之。活动部主任兼副总监贾华铎,更是一直在背后搞着小动作。在这个紧要关头,余忠义应该不至于干出搬起石头砸自己脚的蠢事。

余征心里有了底气,看看手表,已是第二天凌晨,他累得眼皮打架,便告别了余忠义,打道回府。事到如今,不让余忠义出这口气恐怕也不现实,但是如何将事情斡旋得更加巧妙,不是余征的智慧能够轻易做到,他只得回去求助于莎莎。刚刚才跟她吵闹一番,一转脸就得赔上笑脸,实在不符合余征的性格,但是事关岳父,无论如何委曲求全,他也只能向莎莎低头。

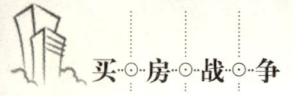

第四十章 平衡是一门艺术

这阵子,余忠义着急上火,顾不上伤势还未痊愈,便四处抛头露面讨要欠款。广告公司为客户垫付经费已成惯例,设计装修展厅、高炮之类的广告费用往往会拖欠多年。所以,一般小型广告公司,根本不具备接手大型广告的能力。但是,若是长此以往,即便强盛如蓁城广告,也难免遇到资金吃紧的时候。

最近,活动部主任兼副总监贾华铎正闹腾得欢。他眼见竞聘总监无望,便向上级集团提出,说是广告行业按业务类型分家已是大势所趋,建议蓁城广告分家。可是,蓁城广告公司的特点就在于门类齐全、覆盖面广,涵盖了广告代理、广告发布、广告制作、媒体运营、庆典礼仪、平面设计制作、影视动画制作、网络运营等各领域业务,在蓁城广告行业处于绝对的领先地位。一旦分家,公司便将四分五裂,各个部门各自为政,再也无法形成气候。

余忠义新官上任,便遇此难事,着急上火也在所难免。不过,他毕竟行走江湖多年,绝不至于乱了方寸,按部就班部署完毕,再向上级集团和各部门主任晓以大义、许以利益,贾华铎点起的火苗算是暂且压了下去。但是,贾华铎一计不成又生一计,将其活动部所得的房展车展收入扣住,不肯汇入公司总账,导致公司流动资金短缺,几近断链。余忠义只得亲自出马,尽力回笼客户们拖欠的广告尾款。无奈,其他款项数目有限,而林董的房产广告,资金只到账一半,若是另一半也能支付,方可解燃眉之急。

余忠义心中了然,林董虽然实力雄厚,但是在商言商,涉及资金出入,自己若是没有非常手段,恐怕回笼之日遥遥无期。左思右想,还是只得硬着头皮再找莎莎出面。

莎莎接到余忠义的电话,显得很是亲切,嘘寒问暖了几句,同意晚

第四十章 // 平衡是一门艺术 //

上与他在余家见面。

一见到余忠义，莎莎便捂了嘴巴偷笑不已："真没想到，我们堂堂余总监，也会阴沟里翻船。"

余忠义知她嘲笑自己被打之事，只得自我解嘲一番："这世事难料，都怪我惹下的风流债。"

"哈哈，"莎莎开怀道，"你倒是有自知之明，你惹下的风流债恐怕不止这一桩呢，我这桩，你准备怎么算？"

余忠义假装捂住胸口道："我的小姑奶奶，你可别再吓我。冤有头债有主，你这笔账怎么算都算不到我头上，得找林董买单啊！"

莎莎不高兴了，撅起嘴巴一屁股坐在余忠义身上，余忠义痛叫一声，莎莎这才想起他是伤员，急忙起身，嘴巴却依然不肯轻饶于他："好啊，你们都欺负我，我不干，我要离开他。"

余忠义正揉着痛处，一听此话，瞬时头大如斗，就连太阳穴也开始跟着疼痛起来：好不容易攀上林董这棵摇钱树，还指望他救自己于水火之中，要是莎莎任性，得罪了他，那什么都完了。

他赶紧哄道："这话可说不得！外面有多少人想巴结林董都巴结不上，他喜欢你，那是你的福分，怎么可以这样任性？来，快告诉我，他怎么欺负你了？"

莎莎搂住他的脖子，大声说："我今年25岁了，在乡下老家，25岁已经是嫁不出去的老姑娘了。我要林董离婚娶我，他就耍赖。不娶我也行，我可以嫁给余征，可林董现在每天都缠着我，不管白天黑夜。这样下去迟早被余征发现，你说，你让我怎么办？"

如此确实麻烦。余忠义想了片刻，说："既然林董不肯离婚，那你可以跟他谈判，让他给你一定的自由空间，否则，就去告诉他的老婆。但是你的态度要温柔，不能让他感觉到你在威胁他。"

莎莎哭唧唧地说："我已经跟他闹过几次，可他说生意场里这种事

太过常见,他老婆不会在意。再说,他是个生意人,根本不怕。"

麻烦大了,这事儿闹开,林董倒是毫发无损,莎莎却会恼羞成怒,难保余征知道实情不迁怒于自己,受伤的只会是他余忠义。

他低头思索片刻,说道:"也许,林董真的被你迷住了,不过,喜新厌旧是男人的本性,估计他是一时的兴致,你应付一段时间,或许他厌倦了你,也就放手了。"

莎莎伤感地说:"说得轻巧,谁也不能保证他多久才会厌倦。一年?两年?我真成了嫁不出去的老姑娘,到时候你娶我啊?"说罢,扑在他胸前,呜呜地哭了起来。

还记得刚刚把莎莎送入林董怀抱,余忠义还多少有点儿不舍和醋意,可是如今,怀抱着莎莎就仿佛抱着一颗定时炸弹,令他惊恐万分。不好,这丫头本领渐长,今天,险些着了她的道!余忠义摸了摸额头上的冷汗,暗忖:莎莎明明知道,自己绝不可能娶她,也没有能力插手她与林董的关系,那么今天她所有的表演只有一种可能,有求于自己,或是要与自己进行一种交换。她很可能是为了奕杰的事情,这样也好,彼此对对方都有要求,两不相欠。这样一想,余忠义放下心来,准备好好看看莎莎葫芦里卖的究竟是什么药。

余忠义拍拍她的肩膀,说:"别哭别哭,哭花了妆容就不好看了。"

莎莎一听,赶紧直起身来,从包里掏出小圆镜左照右照,修补残妆。余忠义暗自好笑,如果莎莎真的痛不欲生、万般纠结,哪里还顾得上自己的形象,可见,她内心轻松得很。小丫头,到底还嫩着呢。

莎莎的皮肤不够白净,但是紧致丰满,铺上散粉,更显光彩照人。余忠义心中一动,反正在自己家里,跟她亲热一番也不会有外人知道,又何必错失良机。于是,他趁势将她搂进怀里,感觉她比从前更为丰腴。心宽体胖,莎莎又是如此没心没肺,根本不会为任何事烦恼。余忠义更是放下心来,凑上前亲亲她的脸颊。莎莎却一下子躲开了,嘴里嘟囔着:"你把

第四十章 // 平衡是一门艺术 //

我的粉底都亲掉了，讨厌！"

余忠义又努力了一次，莎莎还是躲闪着不让，他便也没再勉强，刚刚涌起的热情熄灭了一半。与奚宁相比，莎莎自私蛮横，很少顾及别人的感受，不过这也是素质使然。再说，她成天周旋在男人堆里，也确实容易抓狂。余忠义理解莎莎，也不敢招惹她，便松开手，让她坐到一边。

莎莎补完妆，将化妆品归置好，见余忠义还不说话，以为他生气了，便想讨好他，转念一想，她与他是什么关系，还需要如此兜圈子，便直截了当地说："余总，今天我来，一是探望你，二是就奚杰的事问问你的态度。本来他跟我没多大关系，但是余征非要保他，希望你给我面子。我帮了余征，以后他万一知道我跟林董的事，也不好意思跟我翻脸。"

余忠义点了点头："从前我答应过你，你有困难，我绝不袖手旁观。既然你开了口，那奚杰的事我不再追究，不过，你得想办法叫陆老头把他送走，免得再惹事端。"

莎莎一口答应，保证事成之后，把奚杰送回军营。

余忠义摆摆手："你们怎么处理我不管，但是你也得帮我一件事。"

莎莎诡诡地说："我知道，林董还欠公司的广告费用。你放心，就算你不开口，我也会追讨，拿到这笔钱，我的提成也不少呢。"

余忠义高兴地道："那就预祝你马到成功。这件事要是成了，提成给你加倍，等你和余征结婚的时候，我给你再封一个大大的红包。"

莎莎甜蜜微笑道："那就承你吉言咯！"

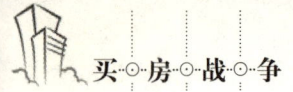

第四十一章　大话西游里的唐僧再世

莎莎终于回家了，余征很是惊喜。

昨晚莎莎跟他打过招呼，说是去处理奚杰的事情。余征要求同去，她却不允，令他疑云顿起。他知道莎莎要去找余忠义谈判，余忠义是他族兄，又不是外人，他为何不能参加？虽然余征没有表示反对，但心里总不是滋味。这一男一女，单独见面，说是谈判，谁知道会不会做些见不得人的勾当，更何况对于他们的关系，余征始终难以定义。过了午夜，还不见莎莎回来，余征想出去寻找，又不知方位，只得闷在家里抽烟。

莎莎一进门，便掩着鼻子骂道："真是讨厌，又是满屋子烟味，你想熏死老娘啊！"

一见到莎莎，余征的怨气一下子烟消云散，取而代之的是失而复得的喜悦。从上次吵架开始，虽然两人没有冷战，但是停止了亲密接触。他走上前，想抱抱她，莎莎却皱起眉头躲闪开了："烦不烦啊！为了你的事我都快累死了。洗澡水烧好了没有？"

莎莎的反应有点反常。自从两人决定结婚开始，莎莎始终对他甜甜蜜蜜、缠缠绵绵，一有时间便扑在他身上撒娇，可是今天却一反常态。这足以证明，她与余忠义接触之后，心思又活络了起来。

"水当然烧好了，不过，你晚点洗澡不可以吗？"余征拉住莎莎，扳住她的双肩让她面对着自己。"今天谈得怎么样，你不觉得应该跟我交代一下？"

"哎呀，你弄痛我了，蛮牛！"莎莎使劲拨开他的手，自顾自走向浴室，"交代什么，我又不是犯人，都搞定了！"

搞定了？这么大的事一个晚上就搞定了？怎么搞定的？无数个问号在余征脑海里升起，他一把推开浴室的门，正想质问莎莎，莎莎却先声夺人，高喊道："余征，你想干什么？我一回来你就像审犯人似的。我

第四十一章 // 大话西游里的唐僧再世

为了你的事求爷爷告奶奶，还落一身不是了？"

说得好听，求人办事，为什么单独相见？为什么偷偷摸摸？为什么半夜三更还不回来？简直是拿自己当傻瓜！余征大吼道："你跟余忠义到底什么关系，今天你不说清楚，我就跟你没完！"

糟了，牛脾气又犯了。莎莎暗暗叫苦。她很清楚，余征人品不错，但是缺点也很明显，心眼小、善妒、爱钻牛角尖儿。

人生就是这样无奈，在接受一个人的同时，必须对他的优点缺点照单全收。她并不想欺骗他，但也不会为他改变，在她眼中，人与人之间不过是战略合作伙伴关系，合则聚不合则散，无须勉强。眼下，她需要一个本分诚实的男人与她结婚生子，权当一张遮羞布遮去世人对她的风言风语，她也可以打着婚姻的保护伞继续自己的精彩人生。她不愿与他发生冲突，但是若是他总是无理取闹，这样的婚姻也不是她愿意舍身兑取的。

莎莎冷静了一下，敛声屏气道："凡事都要讲证据，你这样胡搅蛮缠、信口开河，对大家都没有好处。昨天我去找余总，确实是为了奚杰的事。之所以不让你去，肯定是有原因的。"

欲盖弥彰、信口雌黄！一个女人去找一个男人办事，如果没有暧昧，为什么不让男朋友陪同？余忠义是什么人？骗了阿沅不说，连奚宁也不放过，这送上门的美女他会拒绝？

余征愤慨地说："你不要再狡辩了，就算是有求于他，你也不能这样随便，让人耻笑！"

莎莎气得直打哆嗦，这个蛮牛，竟然这样血口喷人，简直欺人太甚！但是，余征说的也不无道理。这些年，她不知受过多少冷嘲热讽、侮辱中伤。每次跟那些老板们吃饭聚会，无论她派发出的名片上印着怎样的头衔，在他们眼中只不过就是一个拉广告的。尽管她努力活跃气氛、为大家服务，也逃不脱那些鄙夷仇视的目光和轻佻下作的玩笑。即便是如今对她百依百顺的林董，他心情好时便千好万好，一

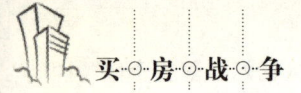

旦遇上不如意,便拿她当做出气筒,非打即骂。虽然,事后林董总是百般抚慰,为她买这买那作为弥补,但是她心里再清楚不过,林董终究是看她不起的,她不过是他暂时感兴趣的一个玩偶罢了。可是,难道因为这样,她就能离开林董,离开那些帮衬她的人们?一旦离开了他们,她陈丽芳,不,陈莎莎在这偌大的秦城将更加无所依傍、寸步难行,即便是公司的同事都敢对她任意欺凌。而这些隐衷,又如何能向余征解释清楚?即使向他解释,以他那疾恶如仇、不懂变通的性格又怎会理解?

莎莎兀自洗完澡,打了一串哈欠,准备回卧室休息,见余征还守在浴室门口,忍住笑,娇声说:"门神,还不去睡?"

余征并不让步,硬邦邦地说:"不行,今天不把话说清楚,谁也别想睡!"

哼,女朋友帮他办事,不仅没有一句谢,还如此蛮横,毫无怜惜之意,什么东西!不过,莎莎实在累极,不想再生事端,便老老实实解释道:"我确实是去求余总放奚杰一马,但是作为交换,余总也有事情要我帮他办,所以才会这么晚回家。"

"余总会什么事需要你帮他?"余征步步紧逼。

"房产广告的事情。"

"我不是已经告诉过你不要助纣为虐,你怎么还是执迷不悟!"

简直就是大话西游里的唐僧再世!莎莎气不打一处来:"你又不是活在真空里,不拍广告你让我跟你喝西北风去啊。"

类似的争执已经发生过多次,余征觉得莎莎每次都有一肚子的歪理来驳斥他,这次,他直截了当地说:"君子爱财,取之有道,你为什么尽搞这些歪门邪道的东西?"

莎莎的眼神宛若看到了天外来客,停滞了几秒,她才反应过来,没好气地说:"没看出来你余主任一身正气啊。可是,如果你那么正直,为什么要离婚?为什么要把陆老头夫妻带进摄制组?为什么要我装修新房,享受我的劳动果实?为什么要我去解决奚杰的事情?你大可以坚持你的正气,回到你家乡,跟你的祖祖辈辈一样在地里刨食。"

余征本想忍耐,可是莎莎越骂越刻毒,令他忍无可忍。这个可恶的女人,真是无药可救!他忽然大吼一声:"住口!"

莎莎并没有被吓到:你余征也就这几招,除了吵就是吼,吓唬谁啊。

果然,吼完之后,余征颓然坐倒在地。

与阿沉在一起时,虽有争吵,但纯属夫妻间的口角,彼此地位平等。可是,今晚,他真切感到,对于莎莎来说,他不过是个仆人,是个工具。

如果说,阿沉对他的指责还能够激起他的好胜之心、好强之意,令他奋发向上、出人头地,那么,莎莎的辱骂则一语惊醒他这个梦中人。记得从前听过一个段子,说是一个有志青年先是愤世嫉俗,接着随波逐流,最终同流合污,自己又何尝不是正在一步一步地沉沦?

遥想当年,自己也曾意气昂扬,试图凭借自己的一番努力创出一片天地。可是,从跟着莎莎贪污一点小小的差旅费开始,先是无法自控地出轨,跟结发妻子离婚;又跟女朋友未婚同居;现在居然还为奚宁母子的丑事斡旋;最后还不得不违心地接拍虚假广告,这都是些什么乌七八糟的事儿啊!他感觉自己正身不由己地卷入一个漩涡,他想挣脱、想抗拒,却无能为力。

等待了半天,莎莎想象中的狂风骤雨并没有出现,她松了口气,但见余征不声不响,又有点儿害怕,赔着笑脸温柔地说:"跟你开玩笑呢,傻瓜,快点睡吧,明天还要上班呢。"

沉默了半响,余征忽然说:"也许你说得没错,是我错了。"

莎莎见余征肯服软,有点儿欣喜,她暗想:本小姐要是连你都搞不定,真是白在江湖上混了那么多年。但她嘴上却甜蜜地说:"知道错就好,以后跟着我,保管你错不了。来,睡吧,乖!"说着,便伸手来拉他,拉了几下,却没拉动,不由又心头火起,"你这是怎么了?告诉

你,别没事找事!"

余征又沉默了一会儿,终于艰难地说:"莎莎,我们还是分手吧。"

"你再说一遍?"莎莎睁大眼睛望着余征,以为自己没听清楚。

马上提出分手确实有点儿残忍,对莎莎也不公平,余征不由得有点儿心软,他放低声调,用商量的口气温和地说:"要不,我们先分开一阵子,双方冷静一下再说,好吗?"

莎莎一下子跳将起来,仿佛被踩了尾巴的猫咪:"分手就分手,你以为我会怕你!你也不照照镜子,你从头到脚哪一点配得上我?外面有多少男人排着队追求我,个个都比你帅,比你有钱!"

余征叹了口气,没有回应。

原地踱了几步,莎莎哆嗦着手指,声色俱厉地指着余征骂道:"王八蛋,没良心!忘恩负义,吃里爬外!我怎么瞎了眼,看上你这种东西!跟我在一起,是你几世修来的,没有我,你能有今天的一切?没有了我,你只能上街讨饭!现在你发达了,就想甩了我,没那么便宜,你得把欠我的都还给我!听到没有!"

莎莎歇斯底里的辱骂仿佛密集的子弹,一次次射向余征,射得他体无完肤、无从招架,可那彻骨的仇恨中分明又隐约着缠绵的爱意。因为爱他,因为她将与他的命运紧紧相连,她便可以肆无忌惮地支配他一次次违背原则,一次次越过道义的底线。他自问不是圣人,但是这样的越界他永远无法接受。分手!他下定了决心。

"我把房子卖掉,把装修的钱还你!以后路归路,桥归桥!"余征大声说。

莎莎困兽般绕着客厅转了一圈又一圈,不住嘴地痛骂着余征,问候他的祖宗十八代。余征却一声不吭,任由她发泄着难以消解的恨意,等她骂得累了,他才说:"今晚我出去睡,明天等你上了班,再来收拾行李,免得你看到我不舒服。"说完,站起身就走。

看来他不是吓唬她,是铁了心要走!莎莎尖叫一声,一个箭步上前抱住余征,可怜巴巴地说:"别走!我改,我改还不行吗?"

余征缓缓地摇摇头:"莎莎,我知道你对我很好,但是我们彼此都不是对方想要的人。你也应该清楚,我们都无法改变对方,长痛不如短痛。"

莎莎并不死心,她边哭边说:"你要是走了,我一个人守着空荡荡的房间好孤单、好害怕。"她又央求了一阵,细数从前种种甜蜜时光。

余征几欲落泪,但还是用力掰开了莎莎的手:"莎莎,其实你只不过是一时意气,得不到的东西才最好。听话!好好睡一觉,也许明天醒来你已经把我忘记了。"

莎莎呆呆地站着,她知道像余征这种执拗的男人,发起狠来根本无从挽回,看来他这次是来真的。她咬牙切齿地想:养只狗还知道冲主人摇摇尾巴,可这个杀千刀的,为了他女儿的事、他升职的事、装修的事,自己吃了多少苦,受了多少累,求了多少人,他却拍拍屁股就要走人,全然不顾自己的感受。好啊,你不仁,就别怪我不义!莎莎高声喊道:"站住!你要是敢走出这个大门一步,我就把你贪污的事说出去,让你身败名裂!"

余征不为所动,他平静地说:"明天我会把房子交给中介卖掉,该还给你的钱一分也不会少。剩下的退赔给公司,我就算身无分文,也只求问心无愧。莎莎,如果你觉得解恨,那你就去告吧。我是个男人,敢作敢当。"顿了顿,他又柔声说道:"莎莎,听我一句,不要一错再错。你还年轻,路还很长。"

"闭嘴!我才不要你这个混蛋来教训我!"莎莎声嘶力竭又仿佛自语道,"你以为我不想遵纪守法、安分守己?你以为我不害怕、不担心东窗事发?可是,我穷怕了,穷破了胆。我只不过想体体面面地活着,那样也有错吗?"

余征明白,此时此刻再说什么都已经是多余,便只得逼着自己狠起心肠,头也不回地离开,身后传来莎莎撕心裂肺的哭声。

第四十二章　离婚了，就别再来找我

嘴里说敢作敢当，到底还是有几分忐忑，余征提心吊胆了几天，并没有等来问话。看来，莎莎还是念着旧情，没有举报自己，也许她也怕被牵扯在内，对前途不利，所以放自己一马。余征终于把心放回了肚里。

天地豪城的新房已经交给中介变卖，虽说装修好的房子不如毛坯房来得受欢迎，但是好在还未居住，且地段繁华，一连几天，看房者众。

每次陪同看房，余征心中不无酸楚。为了这套房子，他与阿沅东奔西走吃尽苦头，之后又做小伏低四处借钱，好不容易如愿以偿，两人却分道扬镳。莎莎为了这套房子也付出不少。无论林董是否帮衬，一个女人独自上蹿下跳把新房装修完毕，实属不易，更何况，她从前帮过自己很多，如今又是自己悔婚在先，实在对不起她。念及此节，余征更想给莎莎多点儿补偿。

中介告诉余征，看房客户很多，但是不少人提出该房楼层不好，要求打折。当初贪图便宜选了13楼，阿沅也不是没有过顾虑，但最终认为中国人不用在乎老外的忌讳，现在看来那其实是自欺欺人。买房至今，状况频发，似乎每当他以为幸福就在不远处招手之时，却终究化作镜花水月。所以，这房子卖掉也好，一了百了，也许从此他会转运也未可知。可是，房子不是饼干，无法说卖就卖，签过合同直到现金到手还需要一段时间。这样也好，他想借此机会好好考虑将来的计划。

近来，前岳父陆元稹每天都给余征打一个电话，神神叨叨地要他帮着寻找奚宁，搞得他更加烦不胜烦。

不知莎莎使了什么手段，奚杰的事情余忠义没再追究。陆元稹夫妇好说歹说，将奚杰送回了部队。原以为此事已经平息，谁知奚宁又变了脸。她一口咬定是陆元稹教唆奚杰殴打余忠义，破坏她与余总的关系，并且害得她没脸见人，成天闹着要跟陆元稹离婚。

第四十二章 // 离婚了，就别再来找我 //

陆元稹为了迎娶奚宁不惜弄得家破人散、骨肉分离，婚后还搭上不少财产，又怎么可能轻易允诺离婚？于是，奚宁干脆离家出走，从此不见踪影。陆元稹没脸去求女儿帮忙，只能盯着余征，还要求他劝说余总放过奚宁，让他们夫妻团聚。

陆元稹年事已高，家中无人交流，又终日牵挂少妻，渐渐变得不太正常，说话颠三倒四、语无伦次。余征虽不忍拒绝他的要求，但是想要帮忙却又无从着手。

唉，娶妻如此，夫不聊生。余征常常暗叹，转念一想，自己比起陆元稹又高明多少？就算狡猾如余忠义，不是一样栽倒在此处？老话说得好，饶你奸似鬼，喝了洗脚水。看来，这男女之情最难把握，经验、年龄、地位都无法为理智加分。

可是，谁不曾年轻过，谁又不曾向往过那令人死去活来的爱情，然而，年轻的时候从不懂得，美好的东西是如此脆弱，越是完美，幻灭得就越是彻底，就像他与阿沉之间的情感。

余征的情感生活并不曲折离奇，但却令鲁直、迟钝的他成长了许多。如今的他终于懂得，男女之间能够相互尊重、宽容、爱护、扶持，再加上那么一点点的彼此欣赏和爱慕，已经足矣。

其实，跟大多数出轨的已婚男人一样，若不是妻子阿沉的坚决，当初他并不愿意走到离婚这一步。在与莎莎共同生活的时光里，他经常回忆起初婚的甜蜜，怀念起前妻阿沉的种种好处，更加想念年幼可爱的女儿。但是，他已许久不曾见到前妻和女儿。他决定去探望阿沉，岳父的事情也该和她好好商量一下。

和阿沉在一起生活多年，对于她的生活习惯，余征了若指掌。他故意晚饭之后来到她家中，这是余征精心挑选的时段。他知道若是早到，阿沉势必留他吃饭，他不忍心增加她的负担，无论是家务还是经济，这是在从前的婚姻生活中他从不会体谅到的细节。另外，他也想趁此机会，突然袭

击,察看阿沅家里是否有别的男子生活的痕迹,尽管这样做未免有点儿小人之心。

和从前一样,这个时间,阿沅已经收拾好餐桌,哄女儿进房看动画片,然后独自在客厅读书。见余征来访,她并未显现出太多的热情,出于礼貌给他泡了杯茶,便坐在餐桌边继续读书。

余征认为,阿沅一定认为自己即将和莎莎结婚,因此故意撇清和他的关系。当然,也不排除,她依然痴心妄想和余忠义结婚,因此故意冷淡前夫,也不无可能。

原本,余征还想嘘寒问暖一番,想到此处,适才的热情立马化为乌有。也许,本质上,自己就是个小气的男人,只许州官放火不许百姓点灯。总这么默默坐着也不是办法,他站起身来,到卧室里看看女儿。

女儿小皮球喜欢躺在床上看动画片,不知不觉中睡着了,睡姿还是那么难看,还轻轻地打着小呼噜,但在余征眼里却充满童趣。他轻手轻脚地给女儿盖上被子,害怕惊醒她,便坐在她身边一动不敢动。

如果阿沅再婚,那女儿势必有个新的爸爸,无论这个新爸爸如何对待女儿,他总归不会放心。

余征回到客厅,喝了口茶润了润嗓子,又咳嗽了一声,忽然说:"我跟陈莎莎分手了。"

阿沅抬起头,有点儿惊奇地望着他,不明白他为何没头没脑说这么一句话。

余征以为阿沅没听清,便解释道:"我觉得我跟她不合适。我准备把新房卖了,把欠她的钱还了,然后就互不相干了。"

阿沅盯着他看了一会儿,忽然笑出了声。如果说余征的执拗个性惹毛了莎莎,莎莎把他甩了,这还比较可信。他主动离开莎莎,这从何说起?

余征误解了阿沅的意思,以为她听到这个消息十分快慰,不由大受

第四十二章 // 离婚了，就别再来找我 //

鼓舞，上前一步，抓住阿沅的双手，涨红了脸说道："阿沅，你看我们还有没有可能？"

原来真的是被情人赶了出来，这才想起了前妻，男人就是如此！不过阿沅不想伤害余征，温言劝道："余征，这世上没有十全十美的关系，两个人相处需要相互包容。以前我不太懂事，离婚以后我也反省过自己。我们这一代多数是独生子女，别人为我着想较多，我却很少为别人着想。"

余征一下子激动起来："阿沅，你认识到自己的错误就好，我不会计较。从现在开始，我们重新开始。"

阿沅本想举个例子，教他如何与莎莎相处，谁知反而招来他的误解，不由又好气又好笑，但是，她又不愿太过打击他的自尊，只好婉转说道："其实，我觉得一个人过日子清清静静没什么不好。"

撒谎！余征仿佛被打了一记闷棍，明明还在想着那个余忠义，却说出这样的借口。难道女人都是如此口是心非、谎话连篇？看来，不让她醒醒是不行了。

余征一下收回双手，背在身后，说："你是不是以为余忠义真的会娶你？告诉你，他骗你的。他早就跟奚宁搞在一起，把你忘到爪哇国去了。"

阿沅心中一凛，怎么可能？这么大的事情为何自己全然不知道？爸爸也从未说起。可是，她了解余征，他不可能信口开河。那么难道是真的？

阿沅努力平静下来，手却忍不住抖得厉害："余征，我发觉你跟莎莎在一起进步神速，现在就连编故事的能耐也渐长啊，真的可以去当大导演了。"

还在嘴硬，看你能支撑到何时。余征站起身来，故作姿态地踱了几步，一边偷看阿沅的表情，又磨蹭了一会儿，才说："如果你不相信，可以去问问你爸爸。为了这事，奚杰去把余忠义打了，是莎莎出面才摆平了那个奸夫。"

奚落过阿沅，余征心里充满了报复的快感，他要的就是这个效果，看

你陆加沉还能装模作样到什么时候。他故意停顿了好一会儿,才说:"现在,好不容易送走了奚杰,奚宁却成天不着家,闹着要跟你爸爸离婚,改嫁余忠义。你还在这里痴心妄想余忠义会娶你,真是好笑!"

看来,这件事十有八九是真的。爸爸,你瞒得我好苦!阿沉感觉天旋地转,丝丝缕缕的寒意渗透到四肢百骸。她拼命地掐住自己冰冷的手心,又下意识地摸摸自己的脸颊,脸颊干干的,居然没有落泪,她不禁笑出了声。这真是个疯狂的世界,什么是真?什么是假?她已经看不分明。

余征却受到了惊吓,他的本意只想出一口心中的恶气,也希望借此打消她的幻想,重回自己怀抱,但是,见阿沉如此伤心欲绝,他又觉于心不忍。

"阿沉,阿沉,你,你打算怎么办?"余征小心翼翼地唤道。

"滚!"阿沉拿起桌上的书本,朝他狠狠扔过去。她真想将他痛骂一顿,可是她疲惫到只想在任何一个可以躺下的地方躺下。失去了余忠义,她又重新孤独地漂泊在空茫的人世间,她所有的骄傲任性、无忧无虑在顷刻之间失去了倚傍。

房子太小,没地方腾挪,余征无奈,只得回到卧室,再看看女儿。

阿沉刚才的表现,已经明明白白告诉他,她对余忠义用情颇深,一时半会儿绝不可能回心转意。这个该死的余忠义,哪里有他,哪里就没好事!余征怒发冲冠,一时间忘记了余忠义待他的种种好处。再坐下去也没有意思,让阿沉认清楚余忠义的真面目也需要一定的时间,这个急不来。余征站起身来,听听客厅的动静,似乎并没有哭声,这才放心地出了门。

送走余征,阿沉再也控制不住自己,扑倒在沙发上痛哭起来。当着余征的面,她不能示弱,此时,面对自己,她才得以尽情释放心中的悲伤。她真想问问余忠义,难道他对她的帮助、爱护都是虚情假意?难道他为她所做的一切只是逢场作戏?

可是,她几次拿起手机,却又迟疑了。问与不问,都已没有意义。他们彼此之间从未有过承诺，原本以为的心有灵犀，不过都是她自作多情而已。

阿沉跑进卫生间，想要洗把脸。女儿常有半夜喝水的习惯，她害怕自己的失态，惊吓到年幼的女儿。镜中的她脸色苍白如纸，唇色却出人意料地潮红，宛若滴血的伤口，但是，无论如何，憔悴的面容掩盖不了青春的娇艳，更何况，精神永远拒绝时间的侵蚀，尽管已经经历婚姻，但在心理上她依然是个对情感永不满足的女孩，这种分裂产生的失衡，令她始终在情感世界的边缘蹒跚而行。

阿沉触摸着自己的脸颊，脸颊冰冷而粘腻，冷水清洗不尽绵密的泪痕。一旦有了孩子，最为娇嫩的容颜也会浸染沧桑。但是，正是孩子将她失重到绝望的心灵唤回人间，母亲的本能令她恢复继续生活下去的勇气。事实上，凭着自己的能力和技术，完全可以独自撑起一片天，根本不需要依附于任何男人。单身生活虽然孤寂，却也自由自在、不受束缚。往事不堪回首，她再也不愿卷入这种无谓的纷争。如果可以，真想带女儿去一个无人认识的地方重新开始。

阿沉渐渐平静下来，她决定对此事不闻不问，置之不理，好好工作，培养女儿才是正道。妈妈已得知阿沉离婚，已经来信要她带着女儿小皮球移民海外。如果移民，对于女儿的前途倒是十分有益，只是因为无法舍弃余忠义，又要照顾爸爸，她才一直迟迟未做决定，如今看来，妈妈的建议值得认真考虑。

第四十三章　开发商卷款潜逃

带着摄制组出去拍了几天广告，还未正式杀青，余征便接到余忠义的电话，要他立刻赶回蓁城。余征跟他商量，是否缓一缓。余忠义回答刻不容缓，便挂掉了电话。无奈，余征只好把工作移交给副手，抓紧往回赶。一路上，余征猜想是否奚宁缠着余忠义不放，所以他才紧急催自己回来救火。

一回到公司，余征便感觉气氛不对。同事们四处扎堆，窃窃私语，但一见到他便顾左右而言他。余征丈二和尚摸不着头脑，赶紧抓住一个要好的同事，询问究竟出了何事。同事支支吾吾，让他自己去看报纸，随后找了个借口迅速溜掉了。

还未等余征找到报纸，余忠义又一个电话，要余征马上到他的办公室，余征只好照做。

余忠义独自在办公室，面色凝重。在余征的记忆中，余忠义一向颇有大将风范，遇事从不慌乱，看来这次大事不妙。余忠义点点头，示意余征坐下，随后，拿出两份《蓁城快讯》放在他面前的茶几上。《蓁城快讯》是蓁城最出名的八卦杂志，城中狗皮倒灶、家长里短的市井新闻，只要内容足够劲爆，都有刊登，外加热辣点评。

封面上，赫然是林董与莎莎、陆元稹与奚宁的大幅照片。余征情知不妙，一读之下，才得知蓁城广告公司发生了两件大事，目前已成为全城人民津津乐道的热点。

头条，房地产大亨卷款私逃。报道上说，平岭商会会长林平治董事长已消失多日，员工遍寻不见其踪影，疑似卷款逃跑。林董出任平岭商会会长之后，忙于各种社会事务，疏于管理手中的房地产开发业务，造成工程质量下降，资金链断裂。林董早知道，天地豪城三期工程无法完成，但是依然按计划令工程上马。这次逃跑计划，林董部署已久，不仅

第四十三章 // 开发商卷款潜逃 //

卷走了巨额工程款,还带走了小情人陈莎莎,报道中注明陈莎莎系蓁城广告公司广告部副主任。目前,警方已发出通缉令。报道后面,还跟着一些相关链接,挖出林董的发迹始末以及历任情人的简介,就连陈莎莎的底细也一并刊登,分别做出一番评说。

莎莎真是糊涂!难道是自己的突然离去刺激到了她,才出此下策?不过,林董的表现真是出人意料,本以为他不过是个奸商,居然在逃跑时不忘带上莎莎,还算个情种,倒让余征对他高看了一眼。但是,无论如何,他的行为简直丧尽天良。

惋惜了一阵,余征回过神来。差点儿忘了岳父,他跟奚宁又是怎么回事?他赶紧接着往下看。

二版头条,六旬老汉与年轻娇妻疑似双双殉情自杀。原蓁城广告公司编导、现已年过六旬的老汉陆元稹,与蓁城广告财务部员工——30岁出头的美貌妻子奚宁近日被发现双双昏死于家中,送院抢救无效死亡,死因是煤气中毒。现场无打斗、挣扎、翻动痕迹,而煤气管道有老化现象,此事可能为意外事件。报道称,根据快讯记者调查,年轻貌美的妻子奚宁嗜赌如命、债台高筑,每一任丈夫皆因为其还债而倾家荡产,只因她要求离婚惹恼现任丈夫陆元稹,丈夫趁她熟睡打开煤气同归于尽也不无可能。

看了个大概,余征已冷汗涔涔,几欲晕厥。离开公司才几日,世上仿佛已经千年。为什么好人不长命,坏人活千年!岳父只不过娶错了一个坏女人,为什么上天对他如此残忍!

余征紧紧地捏住杂志,死死地盯着陆元稹的照片,似乎盼着岳父从那了无生气的纸张中走出来,告诉他,这一切只不过是一个玩笑。过了好久,他终于意识到,无论真相如何,对他恩重如山、慈爱有加的岳父永远地离开了,他再也没有机会叫他"爸爸",这偌大的城市,他再也无人诉说心事。余征无法控制自己,用杂志挡住脸,呜呜地哭出了声。

哭了好一会儿,余征才意识到自己还在余忠义的办公室,赶紧忍住

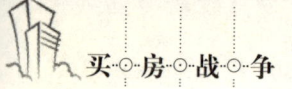

悲伤，抽了几张纸巾擦脸，刚想解释一下，余忠义摆了摆手："你现在打算怎么办？"

余征一头雾水，不懂余忠义所谓何事。

"你是真的不明白，还是不知道该如何处理？"余忠义严肃地问道。

余征还未从陆元稹去世的悲伤中释怀，茫然摇了摇头。

余忠义从办公桌后面走过来，在他面前坐下，考虑了一下，指着《蓁城快讯》说："无论这些揣测分析是真是假，蓁城广告都已被推到风口浪尖，而你绝对脱不了干系。"见余征依然不解，他耐着性子解释道："你跟莎莎共同接拍了这个房产广告，现在莎莎跑了，你这个制作部主任肯定得担起责任。"

什么意思？余征忽然警觉起来，他意识到，余忠义似乎想把此事的责任推到他的身上，仓促之间他不知道如何应对。没有了莎莎出谋划策，余征就像只无头苍蝇，唉，真是成也莎莎，败也莎莎。但是，无论如何，他只能面对现实。努力思索了一会儿，余征说："这个广告虽然是莎莎拉来的，但我记得当时你是广告部主任，合同也是跟你们广告部签的，跟我们制作部关系不大吧。"

这是什么话，当初跟我争抢广告的人是你们两个，出了事就当起了缩头乌龟。余忠义不悦道："那已经是猴年马月的事情了，我自从接任了总监，早就不再插手广告部的业务，这个广告也已经完全交给你和莎莎负责。莎莎是你的搭档，也是你的女朋友，怎么能说，跟你关系不大？"

余征一时语塞，隐约觉得陷入一个圈套之中，却又不知从何处打开缺口。他又考虑了好一会儿，说："余总，我跟莎莎已经分手很久，该退的该赔的款项，我都已经处理完毕，若是不信，你可以让人去查。我余征行得正、站得直，从不做违法乱纪的事情，不怕查！"

余忠义一愣，随即假笑道："你看你，说到哪里去了？林董跟公司之间的经济问题早就交割清楚，他的外逃事件纯属意外。至于莎莎的行

第四十三章 开发商卷款潜逃

为也是她的个人选择。现在没人追究你的责任，公司更是不用为此负任何一点儿法律责任。"

余征被他绕糊涂了，他知道余忠义擅长搅糨糊，凡事只要不需要他负责，他都可以睁眼闭眼糊弄过去，那么，今天他找到自己到底所谓何事？总不会奉命打探莎莎的下落吧。可是，天地良心，莎莎的事情，自己真的一无所知。

见余征不再争辩，余忠义放下心来，上前拍拍他的肩膀，推心置腹地说："余征，我是你大哥，所以我才好心提醒你，林董这一逃跑，天地豪城的业主们肯定又会闹事。虽然你跟莎莎已经分手，但是公司同事、社会舆论仍然认为你们是一路的。更何况，你为莎莎离婚的事，更是人尽皆知，所以，无论你如何撇清，在外人眼里，你与此事也脱不了干系。"

见余征有所触动，余忠义赶紧趁热打铁："兄弟，之前你不过是一个小小摄像，在短时间内突然上位成为制作部主任，已经有很多人嫉妒眼热，现在出了这种事，你认为他们会怎么议论你？你再清白无辜，也敌不过人言可畏啊！"

惺惺作态！当初是谁不顾业主们的投诉坚持要拍完房产广告？又是谁动用媒介部的力量将业主们摆平？

莎莎和自己也算余忠义的心腹，为余忠义鞍前马后服务多年，关键时候他居然不讲一点儿情面，反倒把责任推得一干二净，此事暂且不说。阿沉和奚宁好歹与余忠义有过一段情缘，陆氏夫妇死得不明不白，余忠义却半句也未提及，一心只想着如何为自己开脱。余忠义，今天我才算是看透了你！余征义愤填膺。

可是他也清楚，余忠义为了自保，这样的做法也不无道理。眼下，人为刀俎我为鱼肉，先咽下这口气，再谋出路。余征拼命控制住自己的情绪，故意问道："余总，那你说，我现在应该怎么办？"

余忠义装作思考了一下，沉痛地说："如果我是你，会选择暂避风头，

必要时引咎辞职。反正是金子，总会发光，等到事情过去，再回公司。"

兜来兜去，原来打得是这个算盘。余征恍然大悟，一旦自己辞职，即使外界舆论指责公司为不法商人做虚假广告，余忠义大可以名正言顺地把责任都推到自己和莎莎头上，并向社会宣布，制作部主任已经引咎辞职，以此平息公众的愤怒。

不行，绝不能背上这个黑锅，绝不能让他的阴谋得逞！余征思来想去，前任总监关景朋对自己还算赏识，目前，也只有他能为自己出出主意了。至于余忠义这里，先应付过去再说。余征推托需要考虑一下，便匆匆告辞离去。

第四十四章　总监也吃回头草

送走余征，余忠义便想起阿沅。虽说阿沅跟陆元積关系一般，但是父亲去世，对她来说，终究是个不小的打击。再说，陆氏全家都曾是公司员工，余忠义认为无论出于私交还是人情，都应该探望一下阿沅，既表达慰问也有再续前缘之意。为了奚宁的事，阿沅一直与他冷战，如今斯人已逝，这段公案也该彻底了断了吧。毕竟，人总得向前看。

打通阿沅的电话，阿沅却并未表现出他想象中的热络。这不免令他失望，但是人家刚刚丧父，又与自己心结未解，这个态度也在情理之中，他压下心中的不满，诚恳地表示想与她见面。阿沅淡淡地表示没有这个必要，她还要备课。

若是筹备丧礼还情有可原，这个时候备课，借口太过牵强。余忠义认为她定是对他恨意难消，有爱就有恨，这说明她对他并未忘情，装模作样也未可知。他大受鼓舞，继续要求上门探望。

阿沅语调平平："如果我是你，就会选择乖乖待在家里。现在还没过五七，你就不怕奚宁阴魂不散缠着你？"

如此恶毒之语居然出自阿沅口中，余忠义简直无法置信。待到反应过来，"喂"了两声，电话那头，阿沅已经收了线。

余忠义勃然大怒，真是好心当成驴肝肺，莫非阿沅以为奚宁去世，所以自己才转而追求于她？天地良心，他跟奚宁不过是逢场作戏，对待阿沅才是真心实意，尽心尽力为她操持多少杂事，为了给她调动工作更是不惜血本。自己不过是犯了一个正常男人都会犯的错误，她便如此翻脸不认人，真是是可忍孰不可忍！

余忠义生了一阵闷气，又觉得男子汉大丈夫没必要跟女人一般见识。女人心，海底针，喜怒无常是常事，更何况，自己确实伤她不轻。储英姿烫伤阿沅事件不说，他和奚宁的事闹得陆家鸡犬不宁，她记恨自己也情有可原。林董外逃事件对他的影响究竟会到什么程度还未可知，虽说不会有太大问题，但是更为他敲响警钟，大后方必须稳定。阿沅宜家宜室，是作为妻子的最佳人选，他打定主意，这次不再三心二意，只要阿沅首肯，他马上与她结婚。

其实，阿沅嫁给他的好处也是显而易见，物质上的享受自不必说，事业也可以更上一层楼。只是，阿沅不会站在这个角度考虑问题。

不过，若是阿沅如此市侩，难道自己还会对她如此在意？这其实是个悖论。余忠义自嘲。

无论如何，主动探望一下阿沅势在必行。当然，他还有一番盘算，希望借阿沅劝说余征出面平息舆情。

阿沅在陆元积家里，送走亲友，她正独自发呆。余忠义忽然来访，令她意外。

余忠义随意慰问了几句，又给陆氏夫妇上了香。他知道阿沅一直在留意他的表情，因此，尽管上香之时他头皮发麻，但还是硬挺了过来，表面未露端倪。他在心中默默祝祷：从道义上来说，他心中有愧，但是他早已在经济上对这对夫妻做了补偿，以后好好对待阿沅就算扯平。

看得出来，阿沅对他的表现还算满意，表情也缓和了不少。余忠义说了几句节哀顺变的套话，又问候了阿沅的健康状况，说话间，他不由自主地意欲搂抱阿沅，她一下子躲开了，问："余总，谢谢您上门探视，如果没别的事，就请回吧。"

余忠义感伤地说："阿沅，你这个态度，我心里难受。"

阿沅冷笑一声："我还以为您是没有心的。"

余忠义恳切道："那是你对我的误会，其实，我没有一天不在想你。"

阿沅看了他一眼，忽然笑了："这话您跟不少女人说过吧。"

余忠义把心一横，脱口而出："你认为很多就很多，你认为很少就很少。但是，有再多的女人，我还是会想你。"他一把抓住阿沅的手，放

第四十四章 // 总监也吃回头草 //

在自己的胸口："阿沉，你应该理解，男人看到漂亮的女人没有不冲动的，但是，娶回家那就是另一回事了。除了你，我从来没有想过跟别的女人结婚。现在，你们母女在国内已经没有至亲，请给我一个机会照顾你们，好不好？"

在这样的场合听到余忠义的表白，阿沉感到荒唐和滑稽，但是，她相信他这番话发自肺腑，不会有假。论女性魅力，她远不如奚宁那般性感风流、令人心跳，但是作为贤妻良母，绝对胜奚宁百倍。可是，出于自尊，她不会马上答应他的求婚。丧父的悲痛尚未消解，奚宁的阴影还未散去，余忠义的家里，也处处残留着储英姿的气息，这些都让她顾虑重重。

阿沉思考良久，终于说："今年意外事件不断，大家心里都有创伤，需要一定时间来平复。所以，我们的事，以后再说吧。"

余忠义见阿沉态度改变了些，晓得这已经大为不易，凡事确实不宜操之过急，便点头表示同意。

客厅里的气氛和谐多了，阿沉起身给余忠义倒了杯水，看他咕嘟咕嘟一口气喝完，才发觉他消瘦了不少，白发开始出现，心里不由恻然。男人行走江湖不易，方方面面都要兼顾，女人还可以依附男人，男人又能依靠谁呢？尽管她依然无法完全谅解余忠义，但是他的到访延续了彼此以往的默契，表明了他的心迹，使她惶惑虚空的心暂时有了着落。

余忠义估摸着火候到了，便把另一番来意告知阿沉。这次，他没有拐弯抹角："这件事我也是受害者，作为总监，我绝不愿意看到任何有损公司声誉的事发生。但是，事情已经发生，便要想办法解决。集团方面，我已经摆平，现在就是如何面对舆论的问题。余征是莎莎的未婚夫，这个人尽皆知，反正他在公司已经混不下去，何不帮我一把，让我全身而退呢？"

"我明白要你劝他有点儿强人所难，但是你想一想，如果他硬是不

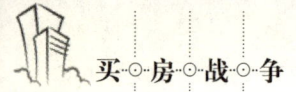

肯就范，万一贾华铎他们那帮人闹起来，舆论不会放过我，我真的倒台，对他又有什么好处呢？说不定他连饭碗都会保不住。可是，只要他肯出头面对公众，最多制作部主任职位不保，那也是为了对大众有所交代的权宜之计。只要我还在，等到风头一过，他有的是东山再起的机会。"

阿沅默默听着，久久没有做声。

余忠义注意到此节，立刻解释道："阿沅，你不要误会，我这也是为了大家好，不单单是为了我自己。"

阿沅缓缓点点头："放心吧，我会劝说余征的。"又说，"我有点儿累，你——"

"那你好好休息，我有空再来看你。"余忠义赶紧说。他本想多待一会儿，培养感情，但是不愿招来阿沅的反感，反正已经得到了阿沅的双重允诺，他已不虚此行。阿沅目送余忠义远去，她读出了他背影中按捺着的兴奋。

这个夜晚注定无眠，阿沅在辗转反侧中感受着某种超越情感、超越她经验之外的压力，今夜的月光温婉明媚，她却仿佛窥见了那光亮之下阴郁的底色。

第四十五章　黑锅凭什么让我背

莎莎的车子名义上是公司的，余征估计她逃跑时不可能带走，他决定去停车场碰碰运气。像是做贼似的一路溜到停车场，莎莎的车子果然停在角落，只是蒙上了一层灰尘。余征记得另一把车钥匙还未来得及归还，一摸口袋，居然还在，赶紧打开车门躲了进去。

拨通关总监的电话，电话那头"喂"了一声，余征一听到关总监的声音，宛若抓住了救命稻草，也不及客套，便提出要见他一面。关总监说，正好有事要找他，要他马上就来。

余征曾经跟着余忠义去过关总监家中，他住在郊外一栋旧式公寓楼里，房子有点儿简陋，环境还算清幽。

据关总监自己介绍，他虽然已经退休，却还在不少社会团体任职，事务繁忙，家里常常高朋满座。今天，他故意打发走客人，留出时间和空间与余征交谈。

关夫人跟余征不熟，她倒了两杯茶，便自动退出了客厅。

关景朋气色有点儿暗淡，不似从前那般踌躇满志，不过驴倒架不倒，说话间霸气依旧。

余征敷衍了几句，夸关总监脸色比从前滋润了不少。听他这么一说，关总监抚掌而笑："退休之后不用朝九晚五，为公司上上下下的杂事劳心劳力，虽然也有兼职，但时间可以机动，所以有的是时间养生。现在我最担心的倒是发胖，有时候还会故意出去扛几下机器，权当锻炼。"喝了口茶，关总监问道，"小伙子，最近怎么样？"

见余征萎靡不振、无精打采，关景朋又问他有什么打算？

余征鼻子一酸，几乎掉下泪来，他把近况和余忠义的建议和盘托出。

关总监听罢，半晌没有表态，喝了几口茶，才不紧不慢地开口："我已经退休，按理说不该再管公司的事情。但是，圈子就这么大，消息传

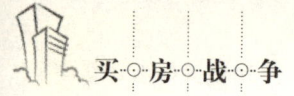

来传去,总是略有耳闻。余忠义确实缺点不少,但是平心而论,却是一个极好的广告营销人才。我敢说,只要有他在一天,公司业务就一定会蒸蒸日上,这也是最终,我没有反对他出任总监的原因。"

余征的心宛若掉入了冰窖:官官相护,就连关总监也站在余忠义那边,看来自己真的没戏可唱了。

关总监又说:"《蓁城快讯》上的不良新闻一出,余忠义第一时间要求媒介部摆平,同时指挥公关部到处安抚客户。他已经主动自我检讨,并且拟定了公司广告营销的下一步计划。他认为,林董事件固然对公司的声誉有所影响,但不能因噎废食,就此否定绝大多数遵纪守法的房产商人,此类广告还需继续争取。他还提出,随着经济的发展,汽车市场正在转型,汽车广告市场大有所为。我看过他的计划书,非常具有前瞻性。"

余征刚想开口,关总监摆摆手将他打断,继续说道:"余忠义才刚刚上台,如果为了这件事对他进行处理,那么上级集团无异于自打耳光,何况,他已经公开发表自我检讨,但是,此事总得有人负责——"

余征忍不住道:"那凭什么由我来背这个黑锅?这件事跟我根本无关。"

关总监说:"你这么说,代表你还不成熟。人们总认为空穴来风未必无因,其实真相如何,永远无法厘清。只要你问心无愧,又何须在意别人的看法。我在这个圈子待了大半辈子,风风雨雨几十年,是非从来不曾间断,关键是你自己如何把握。"

余征悲愤交加:"难道我就忍气吞声任人宰割?"

关总监仿佛并未听到他的话,自言自语道:"我这辈子最后悔的就是入错了行,总监没当好,电影也没拍成,所以,我不希望你步我的后尘。"他忽然想起了什么似的,说,"对了,告诉你一个好消息,你的微电影获了大奖,我可以借此机会推荐你进入电影艺术家协会,借着这个奖项的东风,相信会有不少人找你拍片。"关总监渐渐激动起来,他

第四十五章 // 黑锅凭什么让我背 //

在余征身边坐下，拉住他的手，诚恳地说："我不会看错，你极具大导演的潜质，若在这个领域坚持下去，必有所成，但是要耐得住清苦和寂寞。余征，只要你行得正，坚持走出自己的路，总有出头的希望。"

余征满肚子言语却再也说不出来，只能点头称是。

开车回家的路上，余征将油门踩到最大，超速行驶令车身发飘，迎面而来的车辆纷纷避让，喇叭鸣成一片。

来吧，都来吧，把我一头撞死才好，便再也不用面对这个乱七八糟的残局。余征恨恨地想。

在街上胡乱兜了一阵，余征忽然想去岳父家里看看，遇事跟岳父谈谈，仿佛已经成了他的习惯。此念一动，恍然记起岳父已经与世长辞，他的心又是一阵绞痛。

听说，因为天气太热，法医确认无疑，家属便已将陆元稹和奚宁火化。后事是公司工会出面操办，一切还算顺利，只是在追悼会上，陆家的亲戚与奚杰争吵起来。奚杰在部队考上了军校，未来也算有了着落，谁知母亲却横死，令他悲痛不已。追悼会上似乎是奚杰主动挑衅，在陆家亲戚面前责怪陆元稹害死了自己的母亲，而陆家则指责奚宁害惨了陆元稹，甚是不忿，双方均哭闹不休。据说，阿沅倒是十分平静，除了适度表现出悲伤，一直保持中立的态度。余忠义早已预料到追悼会上这一幕，因此提前出差逃过了这场尴尬。最后，还是在袁弘诺的劝说下，平息了这次风波。

余征没有勇气出席追悼会，不仅因为他身份尴尬，更因为他被自己的问题缠绕，一直处于一种飘忽状态。事实上，无论对前岳父陆元稹，还是对前妻阿沅，余征都抱着极大的愧意。至于奚宁，他对她不是没有疑惑和指责，却也不乏同情。因此，面对陆家那纷繁复杂的纠葛和那一双双哀怨的泪眼，他避之不及。不过，终究，他还是需要面对岳父，尽管那只是一张遗像。

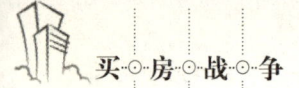

第四十六章 你是我最熟悉的陌生人

陆元稹的遗像挂在他生前居住的房子里。奚宁的骨灰已被奚杰带走。

阿沅无动于衷地迎接余征的到来,女儿小皮球倒是十分热情,她忙活着给他倒茶,还为他削了个水果,虽然水果削得像被狗啃过一般。

对于陆元稹的去世,阿沅似乎并不伤心,跟女儿暂住在刚刚出过意外的房子里,也并无任何心理障碍,只是妆容服饰的色彩比平时略微素了一点。

余征心里不是滋味,似乎为岳父不值,面对泰然自若的阿沅,他不知此时此刻,该说些什么,表达安慰,似乎没有必要,思来想去,只得掏出事先准备好的吊唁金,轻轻放在茶几上。

阿沅有点儿感动,说:"余征,谢谢你。我知道你是个好人——也许你们都觉得我未免有点儿心狠。"说着,竟有几分哽咽。

这是阿沅第一次对岳父的死表现出伤感,她语气中那浓得化不开的哀怨令余征动容,对于岳父,阿沅是爱恨交织,怒其不争、怜其不幸,可是岳父年过耳顺,依然执迷不悟,血气方刚如阿沅,又如何能够看破人生?毕竟做过多年夫妻,他理解阿沅此刻复杂的心情,然而此时,他已不堪重负,再也无法给予她任何安慰。

阿沅努力平静下来,说:"余征,你的好意我心领了,但是,这钱我不能拿。你的境况我略有耳闻,现在你打算怎么办?"

真是好事不出门,坏事传千里!余征长叹一声,他能怎么办?他不甘,他愤怒,他想反抗,却无处申诉,也无法反击。

阿沅说:"鸡蛋碰不过石头,你拒不听从上级指示,肯定会吃亏,倒不如先退一步。"

余征狐疑地望着阿沅。为什么她对他的事情如此了解,难道余忠义根本没有和她分手,或者她是余忠义的说客?可是,余忠义并不知道自

第四十六章 // 你是我最熟悉的陌生人 //

己今天会来探视。也许，他们早就商量好了让自己来背这个黑锅？不会，阿沉应该不是这种人。

一瞬间，余征的思绪千回百转，跟余忠义打交道多年，连自己这种榆木脑袋也开始变得七窍玲珑。也罢，先听阿沉有什么话说，再做判断。

阿沉柔声说道："听说你的微电影已经得奖，祝贺你，从前是我低估了你，现在看来，你若是继续发展专业，依然大有可为，又何必一棵树上吊死，受圈内那份闲气？"

余征定定地看着岳父的遗像，没有开口。阿沉的语气与关总监如出一辙，不过，冷静下来仔细考虑，他们的视角相对客观，的确不无道理。事已至此，余征终于点头答应，他当即打电话给余忠义，愿意代表公司发表声明，为林董虚假广告之事向公众道歉。他如此爽快，余忠义反倒有点儿不忍，在电话中反复保证一旦有机会，一定让他恢复原职。

余征挂掉电话，又为岳父上了香。阿沉感激余征，在他身边忙这忙那，帮着点香，摆放祭品。

许久不与阿沉来往，岳父的去世令他对两人的关系生出新的感悟。上过香后，他们开始闲聊。余征向阿沉倾吐了不少对于未来的担忧。阿沉虽然认为余征的畏首畏尾很是可笑，但她不再试图纠正他。她熟知他的个性，对他最隐秘的生活方式与日常习惯了若指掌，但是每当真正面对他时，思维方式与价值观的迥异令她时时感到憋闷和窒息。对于她来说，余征已是最熟悉的陌生人。

她打断了余征的怨天尤人。万事开头难，就像她从设计师到教师的转型，过程难免曲折坎坷，努力与信心却不可缺失。她有经验，所以可以帮助他渡过难关。

阿沉对他没有恶意，甚至还存有几分情义，她的劝说确实入情入理、推心置腹，因为他们不再休戚相关，所以才能剔除情感因素，更为理性地看待他的前程。

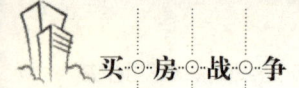

  难得三人团聚,也为安慰余征,阿沅留他吃饭,并为他做了一桌好菜,菜式均是投其所好,余征受宠若惊,阿沅却泰然自若。晚饭结束,已是深夜,阿沅先打发小皮球睡下,再开始收拾餐桌。

  阿沅正在忙里忙外,余征却在她家常的举动中体会出别样的意味,这令他心猿意马,他不由自主地跟进厨房,轻轻从背后环住阿沅的腰肢。她身上熟悉的芳香令他情不自禁,他开始亲吻她的脸颊。

  阿沅试图将他推开,却不由自地主滑入他营造的熟悉氛围。然而,最后一刻,她终究还是拒绝了他。正是这拒绝的姿态,中断了阿沅对余征最后一点精神依恋,她的激情依赖于情爱的张力,而她的爱情早已漂远,滑向不可预知的方向。

  不过,在余征看来,阿沅今晚所有的温存都是为她的目的做了铺垫,而她拒绝他的举动,更进一步暴露了她的真实意图。他万分懊恼自己轻易受骗,早该料到,她那简单的大脑哪能酝酿出刚才那番有礼有节、软硬兼施的言语,看来她已经成为余忠义的牵线木偶。

  余征忽然觉得这一切是多么可笑,父亲才刚刚去世,女儿却为了荣华富贵忙着讨好新贵,不知岳父在天有灵会作何感想。也罢,权当为了岳父,就成全她吧。

第四十七章　有多少爱可以重来

《蓁城快讯》上有关蓁城广告公司的新闻迭出，断断续续追踪报道了好久，直到第二年才终结这场针对蓁城广告公司的浩浩荡荡的文字狙击。

在林董外逃事件曝光后不久，蓁城广告公司制作部主任余征请辞，同时为房产广告一事向天地豪城业主公开道歉。

不久之后，《蓁城快讯》刊登了蓁城平岭商会前会长林平治在外地被抓获一文，而陈莎莎却不知所踪。

到了来年夏天，读者几乎已将蓁城广告曾经的是是非非遗忘殆尽，《蓁城快讯》忽然又刊登了一则勉强与这家公司搭边的新闻：青年导演余征电影作品《广告风云》获全国电影艺术节最佳新晋导演奖。报道指出，余征系蓁城广告公司制作部前任主任。

为此，蓁城广告公司总监余忠义特意致电余征，向他表示祝贺。两人寒暄了一阵，余征忽然询问阿沅的近况。

余忠义奇道："难道你不知道？"

余征笑道，阿沅心系余忠义，又怎会跟他这个前夫再有联络。

余忠义惊异于他的后知后觉："阿沅已经把工作辞掉，房子也卖了，刚办好出国手续，准备带着女儿去投奔她的母亲。"

听余征毫无反应，余忠义忽然在电话那头唏嘘不已："兄弟，说句真心话，我对不住你们全家，不过现在悔之晚矣。其实，我很想做点儿补偿，所以，如果你想回来，公司的大门随时为你敞开。不过——"他似乎正在字斟句酌，过了好一会儿，余忠义才再次开口，"男女之间的缘分跟工作不同，一旦错过可能再也无法追回。不管你是否相信，我跟阿沅之间清清白白，我对她的帮助一方面是欣赏她的才华，另一方面也因为她是我的弟妹。阿沅是个好女人，她跟你离婚之后，我很想给她幸福，

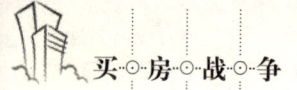

但是她早已拒绝了我。你还有希望,我真心希望你们能够破镜重圆。"

余忠义还在电话那头絮絮叨叨,余征唯有沉默,他终于知道自己误解了阿沉,但是似乎为时已晚,此时与余忠义和蓁城广告公司有所关联的一切已经离他非常遥远,他终于真正走出了往日的阴影,尽管那些刺心的往事还历历在目。

余征得奖的消息以离弦之箭一般的速度迅速传播开来,在蓁城广告公司和蓁城工艺美术学院内部一石激起千层浪,大家交头接耳、议论纷纷,把那些陈芝麻烂谷子的老黄历又翻出来重新反刍一番,津津乐道,其乐无穷。

"没看出来啊,这小子闷声不响的,现在一鸣惊人了。"

"是啊,真了不起!"

"不知道他结婚了没有?要是谁嫁给他,日子不要太好过。"

"听说他结过婚,后来为了一个美女离婚了。"

"他那时候就这么风流啊。"

"艺术家都这个样。"

"你说,这两个女人还会不会上门找他?"

"现在人家小姑娘不要太多噢,哪看得上这两个老太婆。不过,这种事也难说——"

不论外面如何沸反盈天,这一切已与阿沉无涉。她的人生构架早已颠覆,她绝望过、恐惧过,之后便是麻木。父亲追随他的爱情驾鹤西去;余忠义最后的告白,令她清醒,在他心目中,地位才是至高无上,其他的不过只是人生的附属;至于余征,他的心灵早已背离于她,或许从未有过契合的时刻。

都说男人来自金星,女人来自火星,她深深爱过的三个男人,都以各自不同的方式关爱过她。可是为什么,她感受不到被爱的愉悦,那些嫌隙、猜忌、心机和反反复复的背叛,是否更契合人性的本质?

第四十七章 // 有多少爱可以重来 //

物竞天择，适者生存。或许，他们的选择只是顺应天性。只是，她敏感柔软的心灵无法适应这粗粝的生活与现实的爱情，虽然有过茫然和迷乱的片刻，她却在这变幻莫测、喧腾纷扰的现实中牢牢坚守住了自己。

离飞机起飞还有一段时间，阿沉带着女儿在候机室等待。她暗自庆幸，在这个冷漠纷繁的人世间，她终究还有后路可退，终究不是无家可归。阿沉胡乱想着自己的心事，唇边露出了一丝微笑。

"爸爸，是爸爸！"一直乖乖坐在一边看着电视的女儿小皮球，忽然大声叫喊起来。

阿沉一怔，四处环顾，却并未发现余征的身影。

女儿指着电视机，说："爸爸在那儿！"

阿沉这才放下心来，抱着兴奋的女儿审视着镜头里的余征。电视正在直播全国电影艺术节颁奖仪式，余征衣装革履，静立一旁等候奖项揭晓。果然是人靠衣装马靠鞍，这样打扮立刻为他的形象加分不少，虽然乡土气息依然难掩，但是比起从前，他的气质多了几份淡定从容。

在如雷的掌声中，主持人大声宣布余征获得"最佳新晋导演奖"。阿沉不禁激动起来，她衷心为他高兴却又不无酸楚，唯有她才了解余征这一路上的酸甜苦辣，这是他多年来孜孜以求的成果，也是他永远的追求和梦想。

主持人将余征让到舞台正中间，要他发表获奖感言。看得出来，他有几分拘谨。

"我是一个农民的儿子，从一个偏远贫瘠的小山村走进繁华的大城市，一路风尘、一路坎坷。在这个过程中，我也曾迷失，也曾犯错，我多少次站在人生的十字路口摇摆不定，向左走还是向右走，我不知该如何选择。从来没有人教过我究竟该如何为人处世，如何爱人，如何被爱，所有的一切只能依靠我自己凭着本能在摸爬滚打中逐渐摸索。尽管，今天，我有幸站在这里，接受这个殊荣，但是我终于看清自己，我只不过是个普通

的男人,有点儿自私、有点儿自大、有点儿怯懦、有点儿好色,所幸,我依然拥有一份真诚、一份良知,甚至在我的内心还保留着一份纯真、一份理想。"

余征说到这里忽然哽咽,眼中泪光闪动。不知是谁带头鼓掌,观众席上立刻掌声一片。

余征鞠了一躬,稳定了一下情绪,继续说道:"此时此刻,我感谢帮助我走到今天的所有人,尤其是我的前妻。阿沉,我并不奢望你能够原谅我的过失,那是成长的代价。如果时间能够倒流,我也并不认为我能够做得更好。尽管今天的我不敢说自己已经成熟,但至少我已清楚地知道自己的位置、自己的责任,能够清醒地把握自己的方向。尽管未来不可预知,但我追寻梦想的执着不会改变。阿沉,我请求你,请求你再给我一次机会,追梦的路上,希望你能再次与我同行。"

候机厅里,人来人往,一张张漠然的面庞相逢、交错,或许此生都不再相遇。隔着纷乱的人群,阿沉望着荧幕上丈夫那熟悉的面容,近在咫尺却又如此遥远,在视线中渐渐模糊直到虚无。

女儿轻轻晃动着阿沉的手,疑惑地问:"妈妈,你怎么哭了?"